LES VOYAGES DE COSME K

DU MÊME AUTEUR

DU HAUT DE LA DÉCHARGE SAUVAGE, Les Nouveaux Auteurs, 2013.
LES VOYAGES DE COSME K, Gaïa, 2019.
LA MÉLANCOLIE DES BALEINES, Gaïa, 2021.

ISBN 978-2-330-15681-7

Philippe Gerin

Les Voyages de Cosme K

•••

roman

Gaïa

À Stéphane

Prologue

Une nuit, Cosme est parti.

Au matin, il n'était plus là. Sa chambre était vide. Et je fus le seul, je crois, à m'en étonner. Ensuite, ce fut un autre silence. Différent de tous les silences connus.

J'ai entendu claquer une porte cette nuit-là. C'est tout ce que j'ai entendu. Le bruit sourd d'une porte se refermant, poussée par un courant d'air. Je n'ai rien entendu d'autre. Seulement ce claquement de porte inhabituel. Et dans mon lit, je me suis redressé pour guetter d'autres bruits. J'ai interrogé l'étrangeté de cette nuit. Entre les murs de la maison muette, personne d'autre que moi n'a entendu l'appel de la porte. Personne ne s'est réveillé dans le même sursaut. Non, personne n'a eu froid comme moi cette nuit-là. Le claquement de la porte n'était que pour moi.

Entre les jointures des volets de bois, la lumière de la lune blanche forçait le passage. Et malgré le froid qui me cernait, j'ai repoussé les draps à mes pieds. Les draps étaient raides comme du carton et le froid m'a finalement saisi tout entier. J'ai posé mes pieds sur le sol de la chambre. Je me souviens de mes pieds nus sur les lames de bois cirées. Je me suis avancé jusqu'à la fenêtre et j'ai apposé mon visage sur le carreau embué. Entre les volets clos, dans l'espace étroit d'une faille, c'est là que j'ai vu Cosme pour la dernière fois.

Un jour, autrefois, il me portait sur ses épaules et le monde se penchait doucement. Nous étions invisibles. Nous étions insoupçonnables. Et mes mains, tendues vers le ciel, effleuraient les pétales blancs des pommiers en fleurs qui se répandaient sur le sol comme des larmes. Un jour, autrefois, il me portait sur ses épaules et le monde ne pouvait se réaliser sans lui.

Lorsque Cosme est parti cette nuit-là, j'étais la sentinelle. Maman Jane dormait. Maman Jane n'a rien entendu. À travers la buée sur le carreau, sous la lumière diffuse, j'ai reconnu sa silhouette de géant. Je l'ai reconnue sans peine. Je l'ai devinée avant même de la reconnaître. Et je n'étais pas surpris de le découvrir, là, tout au fond du verger. Sur son épaule, le sac semblait lourd et encombrant. Le portillon déjà ouvert, sa main posée sur la poignée, il scrutait la bâtisse devant lui, statue éphémère, blanchie par la lune. Quelle était la prière de Cosme cette nuit-là ?

Et derrière les volets, je ne pouvais arracher mon regard à ce théâtre d'ombres. Je me suis demandé s'il avait deviné ma présence. Mais son corps s'est remis en mouvement. Il a longé le chemin de terre qui mène à la grande route. Et lorsque je n'ai plus été capable de le distinguer dans la nuit dévorante, alors la terre s'est tendue et le premier éclat de douleur a pénétré ma chair. Je me suis recouché sans une plainte. J'ai tiré les draps glacés sur mon corps brûlant de fièvre et les songes épouvantables se sont emparés de moi jusqu'au petit matin.

Un jour, autrefois, il me portait sur ses épaules et le monde se penchait doucement.

Lorsque l'aube aspira enfin ce qui nous séparait encore du clair, mon enfance amputée ne reconnaissait déjà plus ce monde. Derrière mes paupières closes, la lumière du jour qui filtrait à travers les fissures des volets n'avait plus le même éclat, ma respiration empruntait des rythmes inconnus. Je restais longtemps immobile sous mes draps, tentant de retenir les secondes à venir dans le secret de ma chambre pour retarder l'heure du dévoilement.

Et ce fut le premier matin dans l'absence de Cosme et je savais déjà que les matins qui suivraient seraient interminables. Lorsque je pus me lever finalement, la maison était calme. Seuls mes pas sur le parquet imprimaient une présence entre les murs. J'ai descendu les escaliers vertigineux. En bas, toutes les choses de l'intérieur s'étaient déjà figées dans un sortilège trop grand pour moi. Seule, à travers les épais carreaux de la porte du verger, la silhouette de Maman Jane dansait entre les pommiers. Le soleil froid de novembre, entre les branches suppliantes et les feuilles éparses, traçait des ombres chinoises sur son corps menu. Et moi, muet et perdu, j'observais ce corps, si longtemps aimé, se démultiplier sur chacun des carreaux colorés comme autant de miroirs qu'il me faudrait traverser.

Un jour, autrefois, il me portait sur ses épaules et le monde se penchait doucement.

I

Maïken

À Kane,
Ici, j'ai vu les queues des baleines à bosse
Ici, j'ai vu des moutons endormis sur le sable blanc
Ici, j'ai vu le soleil rouge effleurer la mer et les grands aigles surveiller la lande couchée
Cosme

Affairée auprès de ses bêtes, Maïken n'avait pas entendu Cosme K rentrer d'Andenes. Elle n'avait rien entendu, ni le ronflement du moteur de la voiture, ni le bruit de la portière, ni même le crissement de ses bottes en caoutchouc sur le gravier. Elle fut donc surprise, lorsque, avertie par les claquements de langue insistants et agressifs du grand lama, elle avait découvert la longue silhouette familière se détacher dans l'encadrement de la porte à double battant de la grange. Elle avait senti son corps se raidir pour se figer dans cet instant. Puis, elle avait tenté de sonder le regard de Cosme K pour deviner ses intentions, mais la lumière rasante du soleil lui interdisait tout contact visuel et ainsi elle ne put évaluer depuis combien de temps il se trouvait là, dissimulé dans l'ombre, immobile et silencieux, à l'épier dans ses corvées les plus quotidiennes. Et de cette incertitude, naquit aussitôt une gêne, presque un malaise. Confuse, elle ressentit, impuissante, la chaleur inonder son visage, déjà humide sous l'effort. Car ce qui la déstabilisait était d'ignorer précisément si Cosme K avait eu l'opportunité, au cours de ce temps parallèle, de saisir les gestes nourriciers, souvent tendres mais toujours précis qu'elle prodiguait à son troupeau. S'il avait eu la possibilité de comprendre la longue lignée de ces gestes invariables, transmis, puis répétés depuis l'enfance, ces gestes qui portaient l'odeur immuable des laines épaisses et tièdes. Car même si Cosme K habitait sa maison depuis plusieurs semaines maintenant, même s'il habitait son corps presque chaque nuit, le sanctuaire de sa grange et de ses enclos, lui, n'était pas divisible. Dernière survivante, elle croyait protéger ainsi l'intimité de cette filiation qui, encore et toujours, la tenait droite, elle, Maïken, Maïken d'Andøya.

Alors, pour faire front face à l'intrusion caractérisée de Cosme K dans ce qu'elle possédait de plus viscéral, elle se replongea immédiatement dans sa tâche sans prononcer une parole, sans dire la joie des retrouvailles comme elle le faisait chaque soir à son retour, depuis qu'il avait trouvé ce travail sur le *Reine*. Elle crut ainsi ne rien laisser paraître de son déséquilibre face à celui dont la démarche désinvolte sur les dalles grises du port de Bleik avait bousculé l'ordre des choses qui pesait sur elle depuis la disparition de Jonas. Et dans ce silence provocant, tout en poursuivant la longue litanie des soins coutumiers, elle se sentit soudain nue, nue au milieu des bêtes, nue face au souvenir de Jonas.

Lorsqu'elle eut tout terminé, la silhouette de Cosme K s'était depuis longtemps retirée. Elle vérifia plusieurs fois que tous les enclos étaient bien fermés. Ceux des brebis et des agneaux et celui des lamas aussi. Avant de s'extraire à regret de la grange, elle passa longuement ses doigts entre la laine drue d'un jeune lama orphelin qui exprima son contentement en venant se frotter contre elle. Une dernière fois, elle respira l'odeur lourde des bêtes, et ce faisant elle murmura aux longues oreilles confidentes : « C'est moi Maïken, Maïken d'Andøya. » Non, cette intimité-là n'était pas négociable et elle éteignit la lumière vacillante.

Dehors, la campagne n'était plus éclairée que par la lumière blafarde des nuits polaires de l'été. Un crépuscule permanent qui s'étirait de longues heures. Un entre-deux indéfinissable pour celui qui n'était pas né ici. Et elle pensa violemment à Cosme K. Malgré l'heure tardive, elle bifurqua de son trajet habituel, abandonnant la maison sur le côté. Bestefar la regarda passer. Il attendait, souriant et sans impatience. Assis sur les marches du perron, ses doigts tressaient inlassablement des bouts de laine glanés sur le sol. Maïken sentit une faible chaleur l'atteindre au moment où son regard se posa sur elle mais elle ne ralentit pas. Elle marcha ainsi quelques instants à pas lents, prenant tout son temps. Elle se laissa étourdir par la douceur de l'air, emplit des bruits incessants des insectes volants qui s'enivraient de la sève jaillissante du moindre brin d'herbe. Arrivée au bord de la falaise, elle s'immobilisa et plongea son regard dans les eaux profondes qui se jouaient des ombres mouvantes des rochers tranchants. Un macareux égaré dansait au-dessus d'elle, formant des cercles de plus en plus en larges et poussant des cris aigus de détresse. Sur l'eau, elle devina une embarcation de pêcheur qui déjà s'aventurait au large pour profiter, avant l'aube, des eaux poissonneuses. Elle s'assit sur le sol et de sa main caressa distraitement l'herbe couchée par les vents.

« J'aime venir ici. »

C'était la voix de Cosme K. Maïken ne fut pas étonnée d'entendre cette voix. Cosme K l'avait suivie. Elle avait ressenti sa présence, quelques mètres derrière elle, depuis son départ de la ferme. Elle avait entendu ses pas dans les siens qui tentaient de se dérober à son oreille. Mais elle ne s'était pas retournée, préférant laisser l'attente se tendre en elle. C'était le corps de Cosme K juste derrière elle. Et elle tenta de dissimuler le frémissement qui parcourait sa chair.

Il répéta : « Oui, j'aime venir ici. »

Elle trouva ses mots soudain arrogants et dénués de sens. Elle aurait voulu qu'il se taise et qu'il passe ses bras autour de sa taille et l'entraîne avec lui, loin des tourbillons des eaux noires. Mais il n'en fit rien. Alors le regard toujours tourné vers la mer, Maïken parla à son tour.

« Je suis venue ici souvent. Je suis venue ici si souvent que mes souvenirs ne peuvent dissocier mon corps des falaises et des eaux sombres qui hantent chacune des béances de cette terre. »

Il y eut un silence. Une vague s'écrasa sur le récif tout en bas. Et elle ajouta :

« Je suis ces falaises, je suis ces rochers tranchants. Toi, Cosme K, tu n'es que de passage. »

*

Lorsque Jonas était mort sous elle, Maïken avait senti son dernier souffle lui caresser les seins. Aussitôt après, sa tête était brutalement retombée sur l'oreiller, masse inerte froissant le tissu blanc, brodé au point de croix et signé de rouge des initiales de ses aïeuls. Elle se souviendrait longtemps de sa stupéfaction face au visage de Jonas, trahissant tout à la fois le plaisir et le trépas, dans un sourire énigmatique, qui déjà venait d'ailleurs et qu'elle ne lui avait jamais connu auparavant. Et elle interpréta ces adieux charnels, d'une exquise et sensuelle délicatesse, comme un dernier signe de l'amour que son mari lui portait et qui les liait depuis le matin où il était venu jusqu'à sa ferme accompagné du premier lama qu'elle ait jamais vu. Les mains épaisses de Jonas avaient ensuite glissé lentement le long des hanches nues de Maïken et, en glissant, elles avaient encore caressé sa peau, dont les poils étaient toujours hérissés du même désir primitif. Puis tous les muscles bandés de Jonas s'étaient relâchés dans un même effondrement des forces qui les régissaient jusqu'alors. Malgré cela, Maïken avait poursuivi ses ondulations sur le cadavre encore brûlant, car le sexe de son mari, seul et triomphant, ne s'était pas affaissé. Et ainsi, jusqu'au bout de son orgasme, elle avait maintenu dans la vie l'homme dont elle avait partagé l'existence dans les nuits d'un seul hiver. Un long hiver polaire qui n'avait connu aucun répit des corps, emboîtés l'un dans l'autre, insatiables des odeurs et de la sueur de leurs peaux laiteuses. Dehors, la nuit interminable avait enveloppé la ferme pour les cacher au monde. Ainsi, ils avaient vécu de long mois reclus sur les hauteurs de Bleik, entre la moiteur des bergeries et celle de la chambre. Pour tout cela, Maïken ne pouvait concevoir d'interrompre cette dernière jouissance post-mortem. Dans un dernier hommage, elle laissa le plaisir l'envahir avant de se résoudre à appeler les secours.

Le médecin mit un temps certain pour arriver jusqu'à la ferme. Maïken s'était lavée et habillée. Elle avait tiré le drap sur le corps nu de Jonas et allumé une bougie dans la chambre. Elle avait fait chauffer de l'eau dans la bouilloire et elle avait attendu devant la fenêtre de la cuisine, scrutant le ciel sans étoiles pour tenter d'y découvrir, peut-être, la dernière aurore boréale de l'hiver. Lorsque la voiture se présenta enfin dans l'allée de gravier, Maïken était calme. Elle se leva et accueillit le médecin sur le pas de la porte, une tasse fumante entre les mains.

« Bonsoir Maïken, que s'est-il passé ? »

Elle souriait.

« Bonsoir, Erlend. Je crois que Jonas vient de mourir. Enfin j'en suis certaine. Mais tu dois le confirmer, non ? C'est comme cela que cela doit se passer. Tu dois remplir un papier ou quelque chose comme ça ? »

Erlend, bien que connaissant la singularité de Maïken depuis qu'elle était enfant, resta une seconde interdit face à cette annonce dépourvue d'émotion. Puis, retrouvant ses esprits, il se précipita à l'intérieur de la maison et monta, quatre à quatre, les marches qui menaient à l'étage. Sa sacoche heurtait ses genoux mais il ne ralentissait pas. Peut-être espérait-il encore sauver Jonas. Les médecins espèrent toujours sauver les cas désespérés.

Lorsque Maïken le rejoignit quelques secondes plus tard, il ne put cependant que constater le décès.

« C'est sûrement le cœur qui a lâché. Je suis désolé. Il faudrait faire une autopsie.

– Non pas d'autopsie. Jonas m'avait prévenue. Il disait, Maïken je peux mourir d'un jour à l'autre, comme mon père, comme mon grand-père et mon frère. On meurt tôt dans la famille, il avait dit. Une malformation du cœur. Un truc qu'on se refile de génération en génération. Il ne voulait pas d'autopsie. Laisse-le ici, dans la chambre, jusqu'à l'enterrement. »

Erlend sembla réfléchir à cette requête. Mais son regard se figea soudain sur le gisant, dans une interrogation décontenancée. Maïken suivit alors le regard et constata à son tour que l'érection de Jonas était toujours visible sous le drap. Le sexe était gonflé et pointait outrageusement sous le tissu fin. Maïken sourit et elle croisa le regard d'Erlend qui la dévisagea, visiblement embarrassé par ce pied de nez incongru de la nature. Il se redressa alors rapidement, rassembla son matériel et se faufila hors de la chambre pour fuir la scène grotesque. Alors, Maïken sentit un rire énorme gonfler dans son bas-ventre et remonter le long de sa gorge, vibrant sur toutes les parois de son corps. Une vague irrésistible qui allait la submerger. Et pendant que Erlend, attablé dans la cuisine, rédigeait l'acte de décès, elle dut contenir le rire monstrueux qui lui tordait les entrailles. Elle agrippa ses lèvres de ses doigts crispés sous la douleur et tenta de faire passer ses gloussements pour des sanglots étouffés.

Et son fou rire se prolongea tous les jours qui suivirent. À chaque visite compatissante, à chaque témoignage chaleureux, à chaque fois qu'elle faisait pénétrer des étrangers dans la chambre mortuaire, avides d'observer la dépouille du défunt dans ses détails les plus intimes. Et ils n'étaient jamais déçus, ces fouineurs de la mort. Et le fou rire restait tapi en elle, bouillonnant, surgissant aux moments les plus délicats. Il mettait Maïken au défi impossible de le masquer aux yeux de tous ceux qui défilaient chez elle drapés dans leur deuil de circonstance. Et il en fut ainsi jusqu'à l'église, jusqu'au cimetière, jusqu'au trou de la tombe dans le cimetière. Car dans le cercueil, elle en était certaine, l'érection durait encore, toujours aussi vive, toujours aussi généreuse. Elle seule le savait. Elle seule le comprenait. Et son long fou rire se poursuivit jusqu'à ce que tous aient enfin quitté sa ferme. Alors, alors seulement, ce fut le silence et la solitude. Et le rire de Maïken s'interrompit enfin. Alors ce fut vraiment la mort. Et Maïken s'assit sur le rebord du lit sagement fait. Dehors, le grand lama, impatient et affamé, organisait la protestation des troupeaux, mais Maïken, malgré tout son dévouement à leur égard, ne put se relever pour aller les nourrir. Par la fenêtre elle observa la dernière aurore boréale de l'hiver danser au-dessus de la grange. Et ce fut le dernier signe de Jonas. Fourbue, elle s'endormit tout habillée. Les lamas et les brebis finirent par se taire mais jamais ils ne lui pardonnèrent vraiment cet abandon.

Lorsqu'elle ouvrit les yeux le lendemain, il était presque midi. Elle avait dormi lourdement, d'un sommeil sans fantôme. Pourtant, elle se sentait vidée, sans force ni volonté. Sa main glissa machinalement de l'autre côté du lit à la recherche du large dos de Jonas. Mais ses doigts fouillèrent le vide. Elle se redressa dans un sursaut, réintégrant dans ses pensées les souvenirs des jours écoulés. Son regard parcourut la chambre. Les vêtements de Jonas étaient encore posés sur la chaise. L'air était glacial. Elle avait oublié d'alimenter le poêle avant de se coucher la veille. Elle eut l'envie irrésistible de tirer sur son corps sans consistance l'épaisse couette pour disparaître à nouveau dans l'ignorance du sommeil. Pourtant elle se leva, soucieuse des bêtes qui n'avaient rien mangé depuis le matin précédent. Elle s'habilla avec lenteur, chaque mouvement était un poids qui l'attirait vers le sol. Elle s'aspergea le visage d'eau froide et descendit l'escalier en s'accrochant fermement à la rampe. La cuisine débordait de vaisselle salle et des restes du repas qui avait suivi l'enterrement. Des odeurs de flan de poisson et de harengs séchés imprégnaient les murs et Maïken fut saisie d'un haut-le-cœur qu'elle réussit à contenir même si elle dut s'asseoir et fermer les yeux un instant pour retrouver son équilibre.

C'est alors qu'on frappa à la porte. Avant même qu'elle n'ait pu répondre, Nora pénétra dans la cuisine et s'approcha d'elle. Elle la serra dans ses bras, puis elle recula, les yeux embués.

« Nous nous sommes occupés de tes bêtes avec Olav. Je vais mettre de l'ordre dans ta cuisine maintenant. Retourne te reposer. »

Maïken s'exécuta sans prononcer un mot. Elle remonta

l'escalier jusqu'à sa chambre et chaque marche était le mont Galdhøpiggen qu'il lui fallait vaincre. Lorsqu'elle atteignit enfin l'immense étendue désolée du lit, tout son corps frissonnait, conquis par la fièvre. Elle s'allongea. Les draps étaient déjà froids. Les bruits des verres et des couverts cognant sur la pierre d'évier ne lui parvenaient déjà plus qu'assourdis, si lointains qu'ils n'étaient plus vraiment réels. Elle se recroquevilla sur elle-même pour n'être plus qu'une sphère, imperméable au monde extérieur. Puis elle sombra presque instantanément, aspirée par un trou noir dont elle douta pouvoir revenir un jour. Elle sombra consentante et reconnaissante. Pendant ce long sommeil, elle se réveilla plusieurs fois, persuadée d'entendre la voix de Jonas appeler son prénom. « Maïken, Maïken. » Elle sautait au bas du lit et se précipitait à la fenêtre. Dans la nuit, elle scrutait de longues secondes les mouvements qui auraient trahi une présence. Mais seul le vent sifflait. Et dans la cour, le grand bouleau ondulait de ses longues branches. Plus loin, autour de l'île aux oiseaux, se détachaient les ombres des macareux et des aigles à queue blanche qui formaient une ronde, inquiétante danse macabre, qui jamais ne prenait fin.

*

Après que les paroles de Maïken avaient été dissipées par la brise légère du soir, ils étaient restés isolés dans le silence quelques minutes. Chacun luttant avec ses pensées face aux remous de l'océan. Et comme les bras de Cosme K n'esquissaient aucun geste pour entourer sa taille ou ses épaules, Maïken avait fini par se relever seule. Ce n'est qu'à cet instant qu'elle avait senti la main de Cosme K se glisser dans la sienne pour la guider sur le chemin du retour jusqu'à la ferme. Mais cette main était devenue lointaine, elle ne reconnut pas son assurance habituelle, ni la douceur de sa paume sur sa peau. Et tout en marchant, elle comprenait que déjà cette main lui échappait et qu'elle ne pourrait rien pour la retenir.

Bestefar avait mis le couvert et il râpait des radis noirs lorsqu'ils pénétrèrent dans la cuisine. Un gratin de poisson réchauffait dans le four. Ils prirent place autour de la table.

« J'ai vu deux baleineaux, des jumeaux, aujourd'hui, commença Cosme K. C'est la première fois que j'en vois. Ils plongeaient aux côtés de leur mère. Les touristes en ont eu pour leurs frais. Le spectacle était grandiose. »

Maïken souriait à Cosme K, elle aimait la façon enfantine dont il s'exprimait. À chaque fois qu'il racontait, elle se plaisait à retrouver l'émerveillement apparu dans son regard depuis qu'il avait commencé les excursions en mer au début de l'été. Cosme K lui souriait à son tour. Tous deux oublieux des minutes précédentes et du mur qui, pour la première fois, s'était dressé entre eux.

« Il faut absolument que tu m'accompagnes un jour sur le *Reine*, pour voir ça. J'ai le droit d'amener des invités, tu sais. Cela ne nous coûtera rien. »

Bestefar avait commencé à manger, le nez dans son assiette, absent de la discussion comme à son habitude. Parfois, il arrivait à Cosme K et Maïken de l'oublier complètement et lorsqu'ils reprenaient conscience de sa présence, ils avaient honte d'avoir dévoilé un peu de leur intimité devant lui.

« Je préfère t'entendre raconter. Le bateau ce n'est pas pour moi. Je suis une fille de la terre, tu sais. Une fille d'Andøya. »

Comme Maïken refusait qu'il l'aide dans les travaux de la ferme, il avait postulé pour accompagner les touristes lors des safaris à la baleine qui se déroulaient durant les trois mois d'été au large de Andenes. Le travail était simple et bien rémunéré. Deux fois par jour, si la météo le permettait, il expliquait les procédures et les détails de l'expédition à des petits groupes d'étrangers souvent allemands, rarement français. Ensuite, il les accompagnait sur le bateau, distribuait les gilets de sauvetage, les pilules contre le mal de mer et, au bout de deux heures de navigation parfois éprouvantes, le *Reine* approchait systématiquement des mammifères marins qu'il détectait grâce à son sonar. Les cachalots et les baleines à bosse venus chercher de l'air dévoilaient d'abord leurs larges dos. Pendant quelques instants, ils se maintenaient à la surface de l'eau, puis d'un mouvement gracieux malgré leur poids replongeaient dans les fonds marins à la recherche de calamars. Leurs larges queues plates se dressaient alors avant de s'enfoncer sous les vagues. C'était un ballet incessant dont Cosme K ne se lassait pas. Alors que les touristes lâchaient des « ho » et des « ha » de satisfaction et actionnaient, fébriles, tout leur matériel sophistiqué pour immortaliser ces moments, Cosme K, lui, savourait à chaque fois la splendeur hypnotique de ce temps suspendu. Maïken devinait une osmose entre ces animaux énormes mais libérés de l'apesanteur et Cosme K. Sans doute aurait-il voulu les rejoindre pour qu'ils l'entraînent dans leur danse jusque dans les abysses. C'étaient là les seuls moments de totale sérénité qu'il semblait connaître depuis qu'il était arrivé ici.

Bien plus tard, après qu'ils eurent fait l'amour, la tête de Cosme K reposait sur son épaule, et elle posa la question qui la tenait encore en éveil :

« Que faisais-tu à la porte de la grange tout à l'heure ? »

Cosme K, qui avait les yeux clos, ne répondit pas immédiatement mais Maïken insista et répéta sa question.

« Rien, je te cherchais, c'est tout.

– Qu'as-tu vu ?

– Je t'ai vue toi, Maïken. Maïken d'Andøya...

– Ne te moque pas de moi, je suis sérieuse. Tu n'étais jamais venu auparavant m'espionner ainsi. Tu avais toujours respecté notre pacte. Pourquoi pas ce soir ?

– Je ne sais pas. Je ne t'espionnais pas. Il fallait que je te voie. Il le fallait absolument. C'est tout. »

Mais Maïken attendait autre chose, alors au bout de longues secondes il ajouta, toujours les paupières closes :

« Ils m'ont dit que la saison des safaris serait bientôt terminée. »

Et une nouvelle fois Maïken était dans l'incapacité de pouvoir sonder le regard de Cosme K et le pressentiment de la séparation imminente l'envahit à nouveau. C'était la même tristesse impuissante que celle qui l'avait traversée en haut de la falaise un peu plus tôt. Le souvenir de Jonas emplit soudain la chambre. Elle repoussa la tête de Cosme K sur le matelas. Il ouvrit les yeux. Elle se leva et, nue, observa la grange et les bergeries depuis la fenêtre. La lune était pleine et lumineuse. Le regad de Cosme K s'attardait à présent sur les courbes harmonieuses du corps de Maïken qui se détachaient en ombres chinoises. Il eut envie d'elle à nouveau et il se leva à son tour pour la rejoindre. Il posa son menton sur son épaule et l'encercla de ses bras. Leurs peaux se cherchaient comme des aimants. Et il murmura :

« Je n'ai pas voulu te blesser. »

Mais cela n'était pas suffisant et elle résista à la peau de Cosme K et à son murmure. Elle écarta ses bras qui soudain l'étouffaient et elle enfila le pull gris qu'il avait porté tout l'après-midi sur le bateau et dont les fils de laine étaient encore imprégnés de l'odeur marine des embruns. Elle descendit précipitamment les escaliers. Devant la porte, ses bottes l'attendaient. Elle traversa la cour et poussa un des battants du portail de la grange. Le grand lama émit plusieurs claquements de langue et les brebis s'agitèrent un peu dans les enclos. Mais le calme revint rapidement. Elle grimpa sur la meule de foin frais et se laissa tomber sur cet épais matelas végétal. Là, elle s'endormit aussitôt et Jonas la visita longuement dans ses rêves.

*

L'hiver s'acheva enfin. Les différentes strates de neige qui s'étaient succédé se décomposèrent une à une pour laisser la lande jaunie renaître avec les premières lumières hésitantes du printemps. Sous les pas des hommes et des bêtes, la terre était boue, l'herbe spongieuse et les chemins encombrés de flaques d'eau, sur lesquelles se reflétaient les nuages bas et perpétuellement menaçants. Pourtant quelque chose d'imperceptible changeait avec les minutes de clarté gagnées sur la nuit polaire. Quelque chose d'indicible mais que tous ici ressentaient. Le regain se propageait dans la sève et dans le sang et peu à peu, la vie une nouvelle fois gagnait sur les ténèbres. Et le soulagement qui parcourait l'île était visible sur chaque visage, comme si la victoire n'était jamais acquise à l'avance et qu'à tout moment les glaces pouvaient, dans un ultime sursaut, figer à jamais chaque parcelle de cette terre sauvage. Et les portes s'ouvraient, et les bêtes retrouvaient les prés, et les vagues viraient du noir au vert, et les oiseaux sondaient le sol à nouveau, et les discussions interrompues reprenaient leur cours au bord des routes et sur le seuil des maisons de bois.

Seule Maïken restait insensible à l'effervescence qui gagnait Andøya. Depuis la fenêtre de sa chambre, elle observait les allées et venues de Nora et Olav dans la cour, qui tout au long de ces mois de deuil interminables avaient assuré tant bien que mal l'entretien de la ferme et des troupeaux. Les premières semaines, Nora était restée plusieurs nuits dormir à ses côtés. Maïken avait raconté chaque jour passé avec Jonas, depuis qu'il s'était présenté à son portail pour proposer ses services de débroussaillage écologique, au printemps précédent. Ce jour-là, il tenait fermement l'encolure d'un lama mâle qui devait faire dans les deux cents kilos et il souriait face à l'étonnement qu'il pouvait lire dans les yeux de Maïken. Ses épaules imposantes, sa barbe de bûcheron et ses yeux noirs plurent instantanément à Maïken mais elle n'en laissa rien paraître. Abrupte, elle lui demanda d'où il venait car elle ne l'avait jamais rencontré auparavant sur l'île. Elle l'interrogea également sur ce qu'il cherchait, ici, accompagné de cet animal dont elle avait oublié le nom. Depuis la mort de son père, l'année précédente, elle vivait seule à la ferme et, du haut de ses dix-huit ans, se méfiait des étrangers de passage qu'elle menaçait parfois avec le fusil dont elle avait hérité et qu'elle conservait sous son lit. Cependant, ses questions directes n'effrayèrent nullement Jonas, au contraire, elles firent éclater son rire et le rire de Jonas était clair et sans détour. Maïken comprit immédiatement qu'elle avait besoin de ce rire généreux. Elle avait besoin aussi de ces épaules amples et confortables. Le temps de la solitude était terminé, de cela elle était certaine. Et pendant que Jonas expliquait avoir quitté les Lofoten et son bateau de pêche pour se reconvertir dans l'élevage de lamas, ici sur Andøya, elle sut que cet homme qui se tenait devant elle, sans doute de dix ans son aîné, allait rester à la ferme et vivre avec elle. Et tout en remerciant la providence, elle ouvrit le portail pour laisser entrer Jonas et son lama.

Allongée près d'elle, Nora avait écouté la longue plainte de Maïken dans la nuit. Elle s'était souvenue de sa propre surprise lorsque, un matin, elle était rentrée comme à son habitude sans y être invitée dans la maison de Maïken et qu'elle était tombée nez à nez avec Jonas dans la cuisine alors qu'il préparait le café du petit déjeuner. Pendant que les pas de Maïken martelaient le plancher à l'étage, il lui avait proposé une tasse et c'était comme s'il avait toujours été là, tant ses gestes étaient dépourvus d'hésitation et de gêne. Et lorsque Maïken était descendue, elle les avait trouvés assis à la table, dialoguant comme de vieilles connaissances qui auraient repris une conversation interrompue. Ainsi, elle n'avait pas eu besoin de faire les présentations ni de donner aucune explication. Elle avait embrassé son amie sur le front comme elle le faisait toujours depuis l'enfance et s'était servi un café. Et dans ses yeux ce matin-là, irradiait une lueur infime, et Nora avait immédiatement reconnu cette lueur. C'était la même que celle qui inondait autrefois le visage d'enfant de Maïken.

Le mariage fut annoncé rapidement pour être célébré avant la fin de l'été, dans la petite chapelle de Bleik. Nora et Olav en furent les témoins uniques car Maïken n'avait plus de famille et celle de Jonas vivait trop loin d'Andøya pour pouvoir se déplacer à temps. Ils partagèrent un repas arrosé dans l'ancienne école, transformée chaque été en restaurant par un couple de Français et leur fille, tombés amoureux de l'île. Après la mousse au chocolat, ils rentrèrent à pied par la plage, partageant les restes d'une bouteille d'aquavit. C'était une des journées les plus chaudes de l'été. Maïken, succombant à l'ivresse du cumin et de l'anis mêlés et à la promesse d'un avenir léger, ôta ses chaussures et sa robe imprimée pour se jeter nue dans les vagues fraîches de la mer. Jonas l'avait rejointe, suivi de peu par Nora et Olav. La baignade fut joyeuse mais ne dura pas, tant l'eau était glacée. Ils se laissèrent tomber sur le sable blanc au milieu des moutons venus chercher un peu de fraîcheur sur la plage, à l'abri des rochers. Quand le soleil eut séché leurs peaux blanches, Nora et Olav raccompagnèrent leurs amis jusqu'à leur ferme. Sur le chemin, Maïken prit la main de Nora comme elle le faisait autrefois lorsqu'elles rentraient de l'école et c'était comme si le temps avait accompli une boucle sur lui-même et que l'ordre des choses était rétabli après de longues années de chaos. Et elles respirèrent à l'unisson l'air léger de cette fin de journée.

*

Cosme K avait apporté le petit déjeuner dans la grange. Il était encore en caleçon et il avait chaussé ses bottes de pluie pour traverser la cour. Lorsque Maïken, du haut de la meule de foin, le vit arriver ainsi accoutré et de surcroît embarrassé d'un grand plateau, elle ne put s'empêcher de rire, oubliant qu'elle-même n'était vêtue que d'un pull en laine. Ainsi, il la localisa et la rejoignit dans le foin. Il lui servit un café chaud. Sur le plateau il y avait du pain noir, du fromage et de la confiture d'airelles. Maïken buvait son café par petites gorgées, en tenant la tasse serrée dans ses deux mains. Cosme K tartinait le pain en silence. Les brebis, consignées à l'intérieur, avec leurs agneaux, étaient réveillées et déjà réclamaient leur pitance. Mais Maïken ne se laissa pas impressionner par l'impatience exagérée des bêlements.

« Lorsque j'étais punie, enfant, mon père m'envoyait dormir ici, dans la grange. C'était ma deuxième chambre. L'hiver je dormais dans l'enclos avec les brebis et leurs agneaux, tout contre eux, tout contre leur laine et la chaleur de leurs corps. C'est là que je me sentais le plus en sécurité. Rien ne pouvait m'arriver. »

Cosme K lui tendit une tartine.

« Tu n'étais pas punie hier.

– Non. Je n'étais pas punie mais j'avais besoin de sécurité. »

Ils mangèrent tout le pain et se resservirent du café. Il n'était que 5 h 30 du matin mais déjà la lueur du jour se faufilait dans la grange. La journée s'annonçait belle.

« Raconte-moi les baleineaux que tu as vus hier ! »

Et Cosme K relata dans le détail l'apparition des cachalots jumeaux, miniatures collées aux flancs de leur mère gigantesque. Il expliqua leur fragilité, leur inquiétude et leur vulnérabilité malgré leur carcasse de plusieurs tonnes. Il décrivit aussi l'attention protectrice et maternelle du monstre marin guidant sa progéniture sur la crête des flots. Une ombre passa sur son visage. Un des jumeaux semblait malade ou blessé. Il resta silencieux un instant puis se ressaisit.

« Sais-tu que les mères nourrissent leurs petits pendant dix ans ?

– Non. Je l'ignorais. Sais-tu que je n'avais pas dix ans lorsque ma mère a rejoint le continent. »

Cosme K ne le savait pas. La vie passée de Maïken lui

était presque inconnue. Il connaissait Bestefar. Il savait que son nom signifiait « grand-père » en norvégien. Il connaissait Nora et Olav. Parfois des souvenirs affleuraient entre eux mais il ne cherchait jamais à en raccorder les fils. Elle le laissait à l'écart de son histoire et il n'en ressentait aucun manque, aucune frustration. Il préférait se trouver dans les parages plutôt qu'au centre de la vie de Maïken. Ainsi il avait l'impression de ne pas s'attacher vraiment. Et même s'il se mentait à lui-même, cette illusion lui donnait la force de rester. Le présent de la vie de Maïken lui suffisait, il ne souhaitait s'encombrer ni de son passé, ni de son avenir et il dut se faire violence pour ne pas l'interrompre.

« Je me souviens d'une photo dans la chambre de mes parents, dans un cadre posé sur le rebord de la fenêtre. Nous nous trouvons dans la cour ma mère et moi. Sans doute mon père prend-il la photo. Mais je n'en suis pas certaine. Il ne l'a jamais confirmé. Ma mère porte ses vêtements de semaine, ses bottes. Ses cheveux et sa robe sont agités par le vent. Je dois avoir quatre ans. Ma salopette en jean est trop courte. Je suis tout contre elle. Je m'agrippe à sa robe comme les baleineaux aux flancs de leur mère. Une partie de mon visage est cachée par les tissus qui volent. Longtemps j'ai cru que je m'agrippais ainsi par peur que le vent m'emporte. En fait je pense maintenant que je la retenais, elle. J'avais déjà compris qu'elle était en partance, bien avant qu'elle rejoigne le continent. Son regard ne fixe pas l'objectif, il est déjà ailleurs. »

Puis elle se tut et s'étira pour s'extraire de l'engourdissement dans lequel ses pensées l'attiraient. Elle revint au présent. Elle revint à Cosme K et à la douceur de l'aube.

« Tu es du matin aujourd'hui ?

– Oui, j'accompagne le safari du matin. »

Il était soulagé que la parenthèse soit déjà refermée.

« Et tu vas devoir me rendre mon pull sinon je vais être en retard. »

Il se précipita sur elle pour tenter de lui ôter son vieux

pull de force. Elle se débattit pour donner le change, mais elle capitula et se laissa dénuder. Entre les planches de la grange, la lumière s'engouffrait maintenant, vorace, avalant les millions de grains de poussière qui se laissaient piéger par ses faisceaux anarchiques. Et pendant que Cosme K posait sa bouche sur sa peau, Maïken se laissa aller à espérer que peut-être cet été ne finirait jamais.

*

« Cela ne peut plus durer comme ça ! »

Olav était épuisé par ses doubles journées. Nora le lisait un peu plus chaque jour sur son visage, dont les traits s'étaient striés de rides bien trop profondes pour son jeune âge. L'hiver avait été particulièrement rude. Matin et soir, après avoir nourri ses bêtes et nettoyé ses étables, il avait, inlassablement, rejoint la ferme de Maïken et là il avait accompli les mêmes gestes éreintants. Il l'avait fait sans plainte, sans découragement. Il avait cru que sa force et sa volonté suffiraient. Il avait cru que Jonas libérerait plus facilement Maïken pour la rendre à la vie. Il avait cru aussi que le travail abrutirait sa propre peine. Mais finalement la fatigue l'avait rattrapé. Peu à peu, malgré sa résistance, elle avait tiré sur tous les muscles de son corps, jusqu'à tordre ses pensées. Et la peine, elle, était restée, en creux, à l'affût du moindre affaiblissement.

« Le printemps arrive et avec lui d'autres travaux encore, plus pénibles. Les naissances vont arriver aussi. Je ne peux pas continuer, Nora. Il faut parler à Maïken. »

Nora écoutait l'homme qui partageait sa vie. Cet homme adossé à la paroi de la grange et avec lequel elle envisageait son avenir. L'homme qu'elle avait peur de perdre. Ce désir d'enfant qui ne parvenait pas à se réaliser et qui la tenait éveillée de plus en plus souvent. Il parlait, la bouche serrée par la honte qu'il éprouvait à avouer son renoncement. Car ainsi il avait l'impression d'abandonner définitivement

Jonas dans la mort. Et Nora savait combien Jonas avait été important pour lui pendant les quelques mois où il avait vécu avec Maïken, où il avait partagé la solitude de la lande d'Andøya avec eux. Elle s'approcha de lui et prit ses mains dans les siennes. Olav redressa son visage vers elle et son regard était empli du dénuement de l'impuissance. Elle posa son front sur le sien.

« Ne t'en fais pas, tu as fait ce que tu as pu. Et ce que tu as accompli va bien au-delà de ce que ton ami aurait pu te demander. Ne t'encombre pas de remords ni de blâmes. Jonas t'a déjà pardonné mille fois. Nous allons trouver une autre solution pour aider Maïken. »

Puis ils se serrèrent dans les bras l'un de l'autre comme cela ne leur était plus arrivé tout au long de cet interminable hiver et ils reprirent confiance au contact de leurs corps. Et Nora promit qu'elle parlerait à Maïken dès le lendemain matin.

*

Maïken n'était toujours pas levée à cette heure avancée de la matinée. Nora s'était assise à la table de la cuisine. Elle avait posé devant elle une tasse et une théière. Elle avait aussi téléphoné à Erlend pour lui demander de passer dans la journée car la maigreur et la faiblesse de Maïken l'inquiétaient. Elle souhaitait également l'interroger sur les démarches à suivre pour que l'institution les relaie auprès d'elle. Sur la cuisinière au gaz, l'eau dans la bouilloire frémissait mais elle ne semblait pas y prêter attention. Son bras droit était posé à plat sur la table, ses doigts jouaient machinalement avec une petite cuillère. Bien que plus jeune d'un an, Nora avait toujours veillé sur Maïken comme sur une petite sœur. Et ce matin, pour la première fois, elle se sentait démunie.

Lorsqu'elles s'étaient retrouvées dans la même classe,

Maïken était venue s'asseoir naturellement à la place libre à côté de Nora et depuis, elles ne s'étaient plus quittées. Nora avait immédiatement été séduite par la singularité de Maïken, dont elle ne se lassait pas d'observer l'écriture laborieuse et vagabonde. Sous le stylo de Maïken, les lettres se chevauchaient et s'entremêlaient comme des arabesques, les mots s'étiraient et se scindaient et les phrases dansaient sur la feuille, libérées des contraintes des lignes et des carreaux. Et lorsqu'elle tendait son cahier, inquiète, une institutrice lassée traçait avec son feutre rouge une croix énorme sur l'intégralité de ses efforts. Elle restait alors debout devant le bureau, n'osant se retourner face aux élèves assis en meute et qui déjà se tortillaient d'impatience sur leurs chaises.

« Maïken, tu as des doigts de limace pour écrire si mal. Retourne à ta place et recommence ! »

Alors elle revenait s'asseoir près de Nora et le long de l'interminable allée de petits bourreaux, elle entendait les murmures l'accompagner : « Maïken, doigts de limace, Maïken doigts de limace. »

En début d'après-midi, elles rentraient ensemble de l'école. Au contact du sable blanc et des chemins sur la lande, Maïken semblait se laver des humiliations de la matinée, oublieuse de ce monde de chiffres et de lettres qu'elle ne pouvait conquérir. Parfois, elles apercevaient les phoques sur les rochers isolés autour de l'île aux oiseaux. Elles s'arrêtaient pour les observer se prélasser au soleil ou plonger dans les vagues à la recherche de poissons. Il arrivait à Nora de prendre son amie par l'épaule pour la consoler d'un chagrin qui jamais n'affleurait son visage.

Nora fut tirée de ses souvenirs par les bruits de pas à l'étage. Elle arrêta le feu sous la bouilloire et versa l'eau brûlante dans la théière. Maïken apparut dans la cuisine vêtue du peignoir de Jonas. Nora l'accueillit avec un sourire auquel son amie ne répondit pas.

« J'ai préparé du thé, je t'en sers une tasse ? »

Pour toute réponse, Maïken s'assit à la table. Nora servit le thé. Après quelques minutes de silence, elle commença à parler des travaux de la ferme mais elle fut interrompue par l'arrivée désordonnée d'Olav dans la pièce. Il n'avait même pas pris la peine d'enlever ses bottes salies.

« Heu, heu… Salut Maïken. Excusez-moi de vous interrompre… Tu… Tu peux venir, Nora ? Vite. Un agnelage qui se passe mal ! »

La brebis était allongée sur le flanc dans un enclos individuel avec de la paille propre. Sa tête et son cou étaient tendus vers le plafond de la grange comme si elle implorait de l'aide. Olav passa ses doigts sur le crâne de la bête pour la rassurer.

« Je pense qu'il y en a plusieurs. Regarde il y a quatre pattes, là, prêtes pour l'expulsion. Il faut l'aider car elle n'y arrivera pas seule. Tu as déjà fait ça avec une brebis, toi ?

– Non, uniquement avec des vaches, comme toi. Mais cela ne doit pas être très différent. On n'a pas le choix de toute façon. »

Pendant qu'ils se lavaient abondamment les mains et les avant-bras avec du savon noir dans un seau rempli d'eau tiède, ils entendirent la porte de la grange s'ouvrir et dans un même mouvement ils relevèrent leur visage pour identifier le visiteur. Maïken s'était habillée et s'avançait vers eux. À son tour, elle se lava consciencieusement les mains. Puis elle prit de la corde et lia les pattes avant de la brebis, elle tira ensuite une botte de paille dans l'enclos. Elle souleva l'arrière-train de la brebis et le reposa sur la botte.

« Je vais m'en occuper. C'est la tâche des petites mains, disait mon père. Les miennes ont toujours été les plus fines. Il faut beaucoup de prudence et de douceur pour ne pas abîmer les tissus du vagin et de l'utérus. »

Sidérés, Nora et Olav n'avaient pas prononcé une parole depuis son arrivée dans la grange. À genoux, les bras suspendus au-dessus du seau d'eau, ils observaient l'apparition de leur chère Maïken revenue soudain au pays des vivants après de longs mois d'absence.

Délicatement, Maïken introduisit ses mains dans l'utérus de la brebis, elle repoussa à l'intérieur l'agneau qui se trouvait le plus loin du vagin et ainsi elle put accompagner l'autre vers la sortie en tirant sur ses pattes avant. Le second fut expulsé librement par la mère, quasiment sans aide, mais de toute évidence il ne respirait pas. Maïken se saisit alors d'une paille sur le sol et l'introduisit dans le naseau de l'agneau. Puis elle le prit par les pattes arrière et le souleva pour le balancer doucement afin d'évacuer les mucosités qui obstruaient la bouche et les poumons. Toutes ces manipulations ne durèrent que quelques minutes. Les gestes de Maïken étaient précis et fiables, sans aucune trace d'hésitation. Une fois le second agneau ranimé, elle apporta de l'eau fraîche à la brebis puis elle appuya sur les trayons pour faire sortir un peu de lait afin que les agneaux puissent téter facilement. Pour finir, elle rinça ses mains couvertes de sang. Déjà les agneaux étaient debout sous leur mère. Accoudée à la barrière de l'enclos, Maïken les observait vaciller sur leurs pattes. Encore une fois, la vie avait été plus forte.

⋆

Lorsque Cosme K et Maïken sortirent de la grange, plusieurs personnes attendaient déjà derrière la barrière au bout de l'allée et ils durent traverser la cour, presque nus, sous le regard interloqué des visiteurs de Bestefar. Ils franchirent le seuil de la maison, essoufflés par leur course et par les rires auxquels ils purent enfin laisser libre cours à l'abri des murs de bois. Bestefar s'était préparé. Comme chaque dimanche, il attendait patiemment, assis sur une chaise, que l'horloge marque 7 h 30 pour sortir et il ne prêta aucune attention à la dégaine de Cosme K et Maïken qui passèrent devant lui sans qu'il semble s'en apercevoir.

Ils montèrent à l'étage pour se laver et s'habiller. Cosme K était déjà en retard. « Si on allait se baigner cet après-midi à mon retour ? » Il embrassa Maïken sur la joue et se précipita dans l'escalier. Elle entendit le bruit des pas sur le gravier de la cour, puis celui du moteur. Elle s'approcha de la fenêtre grande ouverte et regarda le véhicule s'éloigner à vive allure, dégageant une traînée de fumée derrière elle. Les visiteurs au bout de l'allée s'étaient éloignés pour ne pas risquer de se faire renverser. Elle resta à la fenêtre jusqu'à ce que la voiture disparaisse au premier virage. La poussière retomba lentement. Puis il ne resta plus aucune trace de Cosme K.

À ce moment-là, Bestefar apparut devant la maison et il remonta lentement toute l'allée, son bonnet enfoncé sur ses oreilles. Les mèches de cheveux blancs qui s'en échappaient étincelaient sous la lumière du soleil.

Maïken avait du temps devant elle. Le gros des troupeaux étaient libres depuis le début de l'été. Les travaux des champs attendraient lundi et elle se recoucha sur le lit défait. Elle tendit son bras vers le tiroir de la table de nuit et en sortit la photo qu'elle avait évoquée avec Cosme K. Elle scruta les détails du visage de sa mère, qu'elle connaissait pourtant par cœur, à la recherche d'un nouvel indice, d'un signe. « Maïken, je reviendrai te chercher », avait-elle promis, accroupie à hauteur de l'enfant. Mais Maïken écoutait sans comprendre. Elle s'imprégnait des odeurs qui émanaient de la peau de sa mère pendant qu'elle parlait. L'odeur du savon jaune humide, celui posé sur le bord du lavabo et qu'elles se partageaient dans une intimité distante. L'odeur de cerise du bâton de rouge à lèvres qu'elle ouvrait parfois en cachette. Et puis l'odeur rassurante de la sueur qui traversait le chemisier léger presque transparent sur la peau claire. Et Maïken aurait souhaité que sa mère se taise. Elle aurait voulu seulement mélanger sa propre odeur à ces fragrances adorées, s'y blottir à s'en étourdir, à s'en rendre ivre, pour oublier les mots d'adieux de sa mère et le visage crispé de son père qu'elle devinait derrière elle. Mais sa mère s'était relevée et les odeurs s'étaient dissipées. Et en se redressant, les rebords de son chapeau avaient caché dans l'ombre le visage aimé.

Ensuite, Maïken ne se souvenait que du bruit de la grosse valise sur le gravier. L'énorme valise instable qui se retournait sans cesse, entravant l'avancée de sa mère. Frénétiquement, celle-ci l'avait traînée jusqu'à la route laissant des traces profondes et irrégulières tout le long de l'allée. Et Maïken était restée quelques minutes pétrifiée face à ces traces au bout desquelles s'installait le vide. Puis les battements de son cœur dans sa poitrine s'étaient accélérés. Elle se souvient de la violence des battements sourds de son cœur. Et elle avait trouvé la force de courir jusqu'à la falaise. Et dans son crâne en effervescence elle se souvient avoir énoncé chaque geste à accomplir comme si elle n'aurait pas pu y parvenir instinctivement. Traverser la cour à grandes enjambées. De la boue dans la cour. De la boue sur les souliers. Tant pis pour les souliers. Enjamber la barrière. Un, deux, trois, barreaux. Sauter de l'autre côté et puis courir, courir vers la route. Traverser la route. Courir encore. Foncer tout droit maintenant, à travers l'herbe couchée. Plus vite. Traverser les fossés. Tout en haut de la falaise. Ne plus oser avancer. Se figer comme une sentinelle.

Et plusieurs fois la silhouette de sa mère était apparue dans le décor, au détour d'un virage, dans la nudité d'un paysage, mais à chaque apparition elle devenait plus minuscule, plus insaisissable, et elle avait fini par se dissiper complètement. Maïken avait encore attendu que l'*Hurtigruten* s'extraie péniblement du port en direction du sud. Et après que le bateau n'avait plus été qu'un mirage sans consistance au-dessus de l'eau, elle avait encore attendu jusqu'à la nuit, espérant voir surgir des ombres du crépuscule cette même silhouette qui aurait renoncé à la fuite pour choisir son enfant. Mais elle resta seule en haut de la falaise et elle envia secrètement les oiseaux, si nombreux sur les parois abruptes de l'île, que jamais aucun d'entre eux ne devait se sentir abandonné. Finalement, elle dut se résoudre à rentrer à la ferme. Rentrer ou sauter du haut de la falaise et rejoindre les oiseaux. Mais elle choisit de rentrer dans la nuit. Elle aperçut depuis très loin la lumière dans la cuisine. Elle hésita encore. Elle aurait pu aller s'étendre dans le foin de la grange avec les bêtes. Les bêtes qui auraient su la réconforter mieux que son père. Leurs souffles chauds, leurs respirations lentes, leurs corps lourds qui écrasent la paille. Son père était assis et la table était mise comme un soir ordinaire. Il l'attendait. Maïken resta d'abord sur le pas de la porte, intimidée soudain par cette maison qui n'était plus celle de son enfance.

« Écoute bien ce que je vais te dire ce soir car je n'en reparlerai pas. Je n'en reparlerai plus. Maïken, ta mère ne reviendra pas. Quoi qu'elle t'ait dit, quoi qu'elle t'ait promis, tu dois savoir qu'elle ne reviendra pas. Nous devons apprendre à vivre tous les deux, sans elle. Elle n'était pas d'ici. Elle n'était pas d'Andøya. Elle est venue pour toi mais une île ça peut rendre fou quand on n'y est pas né. Une île ça ne pardonne aucune faiblesse. Elle n'était pas d'ici. Elle a tenu autant qu'elle a pu. Un jour il faudra lui pardonner. »

Puis il se tut et ils mangèrent la soupe froide en silence. À la fin du repas, il ajouta avant que Maïken ne rejoigne sa chambre :

« Mais toi, Maïken, toi tu es une fille d'Andøya, c'est tout ce que je peux te dire pour t'aider. »

Peut-être son père pensait-il que ce serait plus facile ainsi. Tout dire en trois phrases et plonger la tête dans la soupe. Et puis se taire. Tirer un trait. Mais le silence n'accélérait pas l'oubli. Et Maïken, ce premier soir, n'avait pas cru son père. Dans son lit, alors que les bruits de vaisselle qui montaient jusqu'à sa chambre ne produisaient plus les mêmes échos que la veille, elle l'avait même détesté pour ces mots sans perspective, lancés comme des pierres taillées à travers la cuisine devenue si étroite. Et les semaines qui suivirent, elle s'était rendue chaque jour sur la falaise, à l'heure du passage de l'*Hurtigruten*, pour observer les passagers se déverser sur les dalles grises du port et tenter de reconnaître parmi eux le tissu léger et la lourde valise. Et aujourd'hui encore, elle se surprenait parfois à guetter cet impossible retour, droite face à la mer, le vent en rafale sur son visage et la bruyère frôlant ses chevilles nues.

Maïken s'en voulut d'avoir parlé de cette photo à Cosme K. Elle avait immédiatement perçu sa gêne et aussi son désintérêt poli. Mais elle n'avait pas pu contenir les mots et elle le regrettait désormais. Elle ferma les yeux mais ne s'endormit pas. Elle comprenait tout à coup que l'accord tacite qui existait entre eux sans que jamais ils ne l'aient véritablement formulé, qui les laissait aux lisières de leurs vies, à l'abri, cet accord était en train de se fissurer en elle.

Elle fit alors l'inventaire de ce qu'elle savait de Cosme K, en comptant sur ses doigts : il arrivait de l'ouest de la France, d'un autre bout de terre, il avait dix-neuf ans, presque dix ans de moins qu'elle, il était blond, il vivait chez elle depuis six mois, il parlait mal l'anglais mais s'améliorait chaque jour. Il ne possédait pas de téléphone portable et se méfiait d'Internet et des réseaux sociaux, il travaillait depuis deux mois sur le *Reine*, il aimait boire et manger, il faisait des cauchemars violents, il possédait en tout et pour tout un seul sac de vêtements et portait toujours le même vieux pull gris en laine épaisse.

Voilà ce que je sais de lui, voilà ce que je sais de l'homme qui vit ici et ce que je sais de lui tient sur les dix doigts de mes mains.

Elle se souvenait aussi d'une phrase qu'il avait prononcée lors de leur rencontre alors qu'elle l'interrogeait sur les raisons de son départ de France. « Je ne cherche pas les palpitations de l'aventure mais uniquement l'apaisement de l'exil. » C'était à peu près tout. C'était peu et en même temps cela lui avait paru suffisant jusqu'à présent. En tout cas la question ne s'était pas vraiment posée... Elle se posait maintenant.

Elle ouvrit les yeux. Le sac de Cosme K gisait au pied de l'armoire et elle se rendit compte que ses vêtements étaient toujours à l'intérieur. Il n'avait investi aucun espace sur l'étagère ni dans l'armoire. Elle se leva et s'approcha du sac affaissé, largement ouvert. Elle s'accroupit et passa sa main sur les vêtements pliés. Puis, sans y penser vraiment, elle entrouvrit la poche intérieure. Elle trouva le passeport qu'elle feuilleta furtivement. Elle s'étonna de l'absence de K après le prénom. Elle mémorisa la date de naissance. Aucun signe particulier n'était mentionné. Elle en ressentit une déception certaine. Du passeport s'échappa une petite photo carrée dans une pochette plastique. Deux bébés sont assis sur une couverture dépliée sur l'herbe. Entre eux elle crut deviner Cosme K sans en être certaine. Il est si jeune sur cette photo ancienne. Les traits de son visage sont apaisés. Autour d'eux plusieurs arbres sont en fleurs. Des pétales blancs jonchent le sol. Elle secoua violemment le passeport pour découvrir d'autres pièces à conviction mais seul un billet retour non daté pour l'*Hurtigruten* s'en détacha cette fois. Elle resta un instant interdite. Puis elle eut honte d'avoir ainsi fouillé dans ses affaires, à son insu, comme l'aurait fait une amante injustement jalouse. Elle se souvint que le premier soir, elle lui avait dit avec détachement : « Tu resteras le temps que tu voudras. » Cosme K avait souri : « J'accepte la proposition. » Et ils avaient scellé l'accord en se tapant dans les mains. Mais aujourd'hui, l'été s'étirait vers sa fin et Maïken se demandait si elle pourrait survivre à nouveau à la solitude.

L'après-midi, ils allèrent à la plage comme l'avait souhaité Cosme K. Ils se baignèrent un moment dans l'eau transparente, puis ils s'allongèrent plusieurs heures entre les rochers. Seuls quelques moutons étaient témoins de leur nudité. Ils avaient parlé un peu, du beau temps qui n'en finissait pas, du repas qu'ils prépareraient pour Nora et Olav le lendemain soir, mais Cosme K s'était rapidement assoupi, épuisé par sa virée en mer. Sa tête était posée sur le ventre plat de Maïken et elle pouvait observer sans retenue le visage aimé, baigné de soleil et de sable mêlés. Elle pouvait l'observer, sans crainte qu'il se détourne ou qu'il la rejette. Et elle profitait de chaque seconde qui lui était donnée de s'abandonner à cette contemplation clandestine. Ce faisant, elle tentait de dissimuler le léger tremblement qui parcourait son corps car elle savait qu'il se sentait prisonnier du moindre regard posé sur lui.

*

Ni la police, ni les journalistes n'avaient pu découvrir l'identité du vieil homme, échoué un matin, dans l'allée de la ferme. Maïken l'avait aperçu en ouvrant la fenêtre de sa chambre, allongé dans le fossé, et elle avait craint d'abord qu'il ne fût mort. Les premières gelées avaient été précoces cet automne-là et une fine épaisseur de givre paralysait chaque brin d'herbe. Elle avait jeté son lourd manteau sur ses épaules, qu'elle avait boutonné de bas en haut pour effacer sa chemise de nuit blanche. Plantée dans les bottes trop grandes de Jonas, elle s'était approchée avec précaution, le canon de son fusil pointé devant elle. Mais le vieil homme respirait. Il dormait paisiblement. Sa poitrine se soulevait à un rythme régulier. Il portait une veste en peau de mouton dont le col était relevé, un pantalon côtelé et un bonnet gris. Ses bras étaient croisés sur le haut de son corps pour se protéger de la froideur de l'aube et ses grosses mains étaient crispées sur ses épaules. Au bout de quelques secondes, alors que Maïken passait en revue la moindre parcelle de ce corps étranger, le vieil homme avait fini par ouvrir les yeux et elle avait sursauté de surprise. Il semblait émerger d'un sommeil lourd et lointain. Mais dès qu'il avait découvert le visage de Maïken penché sur lui, il avait pourtant souri et son regard était empli d'une bienveillance qui réchauffa Maïken, encore engourdie par les souvenirs de Jonas. Un silence stupéfait s'était installé, puis elle avait demandé, un peu brusquement pour masquer son trouble et en exagérant l'autorité de sa voix :

« Qui êtes-vous ? »

Pendant ce temps le vieil homme s'était redressé et, avec une extrême lenteur, il avait passé sa main sur sa veste et sur ses longs cheveux blancs pour en faire tomber la poussière, la terre et les herbes sur le sol, dur comme de la pierre. Il accomplissait ces gestes avec conscience, sans crainte, ni gêne, face à cette jeune fille qui le tenait en respect avec son fusil trop pesant pour ses bras fins comme des roseaux. Et pendant qu'il se redressait, découvrant sa grande taille et sa stature épaisse d'homme des campagnes, Maïken fut soudain bouleversée par la sérénité qui émanait de ce corps usé mais puissant. Et sans interruption, le vieil homme lui confiait son sourire mais il ne répondait à aucune des questions qui se dissipaient dans l'air, inconsistantes comme des bulles de savon. Et Maïken s'était tue et ils s'étaient retrouvés immobiles, l'un face à l'autre, dans le silence de l'attente. Soudain confuse et impuissante, elle pensa qu'elle ne pourrait plus jamais imposer de gestes à son corps pétrifié. Mais le souffle du vent glacé avait sifflé à son oreille : « Rentre chez toi Maïken. » C'est ce qu'elle avait entendu. Alors elle avait fait demi-tour pour rejoindre la ferme, et sans qu'elle ne l'y ait invité, le vieil homme l'avait suivie à une distance raisonnable. Et pendant tout le trajet le long de l'allée, sous le bruissement des bouleaux allongés, elle avait senti le regard du vieil homme posé sur sa nuque et à nouveau une chaleur inconnue avait irradié à l'intérieur de son corps, un rayonnement qui s'infiltrait entre ses os et dans sa chair et dans le moindre vaisseau qui irriguait son cœur. Imperceptiblement, elle avait alors ralenti son pas pour retarder l'arrivée dans la maison car déjà, elle craignait de briser le charme et de voir ainsi disparaître le réconfort qui la parcourait.

Finalement, elle avait atteint la cuisine et une fatigue soudaine l'avait envahie. Elle avait dû s'asseoir, courbaturée et lasse comme à la fin d'une journée passée à rentrer le foin. Accablée, elle avait mis de longues minutes à revenir à elle, peut-être s'était-elle même assoupie. Elle n'en fut jamais certaine. Mais lorsqu'elle avait retrouvé ses esprits, le vieil homme était toujours là, debout dans l'encadrement de la porte, impassible, ne trahissant aucune impatience ni agressivité. Et Maïken fut soulagée de le voir à cette place. Elle lui désigna une chaise autour de la table et elle prépara du café pour se donner une contenance et réfléchir à ce qu'elle devait faire maintenant.

Lorsqu'elle s'était retournée quelques minutes plus tard, la cafetière dans une main, le vieil homme avait entretemps ôté son bonnet et elle avait découvert la longue cicatrice qui traversait sa tempe droite et lui fendait l'oreille de haut en bas, de sorte qu'il ne lui restait que le lobe et l'orifice. Un léger mouvement de recul avait trahi son dégoût face à cette oreille étrangement sectionnée mais le vieil homme n'en avait conçu aucune gêne et elle s'était demandé s'il était conscient de son infirmité. Elle avait finalement servi le café dans deux tasses dépareillées et, pendant que le vieil homme réchauffait ses doigts autour de sa tasse, elle avait téléphoné à la police parce que c'était cela qu'il fallait faire, c'était cela qui était attendu d'elle. Elle avait signalé la présence d'un inconnu qui semblait s'être égaré chez elle et qui ne pouvait prononcer une parole. Avant de raccrocher, elle avait insisté sur le fait qu'il était âgé et complètement inoffensif. On lui avait répondu de ne pas s'inquiéter, qu'ils allaient faire vite et lorsqu'elle reposa le téléphone le doute lui tiraillait le ventre.

Une voiture était arrivée dans la cour peu de temps après. Maïken et le vieil homme avaient terminé leur café et ils attendaient en silence. Et toujours le vieil homme la regardait fixement et elle n'était pas gênée par l'insistance de ce regard car elle avait la sensation d'un soulagement immense. Et même lorsqu'ils emmenèrent le vieil homme avec eux, celui-ci n'opposa aucune résistance et il continua de l'inonder de son sourire confiant qui n'exprimait aucun reproche, aucune colère. Elle observa les longs cheveux blancs disparaître et elle noya ses pensées dans la poussière qui s'élevait des graviers.

Puis le cours de sa journée avait repris à son rythme, habituel et monotone, mais sa tristesse s'était évaporée. Tout au fond d'elle, elle savait déjà que d'une façon ou d'une autre elle retrouverait le vieil homme. Quelque chose d'indéfinissable était en mouvement. Pour la première fois depuis la mort de Jonas, elle se mit à chanter en étalant la paille des brebis.

Les semaines qui suivirent, Maïken avait pris connaissance, jour après jour, de l'avancée de l'enquête dans le journal de l'île. Faute de prénom, les journalistes avaient baptisé le vieil homme Bestefar. Le rapport médical avait rapidement conclu à une amnésie partielle. Le vieil homme ne savait ni qui il était, ni comment il s'était retrouvé dans le fossé de la ferme de Maïken. Apparemment muet, il communiquait uniquement par écrit, en norvégien et en russe. L'amputation de l'oreille était ancienne. Aucune autre blessure n'avait été répertoriée. Un avis de recherche fut lancé à la télévision nationale et le fait divers avait ému toute la Norvège pendant plusieurs jours. Des journalistes d'Oslo étaient même venus jusque sur Andøya pour interviewer Maïken, mais elle n'avait pas voulu leur parler. Ce qui lui restait du passage de Bestefar était une sensation qui chaque jour s'atténuait un peu plus et la laissait dans un état de manque toujours plus grand. Les faits précis de leur rencontre étaient déjà troubles dans son esprit, presque oubliés. Mais malgré toute l'effervescence qui régnait autour de Bestefar, malgré l'empathie qu'il suscitait jusqu'à la reine Sonja elle-même, personne ne s'était manifesté, personne ne l'avait reconnu ni réclamé. La police fit même appel à Interpol et aux polices des pays voisins en vain. Dans le journal, on titrait : « Qui veut adopter Bestefar ? L'amnésique d'Andøya toujours sans famille. » Mais aucun nouvel élément susceptible de faire avancer l'enquête ne fut découvert et les semaines passèrent et les articles au sujet de Bestefar se firent de plus en plus rares. Jusqu'au moment où plus personne ne s'intéressa à lui et où le monde l'oublia définitivement dans les couloirs d'une unité psychiatrique de l'hôpital du comté du Nordland.

Sur la falaise, Maïken souriait. Debout, face aux flots déchaînés de l'hiver qui ramenaient chaque matin les chalutiers au port, leur ventre débordant de skrei, elle se remémorait le regard de Bestefar qui l'enveloppait de douceur comme autrefois les bras de Jonas autour de son ventre. Oui, Maïken souriait. Pour la première fois depuis la mort de Jonas elle savait ce qu'elle avait à faire.

*

Maïken et Cosme K avaient cuisiné une bonne partie de l'après-midi. Ils avaient épluché et lavé des légumes frais, qu'ils avaient fait cuire à la vapeur pour accompagner les boulettes de viande à la compote d'airelles. Cosme K avait également préparé sa mousse au chocolat noir, qui était devenue l'incontournable dessert des repas qu'ils partageaient avec Nora et Olav. Au moment de la servir, il l'accompagnerait d'une crème chantilly onctueuse et légère. Autour de la table l'extase gustative serait sans aucun doute à nouveau au rendez-vous. Maïken resta silencieuse pendant tout le temps des préparatifs. Elle avait choisi un CD de Bjørn Berge et elle fredonna quelques-unes des chansons qu'elle connaissait depuis l'enfance. Les rayons du soleil cognaient durement sur les vitres des fenêtres et le grand four rejetait sa chaleur odorante. L'air de la cuisine devenait de plus en plus étouffant. Le blues des accords de guitare enveloppait les corps dans une torpeur qui ralentissait les gestes et les maintenait éloignés l'un de l'autre. Penchés au-dessus de la table, ils relevaient parfois la tête simultanément mais aucun mot ne s'échangeait. Cosme K tentait parfois un sourire auquel Maïken répondait presque laborieusement. Alors, gênés, ils passaient leur main sur leur front perlant de sueur. Lorsqu'ils eurent terminé, Cosme K sortit des glaçons du congélateur et remplit deux grands verres d'eau dans lesquels il pressa, à l'aide d'une fourchette, deux demi-citrons verts. Ils burent lentement, adossés côte à côte. Leurs épaules nues s'effleuraient. Ils ôtèrent leurs tabliers et montèrent se doucher ensemble. Et pendant que l'eau fraîche ruisselait sur leurs peaux ardentes, Maïken scruta le corps de Cosme K comme si elle le découvrait pour la première fois. Puis elle ferma les yeux et s'abandonna à ses baisers. Et pendant qu'il la prenait, elle se remémora plusieurs fois chacun des détails de ce corps qu'elle ne voulait pas oublier.

À 18 heures précises, Olav et Nora frappèrent à la porte qui pourtant était grande ouverte. Ils s'annoncèrent avec un « c'est nous ! » bruyant et rieur. Cosme K dévala l'escalier. Ils échangèrent des accolades chaleureuses. Olav et Nora étaient sincèrement heureux de partager un nouveau moment avec leurs amis. Depuis que Cosme K partageait la vie de Maïken, ils avaient retrouvé la légèreté de ces soirées qui prévalait lorsque Jonas était encore parmi eux.

Cosme K avait sorti des bières Nøgne blondes du frigo et ils s'installèrent sur le long banc en attendant Maïken, profitant de la douceur sur le perron couvert. Face à eux, sur l'eau immobile, s'étalait un soleil rouge qui écrasait le fjord. Ils trinquèrent alors au bel été qui s'éternisait. Le bruit joyeux du verre épais des bouteilles qui s'entrechoquaient présageait d'une soirée radieuse. Pourtant, un silence inattendu s'installa immédiatement après. Et lorsque Maïken apparut enfin ce silence se prolongea sans que ni les uns ni les autres ne parviennent à le rompre. Ainsi, alignés sur le banc, ils burent leurs premières gorgées de bière dans un isolement contemplatif. Sous leurs yeux, la mer engloutissait le soleil.

L'arrivée de Bestefar brisa temporairement la bizarrerie de ce moment. Comme il en était coutumier, il était parti aux aurores sans préciser où il allait. Personne ne savait ce qu'il faisait de ses journées, seul sur la lande. Certains le croisaient parfois à l'autre bout de l'île, mais la plupart du temps il disparaissait sans laisser de trace. Au tout début Maïken avait craint qu'il ne se perde à nouveau. Elle l'avait cherché, parcourant des kilomètres avec la vieille camionnette de son père. Mais toujours elle revenait bredouille. Parfois, après des heures sur les routes et les chemins, elle le trouvait assis sur le perron, attendant son retour. Une seule fois elle lui avait demandé : « Peux-tu me dire où tu vas ? » Il avait sorti le petit carnet qu'il avait toujours dans sa poche et il avait écrit : « Je ne le sais jamais avant d'y aller. » Depuis, elle s'était habituée à ses disparitions qui parfois se poursuivaient même au cœur de la nuit. Bestefar était sans doute la réincarnation d'un chat, pensait-elle et elle le laissait aller et venir à sa guise, dans son propre espace-temps.

Lorsqu'il arriva à leur hauteur, Bestefar leur adressa un sourire et un signe de la main en guise de salutation. Olav et Nora lui répondirent avec le même geste. Mais déjà il avait franchi le seuil de la maison. Cosme K se leva pour proposer une nouvelle tournée de bière mais personne n'en avait envie. Ils passèrent à table et tentèrent de masquer leur malaise par des conversations anodines et de nombreux verres de vin mais la mousse au chocolat ne suscita aucun commentaire.

Après le repas, Maïken sortit des plaids et des couvertures de l'armoire qui trônait en bas de l'escalier et ils s'installèrent à nouveau sur le perron. La nuit était avancée et déjà fraîche mais sous les épaisseurs de coton et de laine les corps imbibés d'alcool se maintenaient à une température confortable. Olav prépara un joint. Il était approvisionné régulièrement en herbe par un ancien voisin qui aujourd'hui travaillait à Bergen et faisait la navette chaque mois sur l'île. Comme la mousse au chocolat de Cosme K, le joint d'Olav faisait partie de leur rituel de fin de soirée. Chacun à son tour ils tirèrent de larges bouffées sur le cône informe qui passait et repassait de main en main et au bout de quelques minutes l'atmosphère sembla enfin se détendre. Olav et Nora tentèrent alors de relancer la conversation.

« Vous vous souvenez de la première soirée qu'on a passée tous les quatre ? La fois où tu nous l'as présenté, Maïken ? »

Olav parlait exagérément fort et Nora lui tapa sur le bras.

« Chut, Bestefar dort peut-être déjà. »

Olav continua un ton plus bas à l'adresse de Cosme K.

« Tu te souviens ? On avait du mal à te comprendre, tant ton anglais était approximatif, c'est fou les progrès que tu as faits en combien ? Cinq, six mois ?

– C'est surtout son accent français qui était vraiment mignon. Je suis sûr que c'est là-dessus que tu as craqué, Maïken. Pas vrai ? »

Olav imita l'accent de Cosme K. Nora força son rire.

« Enfin en tout cas ce soir-là on s'est bien demandé ce que cela allait donner cette histoire. Un Français échoué ici, c'est comme les baleines sur la plage, ça n'arrive pas tous les jours... Et puis je dois dire que je te trouvais un peu jeune. J'étais même carrément inquiète pour toi, Maïken... Et en même temps lorsque je vous ai vus ensemble...

– ... c'était évident. Évident et flippant quand même.

– Vous aviez l'air accordés... et puis Maïken je ne t'avais pas vue si... radieuse depuis... enfin tu comprends... »

Nora et Olav se turent. Le ciel était tellement étoilé qu'il était possible de distinguer les traits des visages malgré l'absence de lumière sur le perron.

« Depuis la mort de Jonas… »

Maïken avait finalement posé sa tête sur les genoux de Cosme K. Elle avait prononcé ces paroles presque involontairement. Cosme K regardait les étoiles.

Le silence affleura à nouveau et cette fois il drainait avec lui des relents contradictoires de crainte et de nostalgie. Un sentiment confus que quelque chose de fragile était en train de se briser.

« Au fait, je voulais te demander ce que tu comptais faire lorsque la saison des safaris serait terminée. J'ai parlé ce matin avec le chef, tu sais le Français qui tient un restaurant dans l'ancienne école. Il cherche quelqu'un pour faire marcher le restaurant pendant les mois d'hiver, lorsqu'il est absent. Je lui ai dit que je t'en parlerais. »

Maïken entendit la voix de Cosme K répondre à Olav. Mais la voix était lointaine, assourdie, et elle ne distingua pas la suite de leur conversation. Au-dessus d'elle les étoiles avaient entamé une farandole, dont le rythme s'accélérait pour devenir un tourbillon lumineux et hypnotique. Et dans son crâne, ses pensées aussi s'étaient mises à tournoyer de plus en plus vite, l'aspirant dans l'œil d'un cyclone qui semblait vouloir l'emporter loin d'ici. À un moment elle dut fermer les yeux pour ne pas défaillir. Elle se dit que sans doute elle avait trop bu ! Les voix autour d'elle n'étaient plus que bourdonnements indéchiffrables. Et puis brusquement un haut-le-cœur traversa ses organes. Elle se redressa, le joint roula sur le sol et s'éteignit. La conversation s'arrêta net autour d'elle. Elle vacilla un peu sur ses jambes, s'emmêla les pieds dans la couverture mais finalement se précipita à l'intérieur de la maison. Les autres marquèrent un temps de surprise puis Nora se leva à son tour pour la rejoindre. À travers la porte des toilettes, elle lui demanda si tout allait bien mais n'obtint aucune réponse.

Un peu plus tard, Maïken était assise dans la cuisine pendant que Nora remplissait un verre d'eau au robinet.

« Le mélange alcool et herbe parfois ça déménage, dit Nora en tendant le verre à Maïken.

– Nora...

– Oui ?

– ... Cosme K va partir.

– Tu rigoles, il est fou de toi. Tu as vu comme il te regarde.

– Ce n'est pas suffisant. Il va partir, j'en suis certaine. Il partira dès la fin des safaris. »

Nora s'assit auprès de son amie et passa son bras sur ses épaules.

« Je crois vraiment que tu as trop bu. Il faut que tu ailles te coucher maintenant.

– Il va partir. Je serai seule. Seule à nouveau. Ce n'est jamais suffisant l'amour. Jamais suffisant pour rester ici.

– Viens, on retourne prendre l'air. »

Et Nora entraîna Maïken sur le perron. Cosme K et Olav s'étaient levés et les mains dans les poches se laissaient étourdir par la brise fraîche.

« Ça va mieux ? demandèrent-ils en chœur.

– Olav, on va rentrer maintenant. Vous nous raccompagnez un peu ? » interrogea Nora.

Cosme K voulut enlacer Maïken mais elle esquiva.

« Tu préfères peut-être aller te coucher immédiatement ?

– Non, je veux bien marcher un peu, ça va me faire du bien. Attendez-moi, je vais prendre un pull, j'ai froid tout à coup. »

Dans la maison, Maïken ouvrit précipitamment les portes de l'armoire dans l'obscurité, elle tâtonnait. Elle finit par trouver un vieux châle en laine qui avait appartenu à sa mère, ou peut-être à sa grand-mère, qu'elle n'avait pas connue. Qu'importe, elle jeta le châle démodé sur ses épaules en parlant tout haut : « Ça fera l'affaire. » Puis elle fit un demi-tour sur elle-même afin de rejoindre les autres. Mais alors qu'elle allait se précipiter à travers la pièce sombre, son élan fut brisé net. Bestefar était là devant elle, assis sur la bergère, tapis dans l'ombre. Un animal, pensa-t-elle. Un chat. Maïken le croyait endormi depuis longtemps et elle sursauta de surprise. Il souriait. Mais elle décela immédiatement dans ce sourire quelque chose d'inhabituel. Quelque chose de dérangeant comme s'il voyait à travers elle. Il lui fit signe de s'approcher. Elle s'exécuta avec, pour la première fois, une appréhension qu'elle avait du mal à s'expliquer. Jamais, depuis leur première rencontre, elle n'avait éprouvé de crainte vis-à-vis de l'étrangeté de Bestefar. Au contraire, elle était allée l'arracher à son hôpital de fous, poussée par une audace qu'elle ne se connaissait pas. Car elle avait eu besoin de ce regard posé sur elle, car seul ce regard avait pu l'apaiser de la mort de Jonas. Et ce regard l'avait apaisée longtemps, jusqu'à l'arrivée de Cosme K. Lorsqu'elle fut tout près de Bestefar, des sentiments divers la traversèrent et elle fut tentée de fuir mais en vérité elle ne pouvait se soustraire à son emprise. Il apposa ses mains sur son ventre. Elle tressaillit et instantanément la tempête qui l'assaillait jusqu'alors se calma. Elle sentit la chaleur des grandes mains, nouées d'arthrose, traverser sa peau et se faufiler dans chacun de ses organes. Cela ne dura que quelques secondes puis il retira ses mains. Il sortit son carnet de sa poche et il écrivit. Il écrivit quelques mots sur une page vierge. Et il tendit le carnet à Maïken.

Sur le sentier côtier qui les ramenait à la ferme, Cosme K tenait Maïken fermement par la taille. Peut-être avait-il peur qu'elle tombe du haut des falaises. Peut-être s'accrochait-il à elle pour ne pas s'effondrer lui-même. Ils marchaient sans parler. Ils avaient raccompagné Olav et Nora jusque chez eux. C'était un rituel hérité du temps de Jonas. Mais dans cette nuit d'été finissant, seule Maïken pouvait le savoir. Cosme K était en dehors de ces souvenirs-là. C'était une façon pour elle de penser à Jonas. Un pèlerinage maintes fois renouvelé. Au loin, sur la mer, le plus grand parc éolien offshore de Norvège s'étendait sur toute la surface de l'eau.

Une armée de cyclopes, unijambistes et silencieux, dont les yeux rouges et intermittents semblaient menacer les terres lourdes et archaïques d'une invasion imminente. Maïken se détacha de Cosme K et s'immobilisa pour sonder l'avancée de ces colonnes inquiétantes sur l'eau noire. Elle fixa longuement les hélices, parfaites armes blanches qui, de leur rythme lent et uniforme, tentaient de l'hypnotiser pour la figer dans cette terre. Au bout d'un moment, elle finit par poser ses mains bien à plat sur son ventre. Et presque imperceptiblement elle sourit à la nuit et aux éoliennes lointaines, qui ne pouvaient plus rien contre elle. Elle n'était plus seule. Bestefar l'avait écrit.

*

Lorsque Cosme K poussait des cris au milieu de la nuit et qu'il se redressait sur le lit au bord de l'étouffement, Maïken lui prenait la main jusqu'à ce qu'il reprenne une respiration normale et que ses yeux hagards retrouvent leur calme habituel. Ensuite elle embrassait son épaule nue, avant qu'il ne se lève pour rejoindre la salle de bains. Elle entendait l'eau couler abondamment. Parfois, elle sombrait à nouveau dans le sommeil avant même qu'il ne revienne s'allonger près d'elle. D'autres fois, il ne se recouchait pas de toute la nuit et elle le devinait aller et venir au rez-de-chaussée, puis sortir dans la cour. Alors, elle tendait l'oreille pour identifier le bruit de ses pas sur le gravier s'éloigner progressivement de la maison, jusqu'à s'évanouir complètement. Pendant quelques minutes, le grand lama protestait, inquiet et vigilant, prêt à protéger le troupeau. Et Maïken sous ses draps se demandait à chaque fois si Cosme K n'était pas en train de fuir. Et l'angoisse la tenait dans un entre-deux, mélange de somnolence, de bruits lointains presque étouffés et de cauchemars fugaces qui la laissaient épuisée lorsque l'aurore surgissait. Mais il finissait toujours par rentrer. Il ouvrait largement la fenêtre, quelle que soit la température extérieure. Il apportait deux grandes tasses de café au lait qu'ils dégustaient ensemble sous la couette en admirant les couleurs qui, petit à petit, glissaient à nouveau sur chaque chose dehors, dans la cour, sur la lande et jusque dans le fjord. Maïken souriait de soulagement et secrètement elle respirait à nouveau. Une nouvelle journée s'annonçait et Cosme K en ferait encore partie.

Lorsque six mois plus tôt, elle l'avait aperçu sur les dalles du port, il se tenait debout, sous la lumière fade d'un vieux lampadaire, accroché au mur de l'ancienne conserverie. Un sac sans consistance s'était écroulé à ses pieds. Il regardait passer devant lui ceux qui se pressaient vers des visages aimés et qui déjà se laissaient entraîner par des bras impatients, pour rejoindre, aux quatre coins de l'île, la sécurité des maisons de bois rouge, abritées du froid qui, en ce mois d'avril, sévissait encore sur les corps endurants. Maïken, assise au volant de la vieille camionnette, attendait que la petite dizaine de passagers débarquée se disperse pour pouvoir récupérer sa livraison et rentrer à la ferme. Cosme K avait allumé une cigarette et elle l'avait observé tirer de longues bouffées sur son mégot, puis rejeter la fumée blanche dans l'air en entrouvrant légèrement ses lèvres. Il portait un blouson trop léger pour la saison et, malgré le col en fourrure qu'il avait remonté pour protéger son cou, il devait être transpercé par le froid. Pourtant, il ne semblait pas vouloir se laisser imposer le rythme de sa soirée par les températures polaires et il prenait tout son temps, approchant régulièrement ses doigts de l'incandescence de la cigarette pour les réchauffer. La lumière du lampadaire qui tombait sur lui allongeait encore son corps fin et éclairait de façon irréelle sa chevelure blonde qui ondulait jusque sur ses épaules. Il était le dernier des passagers sur les dalles du port maintenant et personne n'était venu le chercher. C'est à ce moment qu'un membre de l'équipage de l'*Hurtigruten* avait mis fin à l'observation minutieuse de Maïken, en frappant au carreau de la portière de la camionnette. Comme prise en faute, elle avait sursauté et ouvert précipitamment la portière, un peu gênée.

« Vous pouvez approcher votre camionnette en marche arrière au plus près de la passerelle, ainsi ce sera plus facile.

– Oui, oui tout de suite, merci. »

Elle avait manœuvré son engin sans difficulté, reproduisant les combinaisons apprises avec son père, pour le stationner précisément à l'endroit qui lui avait été indiqué. Elle était ensuite descendue pour aller ouvrir les deux portes arrière et ainsi elle était passée devant Cosme K qu'elle avait dévisagé. Elle fut surprise par la jeunesse des traits de son visage qu'elle n'avait pas su évaluer depuis l'ombre de sa cabine.

Le grand lama mâle qu'elle était venue réceptionner lui fut alors présenté. Il venait des Lofoten. Maïken avait perdu le seul mâle de son petit troupeau durant l'hiver écoulé et elle avait eu beaucoup de difficultés à lui trouver un remplaçant. Finalement celui qu'elle avait acheté se révélait être une bête magnifique et puissante qui pourrait sans aucun doute assurer à la fois une lignée de qualité et veiller sur les troupeaux en liberté l'été sur la lande. Elle l'avait tout de même examiné en professionnelle. Il était encore plus impressionnant que la liste des données de sa fiche descriptive reçue quelques semaines plus tôt. Il pesait dans les 160 kilos pour environ deux mètres de long. En outre, il ne paraissait pas du tout agité par son voyage dans les soutes de l'*Hurtigruten*. Après avoir tout vérifié, satisfaite, elle avait signé les papiers avant de se saisir de la longe en remerciant autour d'elle.

Cosme K, toujours immobile, avait suivi toute la scène et elle avait senti cette attention qu'il portait à chacun de ses gestes. Elle s'apprêtait à faire pénétrer le lama dans la camionnette, quand elle s'était retournée vers lui instinctivement et l'avait interpellé :

« Est-ce que tu pourrais me donner un coup de main ? »

Il avait regardé vers elle, mais avait répondu avec un geste d'incompréhension. Elle avait répété en anglais et cette fois, après avoir jeté le mégot à terre, il était venu près d'elle. Elle voulut lui tendre la corde pour pouvoir saisir le lama par l'encolure, mais pour la première fois, l'animal exprima de la nervosité. À l'approche de Cosme K, ses oreilles se tendirent vers l'arrière et il fit un brusque écart sur le côté qui déséquilibra Maïken. Elle lâcha la longe et faillit tomber mais Cosme K la saisit juste à temps par le bras et elle évita la chute. Cela ne dura que quelques secondes mais déjà le bruit des sabots du lama affolé résonnait sur les dalles du port désert. Ils restèrent immobiles, attendant que le lama arrête sa course de lui-même. Et la main de Cosme K encerclait toujours le bras de Maïken qui plissait les yeux, craignant que son nouvel animal se précipite à l'eau. Au bout d'un moment, le lama finit par se calmer et il s'arrêta pour brouter l'herbe d'un talus. Elle se libéra alors des doigts de Cosme K et, tout en finesse, s'approcha de l'animal, le flatta et récupéra la longe qui traînait sur le sol. Elle l'entraîna ensuite avec elle et l'installa dans la camionnette en évitant cette fois tout contact avec l'étranger.

« Où est-ce que tu vas maintenant ? Je peux te déposer ? lui demanda-t-elle lorsque les portes arrière furent refermées.

– Pour me remercier d'avoir fait fuir ton lama ?

– Oui en quelque sorte, sourit-elle, et aussi parce qu'il n'y a plus aucun transport en commun à cette heure-là.

– En fait, je vais chercher un endroit pour passer la nuit, une chambre chez l'habitant, un hôtel. Peut-être pourrais-tu m'indiquer un endroit ? »

Maïken fit semblant de réfléchir un instant mais déjà elle avait décidé, contre tout bon sens, de proposer à cet inconnu, ce passager de l'*Hurtigruten*, de venir dormir chez elle. Elle l'avait décidé dès la première vision sous la lumière du lampadaire et elle savait que, malgré toute l'imprudence que cela représentait, il ne saurait en être autrement.

Les phares jaunes de la camionnette étaient les uniques sources de lumière à travers la lande cette nuit-là. Les épais nuages masquaient les étoiles et la lune. Les essuie-glaces crissaient sur le pare-brise pour chasser la pluie fine qui avait commencé à ruisseler. Dans la cabine, Maïken et Cosme K étaient silencieux. Seuls les claquements de langue impatients du grand lama derrière la cloison contrariaient à intervalles réguliers la quiétude qui s'était installée dans l'espace tout autour d'eux. Et puis, presque timidement, dans son anglais de lycéen, Cosme K avait offert son prénom à Maïken mais il n'avait rien exigé en retour. Et Maïken se taisait. Les deux mains posées fermement sur le grand volant, elle faisait rouler le prénom sous sa langue et savourait cette sonorité nouvelle, encore et encore. Et la route défilait devant eux comme un long ruban couvert de paillettes d'or. Bientôt, ils apercevraient l'entrée de la ferme et Maïken savait que Jonas, où qu'il soit, lui faisait escorte.

*

Face aux portes de verre de l'hôpital du Nordland à Bødo, Maïken avait finalement hésité. Elle avait attendu quelques instants sur les marches de l'escalier, observant sa silhouette s'écraser sur les parois vitrées colossales. La fatigue du voyage semblait vouloir l'entraver dans la mission qu'elle s'était fixée là-bas, chez elle, debout sur la falaise, lorsque nuit après nuit le sommeil ne voulait pas la libérer et qu'une petite voix douce et insistante répétait sans cesse à son oreille : « Va chercher Bestefar, Maïken, va chercher Bestefar. » Et la petite voix avait grandi et elle avait envahi toutes les pensées et toutes les connexions entre les neurones du cerveau de Maïken. Et bientôt, elle fut irrésistiblement convaincue que seul le sourire de Bestefar pourrait lui rendre la confiance perdue depuis la mort de Jonas et que, ainsi, elle pourrait à nouveau sentir la chaleur traverser son corps affaibli.

Alors elle avait pris la route. Elle avait quitté Andøya, sans rien dire de ses intentions, ni à Nora, ni à personne. Elle avait quitté son petit bout de monde sans prévenir. Au moment de refermer la porte de la grange derrière elle, elle avait seulement murmuré aux quelques bêtes qui ne pâturaient pas en liberté : « Ne soyez pas trop impatientes mes belles, tenez-vous tranquilles, je reviens très vite. » Et les bêtes avaient gratté avec leurs pattes sur le sol terreux. Et elle avait ajouté presque pour elle-même : « Tout ira bien, oui tout ira pour le mieux. » Elle avait rejoint la route avec un simple sac en bandoulière qui cognait contre sa cuisse à chaque pas. Un air frais fouettait son visage et elle s'était arrêtée pour se couvrir d'un foulard. Face à elle, au pied des parois escarpées, la mer léchait les roches et le sable et, pour la première fois depuis la perte de Jonas, elle fut subjuguée par la brutale beauté de son paysage quotidien. L'air frais gonfla pleinement ses poumons et elle respira sans plus de contrainte aucune. Puis elle s'assit sur le banc étroit de l'arrêt de bus. Elle était calme et sereine. Elle savait que Bestefar, allongé sur le lit de sa chambre blanche, l'attendait. Il l'attirait à lui sans violence, patiemment. Et elle se laissait faire car, dès leur première rencontre, dans l'allée de la ferme, lorsque, couché dans le fossé, elle l'avait cru mort, elle avait instantanément pris conscience de ses pouvoirs d'alchimiste et même si elle ne craignait aucun de ses envoûtements, elle avait compris qu'il était inutile de lutter contre.

Les heures avaient défilé sur la route en épingle qui serpentait entre Andenes et Leknes, empruntant les innombrables ponts et tunnels construits au fil des décennies et qui permettaient de relier aujourd'hui en une journée les îles des deux archipels. Maïken avait dû jongler avec les horaires des lignes de bus régulières, attendre à des arrêts fantômes au milieu de nulle part, loin de toute habitation, doutant à chaque fois de l'exactitude des informations placardées et à moitié effacées par l'humidité. Et puis, alors qu'elle ne l'attendait plus, elle finissait toujours par apercevoir au loin le long véhicule se détacher à la sortie d'un virage interminable sur une crête ou un front de mer. Et elle levait le bras, haut, au-dessus d'elle, agitant sa main, reconnaissante et soulagée. Et immanquablement, le bus, dans un crissement de freins, marquait le stop et écartait ses portes coulissantes pour lui permettre de sauter à l'intérieur comme si elle venait de franchir une nouvelle étape décisive dans sa quête. Elle s'installait à une place isolée, contre une vitre, et se laissait envahir par la langueur du ronronnement du moteur. À travers la buée de la fenêtre, les paysages dénués de structure se succédaient et se répétaient, sans discipline, ni constance. Et sur les roches déchirées, les prés verts abrupts et les plages blanches lumineuses, Maïken devinait le visage de Bestefar se dessincr.

Arrivée à Leknes en fin de journée, elle avait dû se résoudre à passer la nuit dans une auberge, pour, au petit matin, embarquer sur le premier ferry qui desservait Bødo. Le lendemain, sur le pont déserté, dans l'aube naissante, elle avait observé les murs de montagnes se désagréger derrière elle et elle avait attendu que de l'autre côté s'ouvre le fjord sur la ville géométrique. Ce n'était que la seconde fois de sa vie qu'elle venait sur le continent mais elle ressentait le même mélange d'appréhension et d'excitation qu'alors. Lorsqu'elle avait eu huit ans, sa mère l'avait entraînée avec elle pour consulter un spécialiste de la dyslexie. Maïken se souvient encore du regard de sa mère, figé sur la ligne d'horizon, scrutant l'apparition de cette terre, oublieuse même de sa propre enfant accrochée aux bords de son long manteau. Cette enfant, qui sans doute intégrait déjà que jamais elle ne serait en mesure de rivaliser face au désir qu'elle lisait dans les yeux de sa mère.

Un homme était venu les attendre au débarcadère. Un homme qu'elle ne connaissait pas et qui lui fut présenté comme un cousin éloigné qui allait les accompagner tout au long de cette journée à Bødo afin qu'elles ne perdent pas de temps. Il possédait une voiture allemande et arborait un costume élégant. Il les avait invitées à déjeuner dans un restaurant chic du centre-ville et Maïken avait pu choisir ce qu'elle désirait manger dans la carte compliquée. Pendant qu'elle mangeait ses pommes de terre frites et son hareng pané, l'homme, assis face à elle, n'avait eu d'yeux que pour sa mère qui, délicatement, portait les aliments à ses lèvres peintes, en exagérant ses exclamations de satisfaction. Et Maïken, pour la première fois, connut l'humiliation de se sentir tolérée dans un espace tout entier occupé par des forces qui l'engloutissaient. Elle termina son repas en silence, évitant le plus possible d'interférer dans la relation qui l'excluait totalement. En fin d'après-midi, après sa visite chez l'orthophoniste, dont elle ne se souvenait ni des examens, ni du diagnostic, elle avait longuement patienté dans la salle d'attente que sa mère vienne la chercher. Les yeux posés sur la moquette tachée, elle s'était préparée à ce qu'elle ne réapparaisse pas et avait même élaboré ce qu'elle dirait à l'assistante du médecin lorsque celle-ci, avant de fermer le cabinet, la trouverait encore là. Et ainsi, elle en était venue à penser aussi à son père, resté seul à Andøya. Elle l'imagina dans la grange, courbé sur ses outils, et elle ne ressentit que pitié pour cet homme qui était en train de laisser sa femme s'en aller. La porte de la salle d'attente s'était enfin ouverte et Maïken avait été presque surprise de voir apparaître sa mère, seule et souriante. Elle s'était précipitée sur elle pour la prendre dans ses bras. Maïken s'était laissée embrasser, inerte, en promettant de garder le secret sur le déroulement de la journée.

Au comptoir d'accueil de l'hôpital, Maïken avait demandé le numéro de la chambre de Bestefar. L'infirmière qui se trouvait là s'enquit aussitôt de savoir si elle était journaliste et, sans réfléchir, elle avait répondu qu'en effet, elle venait faire un article pour le journal d'Andøya. L'infirmière avait haussé les épaules, indiquant ainsi qu'elle ne connaissait pas cette feuille de chou puis, sans autre vérification, lui avait indiqué que Bestefar se trouvait actuellement dans le parc, derrière le bâtiment. Maïken avait remercié poliment et suivi l'itinéraire indiqué par l'infirmière. À chaque fois qu'elle croisa des membres du personnel de l'hôpital, elle se crut démasquée par leurs regards de biais. Pourtant, elle parvint à l'extérieur sans difficulté. Il s'agissait d'un parc ancien, pourvu de grands arbres et totalement ouvert sur la ville. Malades en chaises roulantes et promeneurs, enfants à vélo et vieillards en pyjama, se côtoyaient dans les allées de béton. Un point d'eau central, autour duquel étaient installés des bancs et des chaises, attirait cols-verts et cygnes. C'est là que Maïken finit par découvrir Bestefar. Elle le reconnut immédiatement malgré l'année écoulée. Elle resta d'abord à l'observer de loin. Elle avait besoin de réfléchir à la suite des événements. Il était immobile sur une chaise. Il observait des enfants qui, avec de longs bâtons, poussaient sur l'eau des voiliers colorés. Elle avait craint de le retrouver diminué, drogué par les médicaments ou abruti par l'enfermement, mais il était tel que dans ses souvenirs.

Au bout d'un moment, malgré les doutes et les craintes, Maïken s'avança à la rencontre de Bestefar. Elle se déplaçait lentement, imperméable à l'environnement qu'elle traversait, comme si, finalement, elle souhaitait retarder l'instant où elle se retrouverait face à lui. Lorsqu'elle fut tout près, elle prit soudain conscience des cris des enfants autour, comme si ses sens étaient à nouveau réceptifs après plusieurs minutes d'incapacité. Elle sentait sur son corps les vibrations de ces voix qui s'entrechoquaient et se chevauchaient dans une débauche continue de décibels. Et ces cris d'enfants lui insufflèrent une audace nouvelle et débordante. Elle posa alors sa main sur le dossier de la chaise de Bestefar. Et il ressentit la pression infime de cette main derrière lui. Il tourna son visage. Et il ne fut pas surpris de la voir ici, tout près de lui. Il se redressa, prit la main posée sur le dossier dans la sienne et sans que Maïken n'ait eu besoin de prononcer une seule parole, il s'avança dans l'allée en direction de la ville. Derrière eux, les cris des enfants s'évanouirent progressivement pour ne devenir qu'une rumeur inconsistante. Maïken marchait dans les pas de Bestefar et dans sa main des centaines de picotements de chaleur assiégeaient la glace.

Ils quittèrent les protections du parc ombragé et ils empruntèrent des trottoirs agités pour rejoindre l'embarcadère ; assis côte à côte sur une digue de béton, ils attendirent que le ferry accoste et sur la passerelle ils tendirent leurs billets, puis grimpèrent à l'échelle qui menait au pont supérieur, de là, ils observèrent dans une communion silencieuse le continent se dissoudre laborieusement. À Leknes, ils durent courir jusqu'à l'arrêt de bus, ils franchirent les ponts et les tunnels, et sous la pluie battante, ils patientèrent jusqu'à l'arrivée d'un autre bus, et encore un autre, et pour finir ils marchèrent plusieurs kilomètres. Lorsque enfin, à la sortie de l'ultime lacet, ils aperçurent la ferme rouge, ils ne ressentirent aucune nécessité d'accélérer leur allure car plus rien ne pressait à présent. Ils étaient de retour sur la terre d'Andøya. Et pendant tout le temps que dura cette fuite, jamais un seul instant Maïken ne laissa échapper la main de Bestefar de crainte que le regain qu'elle sentait se propager en elle ne s'évapore instantanément. Et ce n'est que lorsqu'elle se trouva tout au bord de la falaise, la pointe de ses chaussures se jouant du vide que, rassurée et confiante, elle s'immobilisa et osa lâcher les doigts de Bestefar. Irriguée d'une force nouvelle, elle se planta dans sa terre et, dans un mouvement aérien, délestée de toutes ses pesanteurs anciennes, elle lança un baiser lumineux vers le ciel et l'océan à la rencontre de Jonas.

*

La nuit qui suivit la soirée avec Nora et Olav, les grands vents se levèrent et le temps changea radicalement. C'en était fini du soleil qui hier encore se traînait sur les flancs des falaises et se faufilait jusque sur le perron de la ferme. Lumière froide de septembre, dernier mirage avant le grand engourdissement.

Les yeux ouverts sur le plafond de sa chambre, Maïken écoutait les sifflements et les craquements familiers des murs de bois tout autour d'elle. Elle n'avait dormi que quelques heures. Les premières rafales avaient eu raison de son épuisement de la veille. Depuis, elle écoutait. Elle écoutait le vent. Elle écoutait les silences de la nuit aussi. Et elle écoutait la respiration lente de Cosme K, abandonné en chien de fusil, son visage d'adolescent pour l'heure apaisé, enfoui dans l'épaisseur de l'oreiller. À quoi rêvait-il à cet instant ? Elle recompta les mois et les jours depuis qu'ils s'étaient trouvés, là-bas, sur les dalles grises du port de Bleik. Elle compta les nuits. Elle se dit qu'elle n'en finirait jamais de compter le temps, de le décomposer en unités mathématiques figées, pour tenter vainement de le ralentir et de lutter contre l'oubli. Les jours depuis le départ de sa mère, les jours depuis la mort de Jonas…

Sous ses paupières fines, les yeux de Cosme K s'agitaient. Combien de jours avant qu'il n'embarque sur l'*Hurtigruten* ? Avant qu'il ne quitte les rivages d'Andøya ? Maïken rejeta la couette à ses pieds et quitta la chaleur de la couche partagée. Elle marcha, pieds nus, jusqu'à la fenêtre dépourvue de rideaux et de volets. Elle scruta dehors la danse des arbres, des hautes herbes et des vagues. Aucun macareux ne tournait plus autour de l'île, en face. Aucun bateau n'était visible au large. Les grands vents étaient de retour, menaçants, annonçant l'imminence des terres gelées et de l'ombre. Ils charriaient avec eux les gigantesques nuages protéiformes, dévoreurs d'espace. Et Maïken, les deux mains et le front appuyés contre la vitre, maudit les grands vents, leur mauvais augure et l'implacable cycle du temps. Des agglomérats de feuilles et de branches mortes roulaient en tous sens dans la cour. Le portail, qu'ils avaient sans doute mal refermé la veille, au retour du sentier côtier, claquait à intervalles réguliers. Elle vérifia du regard que celui de la grange était bien clos et que ses bêtes étaient en sécurité à l'intérieur. Cette inquiétude la rendit soudain à la chambre et au froid, qui avait assailli chaque parcelle de sa peau. Elle tremblait. Elle rejoignit alors le lit et, délicatement, pour ne pas réveiller Cosme K, elle tira la couette sur son corps mais elle grelottait toujours, sa place sur le matelas était désormais glaciale. Alors, elle se recroquevilla sur elle-même, s'enroula autour de ce corps pour n'être plus qu'une boule de chaleur. Et dans cet entrelacs, ses doigts se posèrent sur son ventre et ce ventre était confortable et douillet. Et Maïken se réchauffa autour de ce ventre.

Les faibles couleurs de l'aube pointaient sur l'horizon lorsqu'elle sombra à nouveau dans la somnolence. Et dans cet entre-deux, elle rêva : bientôt je devrais aussi compter les jours et les années pour l'enfant, l'enfant qui est dans ce ventre chaud. Mais cela ne l'effraya pas car déjà elle savait que jamais l'enfant ne se laisserait impressionner par les grands vents et les nuages dévoreurs. C'était un enfant d'Andøya.

Alors que la douce torpeur semblait vouloir l'entraîner définitivement dans les fonds troubles du sommeil, Cosme K poussa un premier cri. Elle connaissait bien ce cri maintenant, car il l'avait réveillée en sursaut à de nombreuses reprises. Un cri qui semblait venir des profondeurs, des entrailles de Cosme K et qui ne trouvait que le silence de la nuit pour l'accueillir. Un cri qui restait suspendu dans l'air quelques secondes comme s'il attendait une réponse à son effroyable interrogation. Parfois il revenait plusieurs fois durant la même nuit, parfois il réveillait Cosme K qui ne pouvait se rendormir. Et Maïken aurait voulu connaître l'irrigation de cette douleur. Elle aurait voulu la bercer. Elle savait qu'elle en avait la force. Toute la force qu'elle avait accumulée sur les falaises d'Andøya aurait pu gagner contre la douleur de Cosme K. Mais il ne pouvait pas entendre l'hospitalité qu'elle lui offrait. Il gardait sa douleur sèche et muette et elle lui craquelait l'âme comme la terre d'un désert de pierre. Et même, lorsque Bestefar avait tenté de se saisir des mains de Cosme K, il les avait retirées instantanément et sur son carnet il avait noté pour Maïken : « Ces mains sont froides, elles ne peuvent pas encore accueillir ta bienveillance. »

Cette nuit-là il n'y eut pas d'autres cris. Maïken tourna à nouveau son visage vers celui de Cosme K. Elle effleura sa joue de sa main pour essuyer les larmes qui roulaient jusque sur les tissus blancs de l'oreiller. Elle resta ainsi jusqu'au matin, jusqu'à ce qu'il ouvre les yeux sur elle et lui sourie. Et elle souriait à son tour.

Il faut que tu voies l'hiver. Ne pars pas avant d'avoir vu l'aube bleue glisser sur la lande couchée et sur les rochers pointus, lorsque le jour ne vient jamais. Ne pars pas avant d'avoir ressenti sur ta peau les lumières d'un ciel strié d'aurores boréales. Ne pars pas, pas encore.

*

Les jours qui suivirent la disparition de Bestefar, il y eut bien quelques articles dans les pages intérieures des journaux, aux rubriques des faits divers, qui s'interrogèrent sur la mystérieuse disparition de l'homme sans mémoire. Mais, contrairement à la fois précédente, les lecteurs ne manifestèrent pas le même engouement, et les différents médias ne se donnèrent pas la peine de mener de véritables enquêtes à son sujet. Personne ne porta officiellement plainte et la police ne lança donc aucune recherche sérieuse. Aux alentours de Bleik, les questionnements et les haussements d'épaules au sujet du vieil homme qui avait élu domicile, là-haut, dans la ferme de Maïken, se répandirent quelques semaines mais aucune rumeur ne dépassa les flancs escarpés de l'île et le froid rigoureux étouffa dans la nuit du long hiver les ultimes suspicions.

Ainsi Bestefar vécut aux côtés de Maïken. À eux deux, ils formaient une petite communauté singulière, partageant les espaces domestiques, se croisant mais n'interférant que rarement dans les activités et les pensées de l'autre. Chacun suivait son propre rythme dans le silence apaisé du mutisme de Bestefar. Maïken, vaillante, était tout entière accaparée par ses troupeaux. Bestefar, lui, marchait, disparaissait parfois des jours entiers sur la lande, quel que soit le temps, vêtu invariablement de la même veste en peau de mouton qu'il portait déjà le jour de leur première rencontre. Quand il restait à la ferme, il s'installait sur le perron ou sur une pierre au bord de la falaise. Il pouvait rester ainsi de longues heures, immobile, face aux éléments. L'affranchissement de Bestefar, cette faculté d'être tout à la fois présent et invisible, ne perturbait en rien Maïken. Elle savait déjà que, quelle que soit la distance, le lien qui les unissait ne pourrait se distendre. Chaque soir, ils se retrouvaient dans la cuisine et ils partageaient le repas avec, en fond sonore, à peine audibles, les nouvelles diffusées par la radio locale. Lorsque son regard ne pouvait suffire, il sortait parfois de sa poche le petit carnet à spirales et le crayon à mine grasse, offerts par Maïken peu de temps après son arrivée. Il traçait d'une écriture appliquée quelques mots sur les pages vierges, qu'il tendait ensuite à Maïken, par-dessus la fumée des plats encore chauds. Si nécessaire, elle apposait à son tour une réponse sur la même page, mais en aucun cas elle ne s'autorisait à utiliser la facilité de la parole. Dans ces moments partagés, le silence qui les reliait jamais n'était rompu.

Bestefar occupait la chambre du rez-de-chaussée. La chambre qui autrefois avait été celle des parents de Maïken, puis celle de son père, lorsqu'il s'était retrouvé seul avec sa fille. C'était dans cette chambre que, quelques jours avant sa mort, il lui avait tendu l'enveloppe, l'enveloppe décachetée qu'il avait conservée durant toutes ces années, dans le fond du tiroir de sa table de chevet. En la lui tendant, il avait simplement dit avant de refermer les yeux : « Il est toujours possible de changer d'avis. » À l'intérieur de l'enveloppe, Maïken le savait, il y avait une lettre brève, quelques phrases pressées, jetées sur un papier bleu pâle, d'une écriture précipitée, presque illisible. Et ce fut le même frisson qu'autrefois lorsque, rentrant de l'école, elle avait aperçu son père qui, à cette heure, était habituellement occupé dans les champs. Il se tenait debout sur le perron, attendant son retour, l'enveloppe entre ses doigts. Elle connaissait encore par cœur les mots qu'il avait lus. Elle se souvenait des tremblements de sa voix cet après-midi-là, tentant de masquer les craintes et les doutes par de longues pauses au cours desquelles elle l'avait entendu reprendre son souffle comme si chaque syllabe lui coupait la respiration. Machinalement, elle porta l'enveloppe à hauteur de son visage pour retrouver l'odeur du grain de peau de sa mère. Cette odeur dont elle s'était enivrée enfant, lorsqu'à toute heure de la journée elle s'accrochait à quelque partie de ce corps, dont elle s'imaginait encore être l'unique et précieux prolongement. Mais le courrier était trop ancien et aucun effluve de l'enfance ne surgit du papier. L'enveloppe avait été postée à Oslo plusieurs mois après le départ de sa mère de l'île. Le cachet de la poste faisait foi, pensa-t-elle, et cela la fit sourire. Puis toujours debout, face à son père gisant, couvert d'ombres, elle récita le contenu de la lettre, rapidement, dans un seul mouvement, dans un souffle, dans la hâte de les expulser une nouvelle fois.

« *Je suis encore à Oslo. Les préparatifs ont pris plus de temps que prévu. Excuse-moi si je n'ai pas pris le temps d'envoyer des nouvelles plus tôt. Nous partons pour São Paulo dans deux semaines. Finalement, j'emmène Maïken. Il est d'accord. Dans l'enveloppe il y a un billet Bodø-Oslo pour elle. Peux-tu la mettre dans l'avion, je la récupérerai à l'aéroport d'Oslo. Elle me manque. J'espère qu'elle va bien et qu'elle ne m'en veut pas trop. Je t'enverrai notre nouvelle adresse à mon arrivée. Elle pourra certainement revenir passer les étés avec toi, sur Andøya. Merci de t'être occupé d'elle ces derniers mois. Embrasse-la. Dis-lui que je l'attends.* »

C'était tout, aucune signature.

Sur le perron, son père s'était raclé la gorge, et il avait replié le papier. Maïken avait regardé les gros doigts à l'œuvre. Puis elle avait rencontré son regard dans lequel elle n'avait décelé aucune trace de haine, aucun ressentiment perceptible. Le regard était attentif et protecteur. « Voilà, Maïken, nous y sommes. C'est à toi de décider. L'avion décolle dans trois jours. Prends ton temps pour y réfléchir. Quelle que soit ta décision, ce sera aussi la mienne. » Il s'était redressé et Maïken avait observé ce grand corps à la fois solide et vacillant s'éloigner, pour se raccrocher in extremis aux contraintes de ses tâches quotidiennes.

Maïken, dans la chambre du gisant, replia à son tour la lettre, qu'elle replaça consciencieusement dans l'enveloppe et qu'elle glissa enfin dans le tiroir de la table de chevet de son père. Elle réajusta les oreillers et la couette, puis quitta la chambre et dans un même élan, elle sortit de la maison et se rendit sur la falaise. Là, face à la mer, elle poussa un cri qui effraya les grands oiseaux. Jusqu'au soir elle arpenta la lande boueuse et les chemins accidentés. La nuit était tombée, lorsqu'elle pénétra à nouveau dans le tombeau. L'agonie de son père avait pris fin. À dix-sept ans, Maïken se retrouvait seule sur la terre d'Andøya. La terre qu'elle avait choisie une première fois, et qu'elle désignait à nouveau aujourd'hui comme sienne, fidèle malgré la peur. Elle ressortit alors pour nourrir le troupeau car il n'y avait rien d'autre à faire, rien d'autre à penser et elle sentit le déchirement pénétrer son ventre.

Parfois lorsque le soir se traînait, pesant, elle devinait la mélancolie camouflée derrière sa porte, prête à se jeter sur elle. Maïken s'approchait de Bestefar et, sans rien demander, elle prenait les deux mains rugueuses et lourdes dans les siennes. Quoi qu'il fasse à cet instant, où que ses pensées insondables l'aient emporté, il répondait immédiatement à sa prière et il revenait sans regret à la lisière du monde terrestre, celui où vivait Maïken. Il lui accordait toujours ce temps-là, le temps nécessaire, sans compter, sans contrepartie, sans questionnement. Et elle enfonçait son regard dans le sien, qui l'accueillait de toute sa bonté et, dans ces yeux presque transparents, Maïken se laissait aspirer par le kaléidoscope d'images qui se reflétaient à l'infini comme sur une multitude de miroirs. Dans ces images, il y avait à la fois les tissus légers sur la peau de sa mère et la laine épaisse des agneaux, le craquellement des glaciers du pôle et les bras de Jonas autour de sa taille, les mots précipités sur le papier bleu et les murmures des églises pointues, la plage de sable blanc et la poussière noire du volcan, la craie sur le tableau et les macareux autour de l'île aux oiseaux, l'écume dans le sillage de l'*Hurtigruten* et l'aube bleue des matins polaires, les gestes précis de son père et le cartable de Nora qui tape dans son dos… Et ces images semblaient contenir la totalité des sensations de l'univers que Maïken ne pouvait pas toutes saisir mais qui la soulageait pendant que, au contact de la peau rude, elle retrouvait la chaleur, la belle et rassurante chaleur, irradier à nouveau dans son sang. Cela ne durait que quelques secondes et déjà elle pouvait relâcher son étreinte pour repartir à ses combats quotidiens. Et derrière la porte la mélancolie avait cette fois encore battu en retraite.

*

La première fois que Maïken les avait aperçus au bout de l'allée de graviers, depuis les carreaux de sa chambre, elle avait descendu précipitamment les escaliers, anticipant un danger ou bien, à tout le moins, une situation d'urgence. Que pouvaient bien faire des visiteurs chez elle, un dimanche à sept heures du matin ? Elle avait jeté son manteau sur sa vieille chemise de nuit pour aller à leur rencontre. Mais elle ne s'était pas saisie du fusil de son père, comme elle l'aurait fait d'habitude, car il lui semblait que parmi ces silhouettes floues et immobiles se trouvait un enfant. Elle avança donc à découvert et sans arme, dans la brume épaisse, et plus elle s'approchait, plus les contours aléatoires de ces corps prenaient forme humaine. Lorsqu'elle fut tout près, elle constata qu'ils étaient endimanchés comme s'ils se rendaient à l'office et la honte se propagea en elle, qui n'avait pas pris la peine de se vêtir convenablement pour les accueillir. Parmi eux, il y avait un couple âgé dont l'homme, apparemment très faible, s'appuyait sur le bras de sa compagne. Il y avait aussi une femme, de son âge sans doute, qui tenait par la main un jeune enfant, dont la bouche se déformait hideusement, dans des spasmes incontrôlables. Ils avaient l'air tous les quatre inoffensifs et intimidés. Et Maïken s'en trouva une nouvelle fois indécente. C'est la dame âgée qui parla la première. Elle s'adressa à elle avant même qu'elle se soit immobilisée face à eux. « On attend Bestefar, est-ce qu'il va venir ? » Maïken, interloquée, mit plusieurs secondes à comprendre la question. Alors la vieille dame répéta : « On attend Bestefar » et la femme derrière elle précisa à son tour d'une voix douce mais ferme : « Oui, on attend Bestefar. » Et comme Maïken ne savait pas quoi leur répondre et restait devant eux, stupéfaite et sans réaction, la femme avait ajouté : « Tu peux aller le prévenir ? » Alors Maïken avait fait demi-tour sans pouvoir prononcer une seule parole.

Lorsqu'elle entra dans la maison, l'humidité avait traversé sa chemise de nuit. Dans la cuisine, Bestefar buvait tranquillement son café. Elle l'interpella et lui montra par la fenêtre, au bout de l'allée, les visiteurs qui l'attendaient. Elle écrivit : « Ils sont là pour toi. Ils m'ont demandé d'aller te prévenir. »

Bestefar n'avait pas exprimé la moindre surprise, il avait terminé son café puis il avait enfilé sa veste en peau de mouton et il s'était levé. Il avait passé le seuil de la porte et à son tour il avait remonté l'allée. Il avait pris tout son temps, il n'avait pas accéléré sa démarche habituelle. Maïken, derrière la porte vitrée, l'avait suivi des yeux jusqu'à ce qu'il parvienne à hauteur de ses visiteurs. Là, elle l'avait vu s'asseoir sur la souche sèche près de laquelle était fixée la boîte aux lettres colorée. La mère avait poussé son enfant vers le vieil homme assis et Bestefar avait pris les mains de l'enfant dans les siennes comme il le faisait avec Maïken. Cela avait duré quelques minutes pendant lesquelles l'enfant n'avait pas esquissé le moindre mouvement. Puis, Bestefar avait relâché sa pression et l'enfant s'était retranché derrière sa mère qui, à son tour, s'était avancée et avait tendu ses mains. Bestefar avait reproduit le même geste avec le couple âgé. Depuis son poste d'observation Maïken n'avait pas été en mesure de distinguer les traits sur les visages mais elle était certaine qu'ils n'avaient pas eu besoin d'échanger un seul mot. À partir de l'instant où il tenait vos mains dans les siennes, à partir de ce simple geste de concorde, seul le regard comptait, seul le regard avait un sens. Et lorsque l'étrange cortège avait rebroussé chemin, elle les avait regardés s'éloigner un à un, dignes dans leurs vêtements plus neufs encore qu'à leur arrivée. Un reste de brume avait aspiré les corps, une émotion intense avait traversé Maïken comme si elle était entrée en communion avec ces étrangers. Elle pouvait ressentir la chaleur les soulager du poids de toutes leurs détresses. Mais la communion s'était subitement interrompue et ils avaient disparu sur la lande comme des fantômes.

Bestefar ne rentra pas immédiatement après le départ des visiteurs. Il resta assis de longues minutes sur la souche. Quand il se mit en chemin, son pas était moins alerte et il dut s'arrêter plusieurs fois pour s'adosser à la barrière et reprendre des forces. Lorsqu'il pénétra la cuisine, Maïken découvrit, sur les traits de son visage, une lassitude inédite et elle l'invita à s'asseoir sur le fauteuil. Il se laissa faire et il s'endormit presque instantanément. Il resta ainsi jusqu'au soir, plongé dans un sommeil lourd que rien ne pouvait déranger.

Tous les dimanches qui suivirent, d'autres visiteurs, toujours plus nombreux, se postaient au bout de l'allée. Silencieux, ne manifestant aucune impatience, ils attendaient derrière la barrière, en colonne disciplinée. Maïken ignorait d'où ils venaient, elle n'en connaissait aucun. Comment arrivaient-ils jusqu'à lui ? Bestefar ne se posait aucune de ces questions. Il accueillait chacun, ne laissait repartir personne sans l'échange espéré. Il était le passeur des douleurs et des tourments et il ne pouvait se soustraire à sa mission. Certains soirs pourtant, la nuit était tombée depuis longtemps lorsque le dernier de la file relâchait ses mains et Bestefar ne pouvait rentrer seul car toutes ses forces l'avaient quitté. Maïken devait aller le chercher au bout de l'allée pour l'aider à se relever, pour le soutenir jusqu'au seuil de la maison. Parfois, elle le trouvait endormi dans le fossé, comme lors de leur première rencontre, et elle devait s'employer à le redresser et le ramener avec elle. Son corps alors semblait vide et inconsistant comme s'il n'était plus qu'une enveloppe asséchée.

Et Maïken toujours se demandait pourquoi Cosme K ne pouvait lui aussi être soulagé par Bestefar, pourquoi tous ces inconnus et pas Cosme K ?

*

« Sur l'île d'Utøya un homme a tiré sur la foule ! C'est arrivé tout à l'heure. Il y a une heure ou deux, à Oslo. »

C'est Olav qui raconte. Il l'a entendu à la radio. Une bombe dans la ville, une fusillade... Cosme K pose des questions, il réclame des détails. Mais Olav ne sait pas. Il vient juste d'entendre la nouvelle dans sa voiture. Il y a une émission spéciale. Cosme K allume la radio. Il demande à Olav de traduire. Maïken ne comprend pas. L'agitation envahit soudain sa cuisine. Elle n'est jamais allée à Oslo.

« Une fusillade à Oslo. »

Elle murmure les mots. Plusieurs fois. Pour elle-même.

« Une bombe à Oslo. »

C'est étrange mais ces mots ne revêtent aucune réalité pour elle. C'est loin comme la lune, Oslo. Cosme K crie en tournant son visage vers elle :

« Soixante-dix-sept morts, c'est incroyable ! »

Olav continue de traduire en anglais. Il traduit comme il peut. Un flot de paroles dégouline des enceintes. Maïken observe Cosme K. Elle n'a pas réagi non plus face au nombre : soixante-dix-sept. Cosme K paraît exagérément excité par le drame en cours. Il tend l'oreille. Les mots de la radio. Les mots d'Olav. Plus vite. Il se redresse d'impatience. Marche autour de la table. Une fois. Deux fois. Pose un genou sur une chaise. Il se poste devant la fenêtre. Mains sur les hanches. Répète : « Soixante-dix-sept morts. Soixante-dix-sept ! » Il jette un regard par la fenêtre. Un autre en direction de Maïken. Il écarquille les yeux. Soupire à l'annonce d'un détail. Un fait nouveau est contredit quelques minutes plus tard. Cosme K voudrait partager sa sidération avec Maïken. Juste s'enivrer de cette folie. Et s'oublier encore. Mais Maïken s'est assise dans le fauteuil. Elle se sent comme dans un siège de cinéma. Le vieux cinéma de Bleik avec ses fauteuils en velours rouge, râpés sur les accoudoirs. Elle n'est jamais allée à Oslo. Oslo, c'est la ville de départ de sa mère pour l'Amérique du sud. C'est un tampon sur l'enveloppe de la lettre. C'est tout ce que cela lui évoque de tangible. La seule vérité sur Oslo, c'est celle-ci. C'est la première fois qu'elle voit Cosme K ainsi. Totalement dans l'instant. Elle le trouve si jeune tout à coup. Bestefar est entré à son tour dans la cuisine. Maïken ne l'a pas entendu arriver mais il est là, immobile, dans l'embrasure de la porte. Il écoute la radio. Il écoute et il pleure. C'est la première fois qu'elle le voit pleurer. Cela aussi est étrange. Ses beaux yeux clairs pleurent d'impuissance, sans pudeur. Mais elle, elle, ne ressent toujours rien. Rien du tout. Tous ces inconnus fauchés par un fou sur une île verdoyante du fjord d'Oslo. Aucune compassion. Et elle se recroqueville un peu plus dans le fauteuil.

Plusieurs heures ont passé ainsi. La radio en fond sonore. La radio qui crache la mort. Parfois Olav et Cosme K ont changé de place autour de la table. Nora les a rejoints. Elle est arrivée en fin d'après-midi. Elle a apporté des gâteaux. Ils ont bu de la bière. Ils ont mangé du pain avec du fromage. Ils ont mangé les gâteaux aussi. Nora a téléphoné plusieurs fois chez sa sœur. Elle étudie le droit, à l'université d'Oslo. Trois tentatives. Elle a pu enfin lui parler. Elle était soulagée de l'entendre. Elle ne pouvait plus s'arrêter de rire au téléphone. Cosme K se tenait à côté d'elle. « Qu'est-ce qu'elle dit ? » Une ambiance de fin du monde à Oslo. Des policiers partout. Les habitants errent dans les rues. Fin du monde. Des bougies et des fleurs partout. Oslo est une cathédrale funéraire à ciel ouvert. Cosme K demande à nouveau : « Qu'est-ce qu'elle t'a dit exactement, ta sœur ? » Nora répète. Il hausse les épaules. Peut-être voudrait-il être là-bas. C'est ce qu'imagine Maïken dans son fauteuil. Elle pense à Bestefar. Il s'est retiré depuis longtemps. Il marche sans doute sur la lande. On ne le reverra pas avant demain matin. Elle voudrait que Nora et Olav rentrent chez eux maintenant. Elle voudrait être enfin seule avec Cosme K. C'est ce qu'elle attend depuis le matin. Parler avec lui. Elle n'a que faire de ce qui se passe à Oslo aujourd'hui. Même si le monde entier est stupéfait. Et Cosme K, inlassablement, se repaît des interviews de témoins hystériques qui n'ont rien vu et qui répètent tous la même chose : le bruit, les cris, les coups de feu...

Maïken, finalement, s'est endormie. Lorsqu'elle se réveille, Nora et Olav ne sont plus là. La nuit est tombée. Cosme K dort, sa tête repose sur ses bras, croisés sur la table. Elle se lève, elle s'étire. Elle éteint la radio. Enfin le calme. Le calme de la nuit. Mais dans le silence de la maison, pénètre une plainte du dehors. La longue plainte des bêtes qui ont faim. L'appel du lama mâle se détache de la rumeur, plus puissant, plus insistant. Elle a oublié de nourrir ses bêtes ce soir. Elle s'en veut terriblement. Elle doit sortir. Dans la nuit et le froid. Elle frissonne en enfilant sa veste imperméable. Lorsqu'elle ouvre la porte, l'air qui se faufile à l'intérieur est pénétrant. Cosme K l'appelle. Il s'est réveillé.

« Où vas-tu ?

– Nourrir les bêtes.

– À cette heure ?

– Oui à cette heure, j'ai oublié, je me suis endormie. »

Dans les enclos les bêtes sont agitées. Elles tournent en rond, piétinent le sol. Comme les hommes cet après-midi dans la cuisine. Seul le grand lama est stoïque. Il toise Maïken de toute sa hauteur. Il s'est tu depuis qu'elle est entrée dans la grange. Maïken se démultiplie pour accomplir au plus vite toutes les tâches nécessaires. Les bêtes la bousculent dans les enclos. Elle est en sueur. Elle a soif.

« Je peux t'aider ? »

Cosme K est dans la grange. « Je peux ressortir si tu préfères. Mais il est si tard… »

Maïken est heureuse qu'il soit venu malgré son obstination à lui interdire l'accès à la grange lorsqu'elle y travaille. Elle lui répond un peu sèchement pour ne pas laisser paraître sa satisfaction.

« Puisque tu es là, sers-moi un verre d'eau, je meurs de soif. »

Cosme K s'exécute. Il va jusqu'à l'évier et rince un verre qu'il remplit d'eau fraîche. Il s'approche d'elle et lui tend le verre. Elle boit tout d'un trait. Elle dit : « J'ai terminé.

Enfin j'ai fait le plus urgent, je terminerai le reste demain matin. »

Comme à son habitude, avant de sortir, elle vérifie un à un chaque enclos. Le grand lama n'a pas bougé depuis tout à l'heure. Il n'a pas mangé.

« J'ai l'impression qu'il m'en veut. Ce n'est pas la première fois. Depuis qu'il est arrivé, j'ai l'impression qu'il n'est pas en confiance avec moi. Il me défie, depuis que vous êtes arrivés, tous les deux.

– Peut-être est-il jaloux de moi, tente Cosme K en prenant la main de Maïken dans la sienne.

– Cosme K…

– Oui ?

– Je suis enceinte. »

Maïken a dit cela sans préméditation aucune. Les mots ont fusé hors d'elle. Elle s'en veut. La fatigue de cette journée étrange. Elle n'a pas voulu que cela se passe de cette façon. Elle y a pensé toute la nuit. Et toute la journée, elle a tenté de repousser le monde extérieur qui s'écroulait autour d'eux pour ne penser qu'à cela. Ce qu'elle allait dire à Cosme K.

Il n'est pas sûr d'avoir saisi les mots et en même temps il sait qu'il a compris. Il fait répéter pour gagner du temps.

« Quoi, qu'est-ce que tu dis ? »

Et pendant qu'elle prononce à nouveau les mêmes mots, Maïken voit dans les yeux de Cosme K une colère inconnue jusqu'ici le submerger. Et cette colère transfigure ses traits enfantins. Déjà, elle ne reconnaît plus le visage qu'elle a veillé de longues heures la nuit précédente. Mais elle n'a pas peur.

« Tu crois que c'est cela qui va me faire rester ici ? Tu crois que c'est comme ça que tu vas me retenir. Je ne t'ai jamais rien promis, rien. »

Il n'a pas crié mais son débit est haché. Déjà, il regrette ses paroles mais il ne trouve rien d'autre à dire. Il voudrait pourtant parler à Maïken de ce qui l'entrave. Expliquer d'où viennent les cris qui traversent ses rêves la nuit. Mais il se tait. Son visage est scellé.

« Je ne crois rien, je te le dis, c'est tout. Parce que tu dois savoir que dans mon ventre chaud il y a cette vie. Tu dois le savoir. Je ne peux te le cacher. Quoi que tu décides maintenant, où que tu t'enfonces, de l'autre côté de la terre, dans les endroits les plus sordides ou les plus dévastés du monde, tu dois savoir que cette vie, dans mon ventre chaud, s'épanouira ici, sur Andøya. »

Les mots de Maïken font l'effet d'une brûlure sur le corps de Cosme K. Les mots veulent le lier. Il pense qu'il est face à un abîme, qu'il ne peut rien pour elle, ni pour l'enfant. C'est au-dessus de ses forces. Il n'est pas capable d'accueillir un enfant. Non, c'est impossible. Il croit qu'il n'a pas le choix. Et il voudrait se boucher les oreilles pour ne plus entendre la vérité nue de Maïken.

« Tu aurais pu simplement nous aimer. Tu aurais pu avoir ta place, ici, sur Andøya et vivre dans la beauté. La beauté de cette terre. L'attachement de cette terre. Ta place n'est pas dans la laideur du monde. Tu n'es pas maudit. Regarde autour de toi. Ta place pourrait être ici. C'est à toi de le décider. Choisir la beauté contre la laideur. »

Il murmure, touché par la naïve sincérité de Maïken.

« Ce que tu me demandes est bien au-dessus de mes forces. Je n'ai ni ton courage, ni ton sens du bonheur. L'apaisement est impossible.

– Je le sais. Même si tu ne m'as rien raconté, même si ton passé reste une énigme. Je sais la douleur qui est la tienne. Je sais ton exil. Je sais que tu serais parti de toute façon. Nous le savions tous les deux. Dès le début. Dès les dalles grises du port de Bleik. Je ne sais ce qui te pousse à partir, je ne connais pas les eaux troubles qui te traversent parfois. Mais sache que quoi que tu fasses pour rester hors la vie, si un jour tu souhaites revenir, tu me trouveras toujours sur Andøya. Et tu trouveras l'enfant. »

Les mots pénétraient le corps de Cosme K comme des lames de couteau. La douleur était au-delà des larmes. Ses deux mains plaquées sur ses oreilles, il serrait son crâne comme un étau. Maïken comprit qu'elle devait se taire à présent. Elle avait tout dit. Il ne pouvait en supporter davantage. Et elle se tut pour le protéger. Dans le silence retrouvé, il aurait voulu s'approcher d'elle pour l'enlacer et se retenir à elle mais au lieu de cela il serra les poings et se précipita à travers la grange pour disparaître par la porte, dans l'obscurité.

Et Maïken ne tenta pas de le retenir. Elle pensa à l'enfant. Le sien et celui de Cosme K. L'enfant bien au chaud dans son ventre. Appuyée contre le mur, elle remplissait à nouveau chaque alvéole de ses poumons. Elle resta dans la grange jusqu'à avoir recouvré un souffle régulier. Puis elle passa longuement ses doigts dans la laine épaisse des brebis qui, enfin rassasiées, s'étaient amassées dans un coin de l'enclos pour passer la nuit au chaud. Elle eut l'envie de s'allonger près d'elles comme lorsqu'elle était enfant. Mais elle sortit finalement de la grange et, au bout de l'allée, elle aperçut la silhouette de Cosme K sauter par-dessus la barrière pour rejoindre Bleik en coupant par le sentier côtier. Il portait son sac sur l'épaule. Elle se dit que peut-être, avec un peu de chance, il arriverait à temps au port pour le minuit trente-cinq.

*

Lorsqu'il sortit de la grange, le grand corps de Cosme K était méconnaissable. Une peur panique accompagnait chacun de ses mouvements saccadés qui semblaient ne plus être synchronisés. À plusieurs reprises, il trébucha sur le sol sec et poussiéreux. À chaque fois, il se releva, jetant un œil furtif derrière lui, redoutant l'apparition de Maïken. Car il n'aurait pas supporté d'être confondu plus longtemps. Elle avait mis à nu cette douleur ancienne qu'il tentait de fuir, cette incapacité à s'attacher. Elle avait su lire à travers lui, à travers tout ce qu'il avait caché, ce qu'il avait dressé entre eux pour ne prendre aucun risque. Surtout étouffer la douleur, ne pas l'affronter. Et le don de Maïken, ce soir, cette promesse d'apaisement, lui était insupportable…

Dans la chambre, il rassembla précipitamment ses quelques affaires. Il vérifia le contenu de son portefeuille, la photo était toujours là. Il l'observa quelques secondes. Des pensées contradictoires traversèrent alors son cerveau, provoquant des connexions anarchiques qu'il balaya en secouant la tête. Il fallait partir. Il dévala l'escalier son sac à l'épaule. Courir maintenant, courir jusqu'à l'épuisement du corps pour inhiber les pensées et enfouir les questions très loin, dans des zones inconnues qui ne pourraient plus l'atteindre. Oui courir. C'est ça, courir. Il traversa la cuisine et dans sa précipitation il faillit ne pas voir Bestefar qui, comme un rempart, se tenait devant la porte, brisant net son élan. Il craignit un instant une tentative du vieillard pour l'empêcher de passer mais il n'en fut rien. Bestefar tenait son carnet et son stylo dans sa main. Il les tendit à Cosme K et il planta son regard dans le sien. Cosme K pensa alors : Vite, pousser la porte, la pousser fort. Pour la première fois il sentait en effet la chaleur de Bestefar palpiter timidement sur sa peau. Il se détourna du regard bienfaisant capable de briser les digues et Bestefar s'effaça devant lui. La porte claqua derrière Cosme K. Il traversa la cour à grandes enjambées, passa par-dessus la barrière. Un, deux, trois barreaux. Sauta de l'autre côté. Il traversa la route et évita les phares jaunes et mouillés des voitures. Jamais il ne se retourna. Une pluie fine glissait sur son visage mais il continuait de regarder devant. Tout droit maintenant, à travers l'herbe couchée de la lande jusqu'au sentier côtier. Plus vite. Il suivit le sentier en pente douce et enfin il aperçut au loin, malgré les ombres, les lumières du port et le faisceau pâle du vieux lampadaire sur les dalles humides. L'*Hurtigruten* était encore à quai. Le souffle court, la poitrine prête à exploser, il put enfin ralentir et, les deux mains sur les genoux, respirer. Mais l'heure déjà frappait. Il tira son billet de son portefeuille et monta directement à bord. Il fut le tout dernier à embarquer. Il respira encore longuement mais il ne ressentit aucun soulagement de se trouver seul sur le pont. Les murmures et les cris, autour de lui, agressaient ses oreilles qui amplifiaient et déformaient tous les sons.

Enfin l'*Hurtigruten* s'ébranla, étincelant de tous ses hublots sur l'eau grise et tranchante. Et c'est une secousse qui traverse le corps de Cosme K, un corps assis, une masse de gestes qui s'enchaînent, automatiques, un corps qui s'échappe, un corps qui s'extirpe. Et il se redresse. Il s'avance jusqu'au bastingage, abandonnant soudain son sac, car les lumières du port déjà vacillent. Sous le vieux lampadaire, le long du mur de l'ancienne conserverie, il a reconnu la fourgonnette, celle qui l'avait accueilli ici, il y a quelques mois à peine. Celle qui avait filé sur les chemins accidentés de la lande au cœur d'une autre nuit pluvieuse. Et il voudrait sauter par-dessus bord pour rejoindre la banquette de la vieille camionnette et qu'elle l'emporte à nouveau tout en haut des falaises. Et s'endormir, s'endormir enfin entre les murs de bois peints avec, tout près, le corps accueillant de Maïken. Mais déjà les courbes du fjord se déforment. Cosme K sait depuis longtemps qu'on ne refait jamais deux fois les mêmes chemins. Nos actes se dressent en rempart. Les falaises d'Andøya vont bientôt se dissoudre. Et pendant que l'*Hurtigruten* s'éloigne inexorablement, il ne peut détacher son regard des montagnes dont les reflets transpercent les eaux. Il s'accroche à ces rochers. Il n'est plus qu'une ombre sur le pont, une ombre qui a peur car elle ne sait pas où la mènera cette nuit.

Plus tard, Cosme K a trouvé un banc inconfortable et il s'est allongé. Il sent la fatigue venir à lui et avec elle il espère le sommeil. De sa poche il a extrait le carnet et le stylo de Bestefar dont il feuillette les pages. Des bribes de dialogues se reconstituent devant ses yeux. Les écritures de Maïken et de Bestefar s'entrelacent, sur plusieurs mois. Cosme K ne peut reconnaître que quelques mots pourtant il a l'impression de comprendre certains passages. Il se demande pourquoi le vieil homme lui a confié ces phrases. Et finalement, il s'endort, vaincu par un épuisement de tous ses membres. Et il rêve. Il vole au-dessus de la canopée, au-dessus des grands arbres centenaires. Son corps est devenu aérien, et il sent le frôlement des feuilles qui le caressent depuis la pointe des plus hautes branches. Cosme K vole dans la lumière. Cosme K vole au-dessus de la noirceur des forêts, de l'obscurité des sous-bois. Il est dans la beauté des couleurs. Et sur ses épaules, il entend le rire de Kane. Le rire spontané et incontrôlé de Kane qui égrène ses notes aiguës et dissonantes. Et Kane se tient fermement aux épaules de Cosme K. Et Cosme K sent les petites mains agripper sa peau. Kane est confiant sur les épaules solides. Il n'y a aucune place pour le doute. Et ils rient tous les deux et leurs rires s'emboîtent et se répondent. Et ce voyage pourrait durer l'éternité sans que cette confiance réciproque ne soit affectée. Mais le poids du corps de Kane sur le dos de Cosme K soudain disparaît, et le rire s'éloigne, de plus en plus lointain. Au-dessous de lui, Cosme K aperçoit le corps de Kane qui tombe, tombe jusqu'à devenir minuscule. Et Cosme K ne peut rien faire pour retenir Kane qui s'enfonce dans l'enchevêtrement des ombres des arbres centenaires. Et de ses feuillages épais monte une voix, une voix étrange et menaçante, une voix qui accuse et répudie. Cosme K se réveille haletant. Le carnet de Bestefar a glissé sur le pont du bateau. Le carnet est grand ouvert sur une page presque immaculée. Sur la page blanche est tracée en épaisses lettres rouges, un mot unique et inconnu, un nom qui résonne comme un appel vers l'ailleurs : « KRESTOVAYA. »

*

Il était déjà tard lorsque Bestefar était rentré ce soir-là, après une journée entière à arpenter la lande sous une pluie fine mais persistante, qui avait traversé les épaisseurs successives de ses vêtements, jusqu'à atteindre la peau. La timide clarté des journées d'hiver s'était depuis plusieurs heures laissé reconquérir par l'insondable profondeur de la nuit polaire. Bestefar, frissonnant, s'était réjoui d'apercevoir enfin les planches rouges de la ferme, vaporeusement éclairées par la lueur de l'ampoule esseulée qui, pendant toute la durée de l'hiver, restait perpétuellement allumée au-dessus de la porte, telle un sémaphore. Craignant un effondrement, il avait veillé discrètement sur Maïken depuis le départ de Cosme K. Les mois s'étaient étirés laborieusement mais elle semblait rester debout, ancrée dans la terre d'Andøya. Avant de gravir les quelques marches qui menaient jusqu'au perron, fidèle à ses habitudes, il cogna vigoureusement ses bottes contre l'escalier afin d'en détacher les mottes de terre grasses qui collaient aux semelles. Il pénétra ensuite à l'intérieur et ôta ses bottes, qu'il aligna à leur place dans l'entrée, enfin il se défit de sa veste, lourde d'humidité, et il la suspendit au portemanteau. Et c'est seulement lorsqu'il eut achevé tous ces gestes routiniers qu'il prit conscience que, derrière la porte vitrée, la cuisine était plongée dans l'ombre et le silence. Une inquiétude sourde l'envahit. Quelque chose d'inhabituel était arrivé. Il se précipita dans l'escalier qui menait à l'étage. Mais la chambre de Maïken, aussi, était vide. Le lit était fait du matin et chaque chose semblait à sa place. Pourtant l'inquiétude ne desserrait pas son emprise et Bestefar, debout au milieu de la pièce, frissonnait. La froideur de la maison prenait assurément possession de son corps.

Il s'approcha de la fenêtre sans rideau. Au pied des falaises, les eaux houleuses roulaient sur les rochers pointus du fjord et la bruine s'était transformée en pluie battante, creusant dans la cour d'innombrables et minuscules sillons. La camionnette était garée près de la barrière, elle n'avait pas été déplacée depuis la veille. Bestefar resta immobile quelques secondes, balayant de son regard clair les moindres recoins, à la recherche d'un indice, mais, dans l'obscurité menaçante, tout le décor autour de la maison semblait soudain figé. Il allait faire demi-tour lorsque enfin il distingua, rampant dans les espaces entre les planches disjointes, des éclaboussures de lumière autour de la grange. Il dévala les escaliers et lorsqu'il enfila ses bottes, il observa que celles de Maïken n'étaient pas à leur place. Dans la cour, il pressa le pas, autant que ses jambes rouillées de vieil homme le lui permettaient. L'air transportait les odeurs mélangées d'herbe et de terre saturée d'eau. Au milieu de sa course, il dut s'immobiliser pour reprendre son souffle. Il fut à nouveau saisi par le silence. Il tendit l'oreille en direction de la grange, mais aucun bruit de sabots, aucun cri d'animal familier n'émanait ce soir du grand bâtiment qui abritait les troupeaux l'hiver. Alors Bestefar s'ébranla à nouveau et plus il s'approchait des taches de lumières et plus le silence était morbide. Enfin, il poussa le grand portail qui grinça sur ses gonds rouillés. Et le portail était lourd, comme la porte d'une cathédrale. Tout au fond de l'enclos principal, il découvrit les bêtes, attroupées en cercle, au centre se détachait le cou du grand lama, impassible et majestueux vainqueur. Et sur le sol de paille fraîche, reposait le corps piétiné de Maïken. Bestefar, immédiatement, identifia le sang écarlate sur la paille blonde. Il éloigna violemment les bêtes, lançant des coups à l'aveugle et hurla des cris qui remplissaient l'espace du grand bâtiment. Les bêtes protestèrent mais finirent par rejoindre l'enclos secondaire dans lequel Bestefar les confina. Il put s'approcher du corps inerte. Il s'agenouilla, déboutonna le corsage et apposa précipitamment ses larges mains sur le ventre de Maïken. Il ferma les yeux et de toute la force de ses pouvoirs, il tenta de la ramener à la vie. Toute son énergie conflua jusqu'à ses doigts noueux et la chaleur était si intense que lorsque, renonçant, il retira ses mains, la peau de Maïken était brûlée à l'emplacement de chacun de ses doigts. Assis dans la paille, incrédule et sonné, Bestefar regarda longuement ses mains devenues inutiles. Il poussa un cri de rage et de fureur face à l'humilité qui s'imposait sauvagement à lui, et les bêtes dans l'enclos secondaire se redressèrent et piétinèrent le sol. Bestefar ne sauverait pas Maïken ce soir. Il hurla encore. Il criait si fort que, lorsque les premiers sons étouffés sous la jupe de Maïken voulurent se faire entendre, il faillit ne pas les percevoir. Tremblant, il remonta maladroitement les tissus au-dessus de la taille de Maïken et il découvrit, sidéré, le nouveau-né humide et couvert de glaires. Ses cris se muèrent alors en rires énormes et inconvenants. L'enfant respirait. Il le saisit de ses mains épaisses. L'enfant d'Andøya était vivant.

Le sentier nu, qui menait jusqu'au cimetière, serpentait autour de la colline, découvrant puis masquant, virage après virage, la terrible beauté du fjord. Nora m'avait conseillé le sentier plutôt que la route. « Il faut savoir mériter ses morts », avait-elle asséné avant de se reprendre et d'ajouter plus cordialement : « Et puis vous profiterez ainsi davantage du paysage que par la route. » Arrivé la veille à Andenes, il ne m'avait pas fallu beaucoup de temps pour retrouver la trace de Cosme. En effet, le centre du safari aux baleines, situé tout au bout de l'île, était le seul élément notable de cette ville plate et sans charme. La direction à suivre, pour s'y rendre, était renseignée sur maintes affiches et panneaux qui, pendant la haute saison, devaient drainer jusqu'à ce minuscule bout du monde des touristes en nombre, attirés par l'ivresse d'une aventure polaire. Mais la saison des safaris n'avait pas encore débuté, les rues étaient désertes et boueuses, la porte du centre était close. À l'intérieur, je parvins pourtant à distinguer de la lumière et, en approchant mon visage tout contre la vitre, je pus deviner des mouvements. Je frappais. Discrètement d'abord, puis plus autoritairement, jusqu'à ce qu'un homme d'une cinquantaine d'années se décide à m'ouvrir. Peu aimable, il s'adressa à moi directement en anglais : « Le centre n'ouvre que dans trois semaines. »

La porte aurait bien pu se refermer brutalement sur moi si je n'avais pas brandi la photo de Cosme sous le nez de celui qui devait être le propriétaire des lieux. Il se souvenait vaguement « Dix ans c'est loin. Des saisonniers j'en vois passer… Le Reine était encore en activité… sa dernière année je crois. Un garçon curieux, non ? Oh, il faisait bien son travail. Rien à dire de ce côté-là. Les touristes l'appréciaient plutôt. Non, c'est quand on arrivait tout près des baleines, alors là, il n'y avait plus personne. On ne pouvait plus rien lui demander. S'il avait pu, il aurait plongé avec elles. Elles le fascinaient ! Même après des dizaines *et dizaines de sorties en mer, il n'était jamais lassé du spectacle. » J'ignorais cette passion de Cosme pour les mammifères marins. L'image du garçon solitaire, peu causant avec ses collègues, qu'il ne côtoyait pas en dehors des heures de travail était également étrangère à mes propres souvenirs, eux-mêmes approximatifs. « Après la traversée, il repartait immédiatement dans sa vieille camionnette. Il habitait une ferme à Bleik, là-bas, plus au sud, je ne sais pas où exactement. Arrêtez-vous au restaurant dans l'ancienne école de Bleik. C'est un Français qui s'en occupe depuis des années, il pourra sans doute vous renseigner plus précisément. J'y vais quelquefois avec ma femme pour manger son excellente mousse au chocolat. »*

Le menu du jour proposait un improbable coq au vin. Plusieurs longues tables étaient disposées dans ce qui avait dû être, autrefois, un réfectoire. Il n'y avait personne pour m'accueillir, je m'assis donc à la table disposée près de la haute fenêtre pour bénéficier de la faible lumière du jour. L'odeur du coq au vin emplissait la salle et je sentis la faim se réveiller. Quelques secondes plus tard, le cuisinier apparut derrière le comptoir. Jovial, il s'empressa de venir me saluer, je répondis en français. « Un Français par ici ! Ce n'est pas fréquent à cette période de l'année. » Je rétorquai qu'un cuisinier français par ici ce devait être encore moins fréquent, ce qui scella temporairement une connivence tout artificielle. Et comme il n'y avait aucun autre client à l'horizon, il me proposa de déjeuner en sa compagnie. « De toute façon, des Français, je vais bientôt en voir plus que nécessaire. Je rentre. J'abandonne le restaurant. Ça fait quinze ans que je m'emploie à faire découvrir à ces ignares du goût des saveurs variées et des associations subtiles. Mais rien à faire, ils continuent de venir ici comme s'ils entraient dans un musée. Enfin, ce n'est pas leur faute. Des siècles à manger du poisson séché, toujours du poisson séché… Ça n'éduque pas un palais… Vous prendrez un dessert ? » Je lui fis part de la réputation de sa mousse au chocolat, ce qui le fit un peu minauder. Lorsqu'il revint avec deux coupelles du fameux dessert sur un plateau, je lui exposai les véritables raisons de ma présence ici.

« Cosme K. Je me souviens bien de lui, il venait manger quelquefois avec Olav et Nora. Et la pauvre Maïken, bien sûr. Il avait même failli me remplacer pendant les mois d'hiver. Enfin, Olav devait lui en parler, mais je n'ai jamais eu de nouvelles et puis il a disparu, à la fin de ce fameux été. Un été qui n'en finissait pas. » Il marqua une pause. « Oui, c'était la fin de l'été. Pauvre Maïken. Il a bien profité d'elle et puis, après, il s'est tiré. Enfin, c'est ce qui se dit ici. Moi, je ne les connaissais pas vraiment... des clients du restaurant. Toute cette histoire... Il avait l'air plutôt gentil, et sincère, lorsqu'il venait ici avec elle. En tout cas, pas le genre à préparer un mauvais coup. »

Le sentier escarpé ne semblait pas avoir de fin. Quelques rayons de soleil épars s'extrayaient de la couche épaisse de nuages et se répandaient sur le haut de la colline où émergeaient à présent les premières croix blanches du cimetière. Je m'arrêtai un instant pour me désaltérer. Tout en bas, la fameuse plage blanche de Bleik étalait ostensiblement ses contrastes au pied des roches noires. J'essayai d'imaginer Cosme traversant cette plage pour rejoindre le sentier côtier qui menait aux fermes. J'essayai d'imaginer Maïken à ses côtés. Je tentai de reconstituer les ellipses béantes entre les souvenirs sélectifs de Nora. « Cette histoire appartient à Théa maintenant. À personne d'autre », avait-elle froidement commencé lorsque je m'étais présenté à elle, en début de soirée, et que j'avais expliqué le but de ma venue sur les îles Vesterålen.

Le cimetière surplombait le fjord. Les croix étaient disposées sur l'herbe sans ordonnancement évident. Une allée de gravier gris traversait de part en part ce territoire silencieux, sans délimitation précise. Devant certaines croix poussait du buis ou de la bruyère. Un seul arbre, centenaire, ombrageait à lui seul la moitié des tombes et un banc. À trois cent soixante degrés, le regard était libre de tout obstacle et pouvait se perdre dans l'immensité de la mer. Mais la sérénité des lieux était fouettée par des vents violents et je remontai mon col pour me protéger.

Nora m'avait finalement laissé entrer chez elle après m'avoir fait promettre de ne pas tenter d'approcher Théa qui dormait déjà à l'étage. « Je vais vous raconter, si vous promettez de ne plus revenir ensuite et de laisser Théa en dehors de tout ça. » J'avais promis sans comprendre et elle avait préparé du thé. « Il n'a jamais parlé de vous, en tout cas, pas en ma présence. » Elle savait qu'en disant cela elle touchait juste. Ainsi, il m'avait bien rayé de sa vie, au point de n'avoir jamais évoqué mon existence aux gens d'ici. J'avais accusé le coup, ravalé la tristesse qui m'accompagnait, inlassablement, depuis la nuit de son départ. Après, je n'avais eu besoin de poser aucune question. J'avais juste laissé venir ce qui pouvait être dit au cours de cette nuit, au-delà du cercle polaire. Nora en voulait toujours à Cosme et ma présence réveillait en elle des souvenirs douloureux. Elle le tenait pour responsable des événements. Elle parla toute la nuit. De Théa beaucoup, de son mari Olav qui se trouvait sur le continent et qui m'aurait sans doute mis à la porte, s'il m'avait trouvé chez lui. Maïken et Cosme n'étaient plus que des fantômes du passé. Parfois, elle pleurait. Et moi, enfoui dans un plaid, je ne reconnaissais pas celui qui, autrefois, me portait sur ses épaules. Quand le jour avait commencé à poindre, Nora s'était tue, comme si, à la lumière de l'aurore, plus aucun secret ne pouvait être trahi. Elle s'était levée pour faire du café. Puis, elle m'avait ordonné d'aller sur la tombe de Maïken. « C'est bien le minimum que vous pouvez faire, vous êtes venu de si loin. Ça ne réparera rien, mais c'est bien de le faire. Oui, c'est bien puisque Cosme K, lui, ne le fera jamais. »

La tombe de Maïken était nue. Sur la croix, son prénom et son nom étaient gravés dans la pierre. Juste en dessous, surgissaient des dates de naissance et de mort implacables, la jeunesse fauchée de Maïken. Tout à côté, j'identifiai la tombe de Jonas et un peu plus loin, sur le même rang, vraisemblablement celle du père de Maïken. Immobile entre ces défunts et malgré toute l'intensité de ces dernières vingt-quatre heures, je ne sentais aucune émotion me traverser et j'en éprouvais une certaine incompréhension. Même si leurs vies m'étaient devenues familières, durant cette nuit à écouter Nora, ces personnages demeuraient distants et inconsistants à mon cœur. Dans le dédale de leurs histoires singulières, ils n'avaient pas su retenir Cosme. Je ne pouvais le leur pardonner, comme je ne pouvais m'absoudre moi-même.

Avant de me rendre au cimetière, j'avais voulu voir la ferme en bois, peinte en rouge, tout en haut de la falaise. Cette ferme-là, dans laquelle ces trois morts avaient vécu et sur le seuil de laquelle Cosme avait déposé son sac et les raisons intimes de sa fuite. D'autres gens l'occupent à présent. Ignorants des événements qui s'y sont déroulés. Je suis resté plusieurs minutes à observer leurs va-et-vient dans la cour, entre les différents bâtiments. Des enfants jouaient avec un chaton. Ils avaient l'air heureux sur cette terre.

Soudain, comme une apparition, Nora est face à moi, assise sur le banc au bout de l'allée de gravier, sous l'arbre centenaire. Je ne l'ai pas entendue arriver. Je lui fais un signe de la main. À ses côtés, il y a une enfant. Théa. Elle tient un bouquet d'anémones, cueillies le long du sentier. Mais moi, à cet instant, je ne vois que ses yeux. Les mêmes yeux délavés que ceux de Cosme. Et puis, la blondeur des boucles de ses cheveux qui s'étalent jusqu'au bas de son dos. Elle me sourit. Nora lui chuchote quelque chose à l'oreille. Elle vient vers moi. Elle me tend les anémones. Je lui souris en retour, en guise de remerciement, et je reste sidéré par la ressemblance. Théa est près de moi, devant la tombe de sa mère. Je ne sais pas quoi faire des fleurs, alors je les pose sur l'herbe verte de la tombe de Maïken. Le mauve des anémones sur le vert de la tombe. L'émotion me surprend, jaillissante, et je dois retenir mes larmes. Je ne sais pas vraiment sur quoi je pleure. Théa se tient toujours immobile près de moi, sa robe s'agite dans le vent. J'ai tellement besoin de toi, Cosme, à cet instant.

Côte à côte, sur le banc, nous sommes restés silencieux un long moment. Théa cueillait un autre bouquet, un peu plus loin sur le sentier. « Et Bestefar, qu'est-il devenu ? » demandai-je après avoir retrouvé mes esprits. « Dans un hôpital psychiatrique, à Oslo. Il n'aurait jamais dû en sortir d'ailleurs. Je n'aurais jamais cru qu'il puisse, un jour, faire du mal à Maïken. Il n'était que bienveillance avec elle, avec tout le monde. Mais quand je l'ai trouvé, riant sur la paille maculée de sang… C'était bien un fou que j'avais en face de moi, ce soir-là. Je lui ai retiré l'enfant des mains et j'ai appelé la police. Ils l'ont emmené. Ce rire me hante encore aujourd'hui. Je ne l'ai plus jamais revu. »

Dans le cimetière de croix blanches, battu par les vents, nous nous sommes serré la main. Nous devions presque crier pour nous faire entendre l'un de l'autre. « Théa est très belle. Maïken devait l'être aussi, assurément. – Oui, elle l'était. Une beauté décalée… Tout en contraste… Parfois, quand je marche sur le bord des falaises, j'ai l'intuition que Théa est une offrande, l'enfant que je n'ai pas pu avoir avec Olav et je remercie Maïken, je sais qu'elle m'entend. »

*La nuit suivante, je quitte le grand nord à bord de l'*Hurtigruten *de 0 h 35. Sur le pont, je suis seul à contempler longuement le mur de falaises s'effacer, peu à peu, tel un mirage dans l'océan et la nuit. Je m'abandonne au voyage, soulagé d'échapper à l'emprise de la terre d'Andøya. Cosme a-t-il éprouvé ce sentiment au moment de sa fuite ? Bercé par les vagues qui cognent sur la coque, je me fais surprendre à plusieurs reprises par la tenace impression d'être observé. Je me retourne, le pont est désespérément désert, des frissons se faufilent sur mon dos.*

Le lendemain, dans le parc Vigeland d'Oslo, tout près de l'hôpital psychiatrique, je marche entre les statues qui dansent. Cerné par cet enchevêtrement de corps, allégorie de la destinée de l'homme, de l'enfance à la mort, je pense à Bestefar que je viens de quitter. Dans sa chambre minuscule, il joue le fou, le perdu. Mais, devant la photo de Cosme que je lui ai tendue, la lumière s'est immédiatement faite dans son regard intense. Il a saisi une feuille sur la table entre nous et il a écrit frénétiquement. Une infirmière m'a traduit approximativement le texte : « Je n'ai pas pu la sauver. Après le départ de Cosme K, elle n'a pas su trouver le courage. Elle ne pouvait supporter un second abandon. Mes mains, mes pauvres mains n'avaient plus aucun effet. Mes mains étaient devenues inutiles dans la grange. » L'infirmière a hoché la tête en poussant un soupir et en levant les yeux au ciel.

Je n'ai plus rien à faire ici. Pourtant, dans les allées du parc je traîne ma mélancolie entre les statues qui me sourient. Lorsque Bestefar m'a tendu la feuille après l'avoir noircie, il a saisi ma main violemment. Je ressens encore sa chaleur irradier sur ma peau. Dieu ! que cette chaleur est réconfortante. Elle me donne de la force et du courage pour poursuivre ma route, malgré tous les silences qui pèsent sur mes épaules. Où que tu sois, je sais qu'il me faut te trouver. C'est une évidence qui structure toutes mes pensées. Tu détiens les clefs qui me permettront, un jour, de retourner d'où je viens. De ma poche j'extrais une anémone oubliée, dont les pétales froissés se désagrègent sous mes doigts.

II

Olga

À Kane,
Ici, j'ai plongé dans l'eau claire du lac sacré
J'ai entendu les rites chamaniques sur les montagnes autour
J'ai partagé l'omoul séché et l'eau-de-vie
dans la datcha du ministre
Cosme

Olga s'était faite à cette vie ordinaire. Ce n'est pas cela qui la rendait triste lorsqu'elle observait la rue depuis la loggia de l'appartement d'Oulan-Oude. Un grand appartement avec de hauts plafonds et des salles de bains modernes, dans lequel elle avait grandi avec sa sœur Natacha et où elle avait vécu sans interruption, jusqu'à aujourd'hui. L'appartement qu'elle avait pu conserver, à la mort de ses parents, et dont elle était devenue officiellement propriétaire après la perestroïka. Elle avait pu garder l'appartement et aussi les meubles et tous les objets rapportés par son père des quatre coins des républiques et même de pays au-delà des frontières de la fédération. Elle avait pu garder tout cela et c'était comme si, finalement, rien n'avait vraiment changé. Mais lorsqu'elle regardait à travers les vitres de la loggia, elle voyait les chiens errants, maigres et malades, qui fouillaient les poubelles éparses en bas des immeubles grisâtres. C'est cela, au fond, qui la rendait triste : la saleté et le laisser-aller. C'était ça le prix de la liberté ?

Dans l'immeuble d'Olga vivent aujourd'hui toutes sortes de gens, mais elle ne connaît plus personne. Autrefois nous vivions en bonne entente. Il n'y avait pas de discorde avec les voisins. Mon père disait bonjour à chacun et tous le remerciaient. La nuit, ça crie dans la cage d'escalier. Olga a fait installer une porte blindée. Il y a deux mois, sa voisine de palier est morte. C'était la dernière d'avant la glasnost. La dernière avec qui elle pouvait encore échanger, sans avoir honte, des souvenirs autour d'une tasse de thé blanc. Ses enfants ont vendu l'appartement. Tout le monde a besoin d'argent. Tout le monde a besoin de se promener dans les rayons débordants des supermarchés.

Heureusement, l'été approche. Olga retournera bientôt prendre ses quartiers à la datcha, dans la baie de Krestovaya.

La datcha, bien sûr, a perdu de son lustre d'antan. Le toit fuit et la peinture est écaillée. Le jardin déborde de n'être plus taillé. Olga n'a plus les moyens de la faire entretenir. Mais qu'importe. Là-bas, on est dans la beauté. Là-bas, le temps s'est arrêté. Il y a longtemps qu'elle n'a pas vu le lac gelé, le froid est trop rude. La dernière fois, c'était l'année de l'accident. Enfin, elle n'en est pas très certaine. Toutes ces années se mélangent parfois.

Dans la baie de Krestovaya vit aussi Irina, la nièce d'Olga. La ferme, qu'elle habite à l'année avec son mari Saymone, est à une heure de voiture seulement de la datcha. Et même si la piste qui les relie est abîmée et chaotique, Olga sait qu'ils se retrouveront souvent pour profiter ensemble des belles journées ensoleillées. La solitude du Baïkal n'est jamais aussi pesante que celle d'Oulan-Oude. Et avec les vacances scolaires, Svetlana aussi sera de retour à la ferme. Après des mois à l'internat elle retrouvera enfin ses parents et, comme souvent depuis l'accident, elle viendra sûrement passer plusieurs nuits avec Olga à la datcha. Oui, c'est certain, cette fois encore elle viendra. Et Olga cuisinera des pychkis. Et, la bouche pleine, Svetlana s'exclamera : « Tes pychkis sont vraiment les meilleurs ! » Et puis, elles se coucheront dans le grand lit et Olga racontera des histoires jusque tard dans la nuit. C'est leur secret. Et le rire sourd de Svetlana fera vibrer les cloisons fragiles de la datcha. Ce pays n'est plus qu'un conte qui fait rire les petites filles. Si elle en a le courage cette année, Olga organisera une fois encore le grand déjeuner traditionnel de l'été dans le jardin en jachère. Elle cuisinera l'omoul pour les invités. Il fera beau c'est certain.

« Voilà, c'est réparé. Désolé de vous avoir fait attendre si longtemps, mais ce n'était pas évident. Il a fallu que je change une pièce. »

Olga a sursauté, sans doute s'était-elle assoupie légèrement, entraînée par la suite de ses pensées vagabondes. Elle sourit au jeune homme qui lui tend le grille-pain.

« Oh ! Merci. Vous avez réussi ? J'ai pensé qu'il était définitivement cassé. Avec ma retraite, je n'aurai pas pu m'en acheter un neuf. En tout cas, pas tout de suite. Merci, merci beaucoup. »

Olga a réglé la réparation et a franchi la porte du petit magasin. Elle est chaussée de ses pantoufles bleues. Les journées commencent à être chaudes et elle ne supporte déjà plus ses chaussures. Elle avance dans la rue des Soviets qu'elle doit remonter jusqu'au buste de Lénine. Elle marche lentement, son cœur est de plus en plus capricieux. La côte est rude. Elle doit s'arrêter à plusieurs reprises pour reprendre son souffle. Sous la tête de Lénine, elle s'assiéra sur le banc quelques minutes comme elle en a l'habitude. Elle regardera les premiers touristes de l'été prendre des photos de l'imposant monument. Puis elle poursuivra sa route sous le regard sévère et réconfortant de Vladimir Ilitch Oulianov qui lui redonnera du courage.

*

Disposées sur des pierres plates tout autour du foyer, les brochettes d'omoul dégageaient déjà l'odeur caractéristique des journées d'été interminables qui s'étiraient bien au-delà des heures solaires. En ces temps de canicule écrasante, l'ivresse partagée des souvenirs et de la vodka troublait la torpeur du lac et ramenait à la vie chacun des villages de datchas qui parsemaient la côte est du Baïkal. Ces hameaux anciens de maisons de bois sur jardins nourriciers se repeuplaient pour quelques semaines avec l'arrivée massive des citadins des villes alentour. La plupart d'entre eux revenaient chaque été sur la terre de leur enfance. Ils renouaient avec la lenteur d'une époque définitivement révolue, mais qui intimement les reliait encore. Et parce qu'ils se retrouvaient entre eux, ceux du Baïkal, parce que les forces du lac les traversaient tous sans exception, leur allégresse pouvait s'exprimer, sans raillerie ni honte, autour des pierres plates et des petits verres d'eau-de-vie glacée. L'odeur d'omoul grillé était une parenthèse mélancolique dans l'âpreté de leurs vies devenues combats quotidiens.

Saymone, accroupi près du feu, veillait, torse nu, sur la chair blanche et juteuse. Il savait le moment exact où il devrait retirer les poissons de la braise, juste avant qu'ils ne brunissent et ne s'assèchent. Avec Irina et Svetlana, ils étaient arrivés de bonne heure, ce matin, pour prêter main-forte à Olga dans les préparatifs du traditionnel déjeuner d'été du ministre. « Avec mon cœur, je ne peux plus, c'est peut-être le dernier, enfin on verra bien », avait-elle annoncé quand, les bras chargés, ils l'avaient retrouvée, déjà affairée dans sa cuisine. Svetlana, qui était rentrée la veille de Novossibirsk, s'était immédiatement jetée dans ses bras. Bousculée, Olga avait souri, puis elle avait repoussé tendrement Svetlana pour pouvoir mieux l'admirer. « Laisse-moi te regarder d'abord ma chérie. Oh Svetlana, je te reconnais à peine. Tu as encore tellement changé. Tu seras bientôt plus grande que moi. Qu'est-ce que tu es belle, ma chérie, tes cheveux, tes yeux… » Et Svetlana se laissait faire, compréhensive et patiente face aux compliments exagérés de sa baboulya de substitution. De son côté, comme lors de toutes leurs retrouvailles, elle constatait, inquiète, que la fatigue tassait toujours davantage les os usés d'Olga. Ce rituel comblait la distance qui se creusait entre elles pendant les longues périodes de séparation. Ensuite, elles pouvaient tout à loisir s'enlacer sans retenue et, dans les bras l'une de l'autre, apprivoiser à nouveau leurs corps en métamorphose.

Lorsque tous les plats furent prêts à être déposés sur la longue table, à l'ombre du grand orme, Olga dénoua son tablier et se retira dans sa chambre pour se préparer à accueillir les invités. Au fil des ans, le nombre de tables nécessaires s'était notablement rétréci car ils étaient de moins en moins nombreux, les fidèles du déjeuner d'été du ministre. À l'époque du père d'Olga, aucun habitant du village n'aurait osé manquer à l'appel. La vodka coulait à flots et les mets délicats, rapportés de Moscou, excitaient les papilles habituées aux pommes de terre bouillies. Mais aujourd'hui, ils n'étaient plus qu'une douzaine de fidèles, rescapés temporaires, qui n'avaient pas renié les traditions, héritées de la brève histoire du communisme.

L'alexandrite posée sur son décolleté, Olga avait attendu que tous soient arrivés pour soigner son entrée, ou plutôt sa sortie de la datcha. Drapée dans une robe longue aux couleurs chatoyantes, dont elle avait emprunté l'esprit aux tenues traditionnelles des « vieux-croyants », elle avait embrassé l'assistance d'un regard ample et bienveillant, telle une tragédienne démodée et trop maquillée, sur la scène étroite d'un théâtre provincial. Autour de la table, les voix familières protestèrent affectueusement pour accueillir leur hôte : « Olga, enfin ! » « Plus les années passent, plus tu te fais désirer. » « Quelle tenue superbe ! » Svetlana, installée en bout de table, observait le cérémonial se répéter à nouveau, et elle se sentait apaisée de retrouver Olga, splendide, dans son meilleur rôle, bien loin des traits tirés qu'elle avait surpris le matin même dans la cuisine. Sur la table, les verres étaient déjà pleins et les brochettes avaient rejoint les champignons frits, les fougères sur leur lit de crème fraîche, la marmite de pommes de terre ainsi qu'un tas impressionnant d'omouls séchés. Une odeur mêlée de cannelle et de girofle se faufilait au-dessus des plis de la nappe, réveillant l'estomac des convives. La place d'honneur avait été laissée libre pour qu'Olga puisse présider le repas. Elle leva son verre de vodka glacée qu'elle vida d'un seul trait et tous l'imitèrent. « Merci, mes amis, mes chers amis. Je vous souhaite un excellent appétit, un bel été, et une année supplémentaire. » Des applaudissements épars ponctuèrent le discours et les plats se mirent à circuler avec une certaine frénésie. Olga, qui ne connaissait plus la faim depuis de longs mois, observa avec tendresse son public clairsemé remplir les assiettes des mets qu'elle avait préparés. Parfois elle adressait des sourires aux fantômes des absents qui s'installaient pour quelques instants à la table. De temps à autre, elle jetait un regard impatient sur l'allée du jardin, comme si elle attendait encore un invité qui se faisait désirer. Et à plusieurs reprises, elle fut traversée par de longs soupirs nostalgiques qui furent instantanément absorbés par le bruit continu et pénétrant des couverts aiguisés.

*

Lorsque Cosme K se présenta, sac à l'épaule, au portillon de la datcha du ministre, des éclats de voix grisées remontaient le long des murs défraîchis depuis l'arrière d'un jardin livré à lui-même. Sa rencontre avec Olga, sous le patronage austère du buste en bronze géant de Lénine, remontait déjà à plusieurs jours. Se souvenait-elle encore de l'invitation qu'elle lui avait lancée au moment de se séparer, après avoir bavardé en français de longues minutes, assis côte à côte sur l'un des bancs de la place ? « Venez me rendre visite à la datcha, s'il vous plaît. Vous demandez la datcha du ministre. Tout le monde connaît. Ça me ferait très plaisir. » Cosme K avait promis, puis il avait observé la vieille femme s'éloigner, traînant ses pantoufles bleues, son grille-pain serré sur sa poitrine.

Très tôt, le matin même, Cosme K avait pris un bus aux trois quarts vide à la gare routière d'Oulan-Oude. Les banquettes s'étaient remplies au fur et à mesure des arrêts répétés dans le centre et les faubourgs de la ville. Les cabas, les paniers et les sacs s'étaient amoncelés dans l'allée centrale. Puis le bus avait abandonné les routes urbaines goudronnées pour s'engager sur une piste de terre informe qui longeait l'est du lac, traversant des villages fantômes et des forêts sombres. Parfois, au détour d'un virage, à la lumière naissante du jour, le Baïkal se laissait entrevoir, distant et taiseux, attirant tous les regards derrière les vitres sales du bus. Il attisait le désir de ceux qui l'avaient quitté depuis trop longtemps.

Sur le trajet du Transsibérien, qui l'avait emmené jusqu'à Irkoutsk depuis Moscou, Cosme K avait observé les mêmes villages à l'agonie, les mêmes vieilles personnes grattant le sol d'un territoire désolé, abandonné en moins de vingt ans, comme rayé de la nouvelle carte d'un empire réduit en miettes. Et ces vieilles personnes qui grattaient la terre le long des rails du Transsibérien, courbées sur un mode de vie en extinction, Cosme K les avait retrouvées sur les quais de chacune des gares minuscules dans lesquelles le train avait marqué un bref arrêt. Elles tendaient, au bout de leurs mains épaisses de paysannes, des sachets plastiques remplis de pommes de terre encore chaudes, des gobelets débordants de groseilles ou de framboises, des pirojkis farcis au chou ou à la viande. C'était la même tristesse indéfinissable qui émanait de ces lieux, la même qui imprégnait les rues des villes et la solitude des campagnes de Sibérie.

Cosme K hésitait à présent à pousser le portillon. Les voix montaient haut et les rires se répondaient derrière la datcha. Il craignait la liesse et les connivences. Mais la route avait été longue. Les six heures de bus sur la piste pesaient sur son corps et il n'avait nulle part où aller. Dans sa poche, les lettres posées sur le carnet de Bestefar semblaient brûler sur le papier. KRESTOVAYA ! Il agita la petite cloche qui était suspendue à côté du portillon, mais son tintement était si faible qu'il était impossible qu'Olga pût l'entendre dans le tumulte ambiant. Il se résolut à pénétrer dans la propriété, comme un voleur. La petite allée qui serpentait entre d'inutiles carrés de potager, aujourd'hui en friche, conduisait jusqu'à l'arrière de la datcha. Avant de s'y engager, Cosme K s'autorisa une pause. Adossé à la façade en bois, il s'offrit une cigarette.

Dans le compartiment de troisième classe du Transsibérien, les corps s'étaient dénudés pour supporter la chaleur suffocante qui, depuis Moscou, restait prisonnière des wagons rouges et gris, malgré l'ouverture permanente des battants supérieurs des fenêtres. Sur les étroits matelas de la cinquantaine de lits superposés, les peaux nues et suantes n'étaient plus que des masses protéiformes qui n'avaient de cesse de se retourner sur elles-mêmes à la recherche de l'inatteignable sensation de fraîcheur. Les odeurs de nouilles déshydratées, gonflées à l'eau chaude du samovar, de chou dans les pirojkis et de thé blanc dans les tasses en verre se mélangeaient et alourdissaient encore la moiteur de l'atmosphère confinée. La première nuit, Cosme K avait été réveillé par plusieurs mains posées sur lui. Il avait sursauté, mais les visages au-dessus de lui se voulaient apaisants. Ses cris nocturnes avaient alerté tout le wagon et les corps s'étaient redressés sur les matelas. Même la provodnik, les bras croisés sur son uniforme, l'observait au ciel de son lit, circonspecte. Des mots russes furent échangés autour de Cosme K, on l'interrogea sans doute, mais il ne put rien répondre. Au bout de quelques minutes de dialogue incompréhensible, la provodnik, constatant qu'aucun danger imminent ne menaçait ses passagers, avait renvoyé avec autorité chacun des colocataires du wagon 18 à leur place. Rapidement, le calme était revenu et la respiration régulière des corps avait de nouveau bercé l'avancée du train, à l'unisson des frottements des roues sur les rails et des sifflements de l'air contre les parois d'acier. Dans son rêve, Cosme K avait aperçu Maïken. Elle souriait et serrait contre elle un enfant. Il pensait qu'il s'agissait d'un enfant, mais il ne pouvait en être sûr à la distance où il se trouvait. Il faisait de grands signes dans la direction de Maïken, mais elle ne semblait pas le voir. Alors il s'était avancé à sa rencontre sur le sentier côtier, tout au bord de la falaise. En se rapprochant, les contours de la silhouette de Maïken devenaient incertains à l'inverse du corps minuscule de l'enfant qui, lui, s'incarnait, esquissant des formes toujours plus précises. Et lorsque enfin il s'était trouvé tout près d'eux, Maïken n'était plus qu'un mirage insaisissable et le corps de l'enfant, détaché de son sein, semblait flotter en apesanteur dans des tissus froissés, soulevés par le vent. Cosme K voulut alors tendre les bras pour retenir l'enfant, avant que le vide ne l'attire au pied de la falaise déchiquetée, mais ses doigts ne rencontrèrent que l'étoffe légère. Et derrière les fils tissés, qui un à un se dénouaient, il découvrit le visage familier de Kane, qui jusqu'au bout du monde, encore et encore, revenait le hanter pour le précipiter dans les affres de ses remords inconsolables.

Cosme K n'avait pas pu se rendormir. Il s'était levé peu après l'incident et avait parcouru toute la longueur du train, empruntant les petites passerelles mouvantes pour passer d'un wagon à l'autre, se grisant du vacarme et des tourbillons de l'enfer qui vrombissaient dans ces espaces, frontières entre les classes, jusqu'au wagon-restaurant, désuet et vide. Parfois, il croisait le long d'un couloir un autre insomniaque qui, une bouteille de vodka vide à la main, scrutait, à travers les vitres douteuses, les fulgurantes étincelles de lumière qui transperçaient la nuit à l'approche des villes. Profitant d'un arrêt, Cosme K était descendu fumer sur un quai désert. Face à lui, près de la porte, il avait observé le chignon impeccable de la provodnik osciller de droite à gauche, sensible sans doute aux avances nocturnes d'un chef de gare ivre, la casquette de travers. Lorsqu'il avait rejoint son lit, l'aurore perçait déjà à travers les troncs serrés des bouleaux et il avait observé renaître les habitudes déjà installées dans le wagon 18 comme si les passagers voyageaient ensemble depuis de longues semaines. Les jambes velues du dessus pendaient dans le vide, les tasses patientaient près du samovar et devant la cabine de la provodnik on se pressait pour acheter ce qui manquait pour un petit déjeuner improvisé. Les rideaux, un à un, étaient tirés pour laisser pénétrer la lumière et d'un bout à l'autre de la voiture, l'odeur d'urine matinale saturait l'espace sans que personne ne s'en offusque. L'errance de la nuit avait éloigné pour un temps les spectres qui rôdaient autour de lui et, fourbu, Cosme K avait pu sombrer dans un sommeil lourd et sans image. Les jours qui avaient suivi jusqu'au Baïkal, il s'était abandonné au rythme hypnotique de la lente avancée à travers l'insondable Sibérie. Il s'était perdu dans les méandres des fuseaux horaires, tronquant la nuit pour le jour et s'affranchissant de tous ses repères, jusqu'à douter de sa propre identité. Ivre d'anonymat et d'eau-de-vie, il arriva à Irkoutsk, titubant, mais connaissant l'apaisement de l'oubli des douleurs qui le poussaient jusqu'ici. Cependant les remords l'assaillirent de nouveau sur le quai, après avoir quitté le train hors du temps. Alors il se précipita dans le hall de la gare pour acheter une carte détaillée des rives du Baïkal. Assis sur un banc, il rechercha frénétiquement la baie de Krestovaya qu'il entoura d'un épais trait de crayon. Dans le carnet de Bestefar, qu'il avait posé sur ses genoux, ces mêmes lettres semblaient vouloir enflammer le papier.

*

« Ah, Cosme K ! Cela me fait beaucoup plaisir ! Viens, viens ici. Je savais que tu viendrais aujourd'hui ! Je savais que c'était aujourd'hui. C'est comme ça. Je sais. »

Olga avait parlé en français pour accueillir Cosme K lorsqu'elle l'avait aperçu à l'angle de la datcha, son sac sur l'épaule, hésitant et gauche. À la longue table, les invités s'étaient tus et des verres étaient restés suspendus en l'air. La petite voix sourde dans la tête de Svetlana l'avait immédiatement mise en garde : « L'étranger est entré dans la datcha et le malheur avec lui y restera. » Malgré cela, Svetlana n'avait pu s'empêcher de sourire face à cette visite inattendue qui bouleversait enfin le fil de la journée, dont la monotonie et l'ennui se révélaient à elle pour la première fois de son existence. Elle fit taire la petite voix et ne lâcha plus du regard l'ange blond qui ne pouvait masquer sa gêne de perturber un repas de fête.

Olga, face à la surprise générale, avait poursuivi en russe.

« Je vous présente Cosme K. Nous nous sommes rencontrés juste avant que je parte pour la datcha. Il y a une semaine à peu près. J'étais allé faire réparer mon grille-pain. Vous savez, chez le jeune commerçant d'électroménager, en bas de l'avenue des Soviets. Bref, en remontant, comme d'habitude, je m'arrête près de Lénine pour reposer mes jambes. Eh bien Cosme K était là, assis sur un banc, avec le même sac qu'aujourd'hui et une carte dépliée sur les genoux. En m'asseyant près de lui je découvre que la carte est en français. Comme je n'ai jamais l'occasion de parler le français depuis ma retraite de l'université linguistique d'État d'Irkoutsk, je n'hésite pas une seconde et je commence à lui parler. Et là, je découvre qu'il veut découvrir la baie de Krestovaya ! C'est le destin, non ? Voilà comment ça s'est passé !

– Et tu l'as invité à venir ici, après trois mots échangés sous la tête de Lénine, sans même le connaître ! s'irrita Irina. Tu as perdu la tête comme Lénine ou quoi ! C'est peut-être un voleur, quelqu'un de malveillant. Tu ne sais rien de lui. »

La discussion redevenait vive autour de la table et chacun donnait son avis sur la conduite à tenir, sans que Cosme K, toujours debout près d'Olga, ne saisisse la moindre bribe de ces échanges. Sous le buste de Lénine, il n'avait pas été étonné que la vieille dame s'adresse à lui. Il faisait partie de ceux qui attirent instinctivement le regard des autres. Il en avait toujours été ainsi. Pourtant, rien, dans ses gestes et ses attitudes, n'était dirigé en ce sens et il aurait préféré être transparent aux êtres qui l'entouraient. Lorsqu'il était enfant, il se souvenait qu'une grande tante avait dit : « Cet enfant-là, il a la lumière sur lui. » Ce n'est que depuis son départ qu'il avait vraiment compris ce qu'elle avait voulu exprimer. Il découvrait la force de cette lumière, qui agissait comme un aimant sur ceux qu'il croisait sur sa route. Il avait juste eu besoin de se trouver là, assis sur un banc, dans une ville reculée de Sibérie centrale. Après, il avait suffi d'attendre. Et c'est Olga qui était venue à lui, enjouée. Il avait aimé ses approximations grammaticales et ses accents désuets d'ancien membre de la nomenklatura. Au moment de la séparation, après quelques minutes de conversation et une invitation à la datcha, il avait observé sur le regard bridé de la vieille femme un voile se former et la gaîté, qui avait été la sienne jusqu'alors, s'était muée en tristesse comme si leur conversation anodine contenait les germes d'un mauvais présage. Mais elle avait fini par secouer la tête pour chasser ses pensées tragiques et elle avait gardé pour elle ce qui venait de frapper son esprit avec autant de force. Puis, avec la fierté retrouvée des nostalgiques de l'URSS, elle avait traversé l'avenue des Soviets dans ses pantoufles bleues.

Une chaise avait été poussée derrière lui. La jeune fille d'une douzaine d'années l'invita d'un geste à s'asseoir. Cosme K s'exécuta avec soulagement.

« Cosme K, je te présente Svetlana, ma petite nièce, elle est sourde mais elle lit très bien sur les lèvres. Elle est belle, n'est-ce pas ? Presque mignonne, non ? Et au bout de la table, là-bas, ce sont ses parents, Irina, ma nièce, et son mari Saymone. Ils vivent dans une ferme, un peu plus loin dans la baie. Enfin c'était une véritable ferme avant l'accident. Maintenant c'est en train de devenir autre chose. Ils t'expliqueront tout ça, n'est-ce pas. Ils parlent un peu anglais. À cause des touristes, ils sont obligés, tu comprends. »

Une longue tresse blonde glissait le long du cou d'Irina jusqu'à effleurer son sein droit dont le téton brun était visible sous le chemisier blanc brodé. Elle adressa un signe de la main, sec et bref. Son visage était clair et clos comme les galeries d'un cloître. En signe de dérobade, elle se servit avec empressement de l'omoul séché, qu'elle grignota, humectant ses lèvres rouges de cristaux de sel. À côté d'elle, le regard noir et pénétrant de Saymone s'était plongé brutalement dans celui de Cosme K comme s'il auscultait les turpitudes de son âme et les moindres recoins de son passé. Il se sentit heurté et démuni et les douleurs anciennes se réveillèrent sous son crâne. Il ne put soutenir très longtemps l'emprise qui s'abattait sur lui. Il baissa les yeux. Svetlana venait de déposer une assiette largement garnie devant lui. Il prit conscience de la faim qui assaillait ses entrailles. Il dévora tout ce que Svetlana avait choisi pour lui, puis il se resservit à plusieurs reprises. Les invités, amusés, l'encourageaient bruyamment à poursuivre et les plats circulaient toujours plus nombreux jusqu'à lui. L'appétit de Cosme K était insatiable et il aurait voulu continuer à manger indéfiniment pour ne jamais avoir à relever la tête.

*

La nuit était tombée depuis longtemps lorsque Cosme K avait chargé son sac à l'arrière du 4x4 de Saymone. Peu après leur départ de la datcha, Svetlana s'était assoupie et sa tête avait lentement glissé sur son épaule. La lueur des phares du véhicule tremblait sous les à-coups de la piste endommagée. Des chiens de prairie se laissaient parfois surprendre par les faisceaux éblouissants et leurs yeux étaient comme des agates transparentes, jusqu'à ce qu'ils reprennent leurs esprits et disparaissent, affolés, dans un trou. La visibilité était quasi nulle mais à aucun moment Saymone ne ralentissait. Chaque virage, chaque pierre ou ornière qui se trouvaient sur leur passage semblaient lui être familiers et jamais il n'hésitait. Ses doigts épais manipulaient le volant avec souplesse et son regard, dilaté par l'alcool, se perdait dans l'obscurité comme s'il était capable de la transpercer. Irina avait enfilé un pull et cachait ses mains dans les manches pour se protéger de la fraîcheur de la nuit. Parfois, Cosme K pouvait deviner son attention se poser sur lui par l'intermédiaire du rétroviseur central, autour duquel étaient suspendues, ensemble, l'image d'une icône religieuse et une photo de Vladimir Poutine. Mais il faisait semblant de dormir et aucun mot ne fut échangé pendant toute la durée du trajet.

La fin de soirée chez Olga s'était éternisée et alcoolisée. Cosme K avait passé un long moment avec les deux sœurs Polytchkova, qu'Olga lui avait présentées en précisant d'un air entendu qu'elles n'étaient pas vraiment sœurs, mais qu'on les nommait ainsi par souci de simplification et pour ne pas avoir à rentrer dans des considérations embarrassantes. Elles parlaient parfaitement anglais pour avoir vécu de nombreuses années au-delà des frontières de l'Union des Républiques. Un exil mystérieux à propos duquel elles étaient restées imprécises malgré les questions de Cosme K. Pourtant, au détour d'une phrase ou d'une anecdote, l'amertume avait percé, tout en retenue et en dérision. Il avait compris que les circonstances du départ avaient dû être douloureuses et il n'avait pas insisté. Elles étaient revenues après la perestroïka, déjà vieilles femmes, et elles avaient fait restaurer la ruine voisine de la datcha du ministre, héritée par l'une d'entre elles d'un oncle resté inconnu. Cosme K avait écouté longuement leur histoire en creux de lesbiennes répudiées. Il avait ri de bon cœur avec elles, spectateur de leurs joutes verbales décalées, rythmées par les petits verres d'eau-de-vie qui, régulièrement, se déversaient dans leurs gorges asséchées plus qu'à leur tour. À un moment, Saymone était venu s'asseoir près de lui. Il avait fini par enfiler sa veste de treillis sur son torse nu et avait amené avec lui deux petits verres et une bouteille pleine. Dans son anglais très approximatif, il se moqua des bavardages des deux sœurs qui le houspillèrent en russe en retour. Il tendit un verre plein à Cosme K qui n'osa pas refuser. Au signal de Saymone, il vida son verre d'un trait, puis croqua un gros cornichon sucré pour atténuer l'amertume de la vodka. Ce rite de passage accompli, malgré une quinte de toux à peine masquée, Saymone lui avait tapé le haut du dos en signe de bienvenue et les deux sœurs Polytchkova avaient applaudi.

Saymone était à la recherche de bras pour l'aider pendant les mois d'été à la ferme. Il construisait six nouvelles baraques pour touristes dans sa propriété. Ces nouvelles locations saisonnières devaient lui permettre de cesser totalement l'activité agricole, dès le printemps suivant. Depuis quelques années, le tourisme se développait rapidement autour du lac et il n'avait pas fallu longtemps à Saymone pour comprendre que ce secteur en plein boum lui rapporterait plus que l'exploitation et les bêtes. Le journalier qu'il avait fait venir du Kazakhstan pour le seconder dans ces travaux était rentré précipitamment chez lui la semaine dernière pour d'obscures raisons familiales. Il proposait le gîte et le couvert à Cosme K en échange de quelques heures de main-d'œuvre chaque jour. Cosme K soupira et montra, en prenant un air désolé, ses bras maigres. Saymone prit le bras de Cosme K entre ses doigts et le tâta en expert. Puis, il prit à témoin la tablée et en russe prononça quelques mots qui déclenchèrent l'hilarité des derniers convives, ceux qui n'avaient pas encore suffisamment bu pour être inconscients. Olga s'adressa alors à nouveau en français à Cosme K. « Ne t'en fais pas, c'est bien, va à la ferme, Saymone t'apprendra à construire les petites datchas. C'est bien aussi pour Svetlana, elle s'ennuie là-bas depuis que Natacha n'est plus là. Depuis l'accident ce n'est plus pareil. C'est à une heure d'ici. C'est beau. Là-bas on est dans la beauté. Vraiment Cosme K, il faut y aller. »

Le 4x4 s'arrêta. Aussitôt, Svetlana se réveilla et retira sa tête de l'épaule de Cosme K. Elle ouvrit sa portière et se glissa dans l'obscurité au bras d'Irina qui adressa un « bonne nuit » en hâtant le pas. Elles s'évanouirent toutes les deux dans la nuit et Cosme K se retrouva seul avec Saymone qui lui tendit son sac, après avoir ajusté sa toque en laine. De la boîte à gants, il extirpa une lampe torche et un revolver qu'il glissa entre sa peau et la ceinture de son pantalon, puis il passa devant Cosme K pour éclairer le sol. Cosme K suivait juste derrière, mais, malgré ses efforts, il ne pouvait rien deviner du décor qui les entourait, car aucun bâtiment de la ferme, aucun détail du paysage, n'étaient perceptibles. Le 4x4 fut avalé à son tour par l'obscurité et le bruit de leurs pas sur le petit sentier fut le seul repère qui reliait encore Cosme K à une certaine réalité. Tout près de son visage, le dos massif de Saymone fendait le noir et il pouvait sentir l'odeur mélangée de sueur, d'alcool et de tabac. Et cela le rassura.

Au bout de quelques minutes, une baraque apparut dans la lumière de la lampe de poche. Ils grimpèrent les quelques marches jusqu'au perron et Saymone poussa la porte qui n'était pas fermée à clef. Il déclencha un interrupteur et une faible clarté se propagea depuis l'unique ampoule suspendue au plafond, autour de laquelle une nuée de moustiques s'agglutina instantanément. La baraque spartiate sentait le pin et cela plut à Cosme K. « Il y a des draps dans le placard, murmura Saymone. À demain. » Cosme K se retrouva seul au milieu de la pièce, son sac à ses pieds. De l'extérieur, il entendait les clapotis légers du lac qui semblait tout près. Avant de fermer la fenêtre et les rideaux, il tenta de deviner l'eau dans l'obscurité mais il ne vit que le faisceau de la lampe qui poursuivait son chemin jusqu'à ne devenir qu'un petit point lumineux dans cette nuit interminable. Il sentit la fatigue le prendre et il n'opposa aucune résistance. Il se déshabilla et se roula dans un des draps qu'il tira du placard. Il jeta une couverture au fond du lit et défit le nœud de la moustiquaire. Entre la rassurante solidité des planches de bois de pin, il s'endormit sans appréhension de ce qu'il découvrirait le lendemain.

*

Le jour semblait levé depuis longtemps lorsque Cosme K ouvrit les yeux. La lumière se glissait sous la porte et les rideaux n'étaient plus que transparence voilée. Il mit quelques secondes à comprendre où il se trouvait, à reprendre le fil des événements qui s'étaient accélérés la veille. Il avait dormi sans heurt. Il parcourut du regard la dizaine de mètres carrés qui allait constituer son repaire pendant les prochains mois. Il respira profondément pour retrouver l'odeur de pin qui l'avait accueillie la veille et chercha son sac des yeux pour se donner du courage. La chaleur était déjà pesante et, de ses pieds, il repoussa le drap qui rejoignit sur le sol la couverture grise. L'écho assourdi du monde nouveau qui l'attendait derrière les planches de bois claires se faisait insistant. Cosme K se redressa et s'avança vers la fenêtre. À travers la clarté des rideaux, il tenta de deviner l'agencement du paysage. Des enchevêtrements de couleurs diaphanes, sans contour distinct, se mélangeaient aux flots de lumière écrasants. Il resta plusieurs minutes face à cette mosaïque confuse et à sa propre indécision. Ainsi, il retardait le plus longtemps possible le moment du dévoilement, car il ne pourrait plus revenir en arrière une fois les rideaux tirés. Ce qu'il verrait, il ne pourrait plus l'effacer de sa mémoire. Le retour à l'ignorance était impossible. Cosme K savait cela et il restait perpétuellement nostalgique de ces entre-deux, ces basculements de l'inconnu vers l'ordinaire. Une nouvelle frontière à franchir, un monde où se fondre et disparaître. Un frisson le parcourut lorsqu'il tira les tentures d'un geste sec. La lumière brutale l'aveugla et il dut plisser les yeux. Puis, au fur et à mesure de l'accoutumance de sa rétine à la surexposition, le somptueux panorama se révéla à son regard et il fut saisi par la terrible beauté qui le cernait de toutes parts. Devant lui, à une centaine de mètres seulement, l'eau étale du grand lac, tout en scintillements, pénétrait la baie sur une petite plage de galets ronds et clairs. De chaque côté, des collines escarpées, pelées ou couvertes de conifères, se reflétaient dans l'eau claire de façon si précise qu'on pouvait croire à l'existence d'un monde inversé sous la surface. Un sentier ondulait depuis la ferme et se faufilait entre cinq baraques identiques, avant d'aller mourir sur les galets de la plage. Un petit ponton de bois sombre s'avançait courageusement au-dessus des eaux profondes, comme pour prolonger en vain le chemin de terre et de pierres au-delà de la rive. Au-dessus de la plage, face au lac, un banc de pierres grises, couvertes par endroits de lichen jaune, semblait posé là depuis des siècles. Le regard se perdait ensuite aux confins de l'étendue d'eau qui paraissait ne connaître d'autres limites que celle du ciel. Du haut de son promontoire, la ferme de Saymone et Irina surplombait le domaine de prairies pâles sur lesquelles des troupeaux, épars et impassibles, broutaient les herbes hautes et fines qui vibraient parfois sous la brise légère. Plusieurs chiens, souffrant de la chaleur, s'étaient allongés, langues pendantes, à l'ombre du 4x4 et d'une fourgonnette de type militaire. Plus bas, une balançoire immobile, suspendue aux branches d'un vieux cèdre tordu, paraissait étrangement esseulée dans l'immensité des espaces. Cosme K comprenait les mots d'Olga. « Là-bas, on est dans la beauté. » C'étaient les mêmes mots que ceux de Maïken sur les rochers des Vesterålen. Et la sidération qu'il ressentait devant le spectacle du Baïkal se mua en une angoisse vague et sourde. « J'aime cet endroit », dit-il tout haut pour éloigner le remous. Il avait envie de crier mais il ne le pouvait pas. Il se contenta de répéter pour lui-même : « J'aime cet endroit. »

À cet instant, il aperçut Irina et Svetlana qui dévalaient le sentier. Il se rappela qu'il était nu et enfila rapidement ses vêtements avant qu'elles n'atteignent la baraque. Quelques secondes après, Svetlana frappa bruyamment à sa fenêtre.

Il ouvrit et Irina lui expliqua qu'elles allaient se baigner, en désignant la plage de galets. Elle ajouta qu'il pouvait les rejoindre s'il le souhaitait. Il avait acquiescé spontanément, puis il les avait observées poursuivre en direction du lac. Après quelques pas, Irina s'était arrêtée et, en se retournant vers lui, avait crié : « Ressens-tu l'énergie du Baïkal ? » Sans attendre de réponse, elle avait rattrapé sa fille. Svetlana était déjà en maillot et sautillait autour de sa mère, heureuse à l'évidence de la retrouver après les longs mois d'internat. Parfois elle lui adressait de grands signes, l'encourageant à les suivre.

L'eau du lac était douce sur la peau. Cosme K avait plongé du ponton et il avait senti les milliers de bulles d'air glisser sur son corps engourdi par la nuit. Il avait nagé de longues minutes, toujours plus loin de la plage de galets et les silhouettes de Svetlana et Irina ne furent bientôt que des miniatures animées. Il lui sembla qu'il aurait pu nager ainsi des heures dans l'eau translucide, sans jamais être en mesure d'apercevoir d'autres rives que celles de la baie de Krestovaya et l'immensité de ce réservoir lui apparut dans toute sa grandiose démesure. Au bout d'un certain temps, il dut s'immobiliser sur le dos pour reprendre son souffle. Le soleil traversait les pores de son visage, le brûlant à peine. Le silence qui régnait à la surface était étonnamment pur mais, des profondeurs, Cosme K devinait des clameurs ancestrales, assourdies et envoûtantes, qui montaient jusqu'à lui comme une invitation. Au sommet de l'une des collines de la baie, il crut apercevoir les croix d'un cimetière, ou peut-être n'étaient-ce que les ombres de rochers effilés. Il ferma les yeux et se laissa bercer par les caresses de ces vibrations, pour dériver, avec une douceur infinie, au cœur des multiples mirages du grand lac. Et dans cet abandon, il sentit l'énergie du Baïkal le posséder et il en fut reconnaissant aux dieux qui régnaient ici.

Svetlana construisait des pyramides de galets lorsque

Cosme K, ruisselant, s'arracha des eaux. Irina, allongée sur le ponton, paraissait assoupie derrière ses larges lunettes de soleil. Sa peau humide et dorée brillait sous les assauts répétés du soleil. Cosme K s'assit près de Svetlana. Elle lui sourit et lui tendit un galet avec autorité. Il débuta sa propre accumulation de cailloux devant lui. Et tout en s'appliquant, il observait les mèches de cheveux humides de Svetlana qui collaient sur sa peau, s'enroulant en spirales dans son cou, sur ses épaules et jusque sur sa poitrine naissante. Svetlana ne serait bientôt plus une enfant. Et l'image de Kane traversa son esprit. Il se rappela aussi des châteaux éphémères qu'il édifiait enfant avec les pierres noires, dans les immenses trous d'eau de l'anse des naufragés, sous le regard encore protecteur de Maman Jane.

⋆

Saymone avait préparé le feu, disposé le trépied et suspendu la grosse bouilloire noircie au-dessus des flammes. Ensuite, il avait attendu patiemment que l'eau bouille, surveillant avec un long bâton les braises contenues par de grosses pierres rassemblées en cercle. Cosme K, accroupi près de lui, avait observé une nouvelle fois tous ces gestes précis et routiniers. Le rituel, qui annonçait la fin de la journée de travail, s'accomplissait toujours dans le silence jusqu'à ce que l'odeur âcre du thé blanc s'élève au-dessus des tasses en fer. Entre les mains de Cosme K, la chaleur du thé se diffusait dans tout son corps et régénérait ses muscles endoloris par le transport et la manipulation de lourdes charges de bois.

« Bientôt, il y aura la guerre. »

Ce n'était pas dans les habitudes de Saymone de briser la quiétude de ce moment d'abandon, gagné chaque jour sur les corvées quotidiennes. L'emprise de la nature, qui les enveloppait dans un espace de solitude partagée, ne semblait pas pouvoir souffrir la moindre intrusion. Et Cosme K aimait ce recueillement attendu, cette communion qui l'emplissait pour quelques instants d'une sérénité rare et salvatrice. Il fut donc surpris par les paroles de Saymone. Surpris et irrité peut-être. Le ton de Saymone était monocorde, il débitait les syllabes comme le bois, dans une violence contenue. Cosme K n'était pas certain que ces paroles lui étaient adressées et il ne posa pas de question. Saymone s'était remis à boire son thé brûlant. Son regard restait fixé sur l'horizon. Il chevauchait les terres pelées de la steppe, bien au-delà de l'orée de la forêt d'épicéas qu'ils nettoyaient ensemble depuis quelques jours. Les braises rouges faiblissaient dans l'âtre improvisé et la forêt s'était tue.

« Après les incendies, il y aura la guerre. Il nous faudra garder les frontières. Nous l'avons toujours fait. Il en sera de nouveau ainsi. »

Cette fois, Cosme K interrogea Saymone du regard.

« C'est ce qui se dit. C'est ce que j'entends. Tu sais, nous, les cosaques, avons un sixième sens pour cela. Nous savons toujours quand vient le temps de protéger nos frontières. Pour toi sans doute ça ne veut rien dire. »

Il jeta le reste de sa tasse sur le feu qui crépita et il se redressa, indiquant ainsi que la journée était vraiment terminée. Il rassembla les outils épars sur le sol, puis il détacha la bouilloire et démonta le trépied. Il chargea l'ensemble dans le 4x4 et, du pied, éteignit le feu avec la terre. « Viens, on rentre. »

Le véhicule s'élança sur la piste. Les sièges, surchauffés tout l'après-midi par un soleil de plomb, dégageaient une odeur âcre et difficilement supportable, malgré les fenêtres grandes ouvertes, par lesquelles s'infiltrait la poussière soulevée par les énormes pneus en action. Le volume sonore de la radio, poussé à son maximum, expulsait de la pop russe saturée et nasillarde. Saymone s'était allumé une cigarette et, accoudé à sa portière, pilotait d'une seule main, dans une décontraction non feinte. Les à-coups de la piste, bosselée et trouée par les pluies et les gelées, réveillaient encore les douleurs du corps de Cosme K mais, avec le temps, celles-ci étaient de moins en moins vives. Les premiers jours, il avait cru pourtant qu'il ne pourrait tenir le rythme de ces journées auxquelles la musculature et l'endurance de Saymone imposaient une cadence insoutenable. Plusieurs matins, il avait été dans l'incapacité de se redresser normalement dans son lit. Ses muscles, ankylosés par le repos, ne répondaient plus et il devait patiemment les remettre en action les uns après les autres. Mais jamais il ne s'était plaint et sans doute Saymone avait-il apprécié cette détermination silencieuse car tout au long de ces premières journées laborieuses, il avait su être patient et attentif. Et finalement, Cosme K s'était surpris à apprécier ces astreintes physiques qui le laissaient vidé, hors de lui-même. Assommé de fatigue, il errait dans une nouvelle réalité, au sein de laquelle l'effort et le repos restreignaient les forces de l'esprit et de la pensée. Lorsqu'il ne travaillait pas avec Saymone, il dormait dans sa baraque de pin, d'un sommeil lourd et sans rêve. Quatre semaines s'étaient écoulées ainsi, rythmées seulement par l'effort et les baignades de fin d'après-midi dans le lac. Le dimanche, au volant du fourgon, il rendait visite à Olga dans sa datcha. Certains soirs, après le repas qu'il prenait seul dans son bungalow, Svetlana venait frapper à sa porte. Elle apportait des biscuits qu'ils mangeaient ensemble, en silence, assis sur le perron. Sous leurs yeux perdus dans le lointain, le Baïkal s'embrasait parfois et ils restaient côte à côte jusqu'à ce que le soleil disparaisse totalement. Alors, Svetlana se redressait, souriait à Cosme K et agitait sa main en signe d'au revoir. Il l'observait encore remonter le chemin, pieds nus et robe légère. Il ne rentrait dans sa baraque que lorsqu'elle avait atteint la ferme et que la porte s'était refermée derrière elle, comme s'il voulait s'assurer qu'elle était de nouveau en sécurité. Il s'allongeait sous la moustiquaire et il savourait quelques secondes encore la lassitude de son corps comme un répit heureux.

Mais Saymone, aujourd'hui, avait bifurqué de la piste habituelle. Cosme K connaissait désormais les principaux axes de circulation de la zone et il était capable de se repérer dans ces étendues en perpétuelle expansion. Ils traversèrent les restes calcinés et désolés d'une forêt d'épicéas qui avait brûlé lors des grands incendies de l'été précédent. Le visage de Saymone se referma, il soupira. « C'est triste d'être impuissant à protéger sa terre. » Cette terre était noire de suie. Ici et là, des troncs décapités tentaient d'élever vers le ciel des restes de branches amputées et suppliantes. Ils laissèrent la voiture au sommet de falaises que Cosme K n'avait encore jamais vues. « Viens, je vais te montrer quelque chose. » Par un sentier très escarpé, ils rejoignirent une petite plage de gravier gris. Des nuages noirs s'étaient postés au-dessus du lac, ne laissant filtrer que des rais de lumières irréelles à la surface de l'eau, comme à travers les vitraux d'une cathédrale. Sur la paroi de la falaise claire, Saymone désigna du doigt des oiseaux gravés sur la pierre. Peut-être des oies car ils étaient tous affublés de longs cous. « Elles ont deux mille ans. Il y avait déjà des habitants ici. Il y a deux mille ans. » Saymone avait posé la paume de sa main sur la roche et il effleurait les gravures avec une douceur presque sensuelle. Puis il se saisit de la main de Cosme K et la guida lentement sur les gravures rupestres. Cosme K était gêné par cette proximité soudaine, mais il se laissa faire. Une filiation mystique unissait Saymone avec ces artistes qui autrefois avaient colonisé les rives du lac. Le Baïkal était en eux, comme il envahissait Saymone aujourd'hui. De génération en génération, ils étaient dépositaires de la beauté des lieux et leur reconnaissance semblait infinie.

Malgré la pluie fine qui commençait à s'échapper des nuages, Saymone s'accroupit au pied de la falaise, la main de Cosme K toujours dans la sienne. « Regarde. Là, juste là. Svetlana a dessiné celui-là avec la lame de mon couteau. » Un oiseau différent des précédents apparaissait en effet à quelques centimètres du sol. « C'était avant l'accident… Je crois que je ne suis pas revenu ici depuis. » Ils restèrent encore un moment, toujours accroupis face à la falaise et au poids écrasant du souvenir. Et puis le recueillement prit fin et Saymone lâcha la main de Cosme K. Lorsqu'ils escaladèrent le sentier pour rejoindre la voiture, la pluie fouettait avec violence leurs visages et ils durent lutter pour ne pas glisser sur les herbes trempées. Au-dessus du lac, l'épaisse couche de nuages ne laissait plus passer aucun rayon de lumière. Ils rentrèrent dans l'obscurité sans plus de mots.

*

On aurait pu dire de Svetlana qu'elle était une enfant agitée. Elle virevoltait autour des adultes comme un papillon de nuit. Elle sautait à leur cou au moindre prétexte. Elle se pendait à leur bras. Elle encerclait leur taille et nouait ses deux mains sur leur ventre. Elle embrassait leur visage par surprise. La perte de l'ouïe, après l'accident, l'avait également privée des mots mais elle était prolixe de ses gestes avec ceux qu'elle aimait. Et personne ne s'agaçait jamais ni ne la repoussait. Svetlana était une enfant attachante et nul ne pouvait résister au charme du tourbillon incessant de ses pieds nus qui esquissaient des pas de danse à chacun de ses déplacements. Et ce n'était pas uniquement la culpabilité des adultes autour d'elle qui irriguait cette mansuétude généralisée à son endroit. Non, Svetlana était une belle personne et même Cosme K, pourtant méfiant face à la moindre familiarité, réfractaire à la promiscuité, s'était laissé prendre à ses filets légers et l'heure de la baignade était devenue une institution qu'il n'aurait ratée pour rien au monde. Parfois, Irina les accompagnait mais elle ne participait jamais à leurs jeux. Elle se préservait plutôt des jets et des éclaboussures d'eau, en s'allongeant le plus loin possible du ponton, pièce maîtresse des sauts désordonnés et des joutes improvisées. Derrière ses larges lunettes de soleil, elle les observait, souriait parfois de leurs affrontements facétieux qui se répétaient dans un scénario immuable chaque après-midi. Mais le plus souvent elle semblait s'abandonner au soleil, étrangère à tout ce qui se passait autour d'elle. Saymone, de son côté, ne se risquait jamais jusqu'à la plage, comme si ce petit bout de territoire lui était interdit. Lorsqu'il rentrait à la ferme après avoir travaillé à la construction des baraques avec Cosme K, il devait encore vérifier que les deux saisonniers kazakhs avaient accompli correctement les tâches du jour et que le bétail ne manquait de rien. Parfois, il passait ainsi encore plusieurs heures avec eux dans les granges ou les étables. Depuis la plage, il arrivait cependant qu'on aperçoive sa silhouette trapue effectuer des mouvements amples et vifs avec, au bout de ses bras compacts, un long sabre recourbé qui tranchait l'air avec autorité. Cosme K était à chaque fois fasciné par cette danse de combat, chorégraphie qui annonçait le temps de quitter la plage. Les gestes de Saymone étaient si précis, les enchaînements si parfaitement exécutés, qu'on pouvait croire à la décapitation d'ennemis invisibles.

Saymone avait annoncé, la veille, sans préavis, qu'il s'absentait pour quelques jours et Cosme K se trouvait donc jusqu'à nouvel ordre au chômage forcé. Il avait été désagréablement surpris par cette nouvelle inattendue qui remettait en cause l'équilibre des journées ici. Une vie astreignante mais simple, dénuée de questionnement, organisée autour de la stature mutique mais rassurante de Saymone. Tôt le matin, Cosme K avait entendu le moteur du 4x4 démarrer et rouler lentement sur les cailloux. Il n'avait pu s'empêcher d'en vouloir à Saymone comme si celui-ci l'abandonnait. Il s'était rendormi avec le sentiment tenace qu'une parenthèse se refermait et que la quiétude qui l'avait accueilli ici aurait disparu à son prochain réveil. Déjà, de son inconscient, avaient ressurgi les démons anciens, contenus durant ces quatre semaines par l'abrutissement du corps. Son sommeil fut entrecoupé de cauchemars qui le laissèrent plusieurs fois hagard et désorienté sur son drap humide de transpiration.

Maintenant il attendait Svetlana, assis sur le perron de sa baraque, sa serviette posée sur son épaule. Mais Svetlana était en retard. Il tourna la tête vers la ferme, personne sur le sentier. Seul un chien grattait le sol, à la place habituellement occupée par le 4x4 de Saymone. Il resta plusieurs minutes, le regard figé sur ce décor qui prenait soudain une apparence fictive, presque inquiétante. Tout était si calme et silencieux qu'il douta un instant que d'autres vies que la sienne et celle du chien puissent arpenter ces lieux. Peut-être tout cela n'avait-il été qu'un long rêve, pensa-t-il. De l'autre côté de la baraque, la lumière rasante de fin d'après-midi se brisait sur les vaguelettes du lac. Pour ne pas être aveuglé, il devait mettre sa main en visière au-dessus de ses yeux. Chaque pore de sa peau, souillée par les sueurs nocturnes, aspirait à la purification de l'eau fraîche. Mais Svetlana n'était toujours pas là. Il se redressa, espérant sans doute bousculer l'inertie du temps et l'agencement des choses. Enfin la porte principale de la ferme s'ouvrit, il reconnut Irina qui s'engageait sur le sentier. Elle était seule, Svetlana ne sautillait pas autour d'elle. La silhouette d'Irina se précisa au fur et à mesure qu'elle avançait dans sa direction et c'était comme si Cosme K la découvrait pour la première fois. Elle avançait sans hâte vers lui, d'un pas assuré, tout en retenue. Roulé sous son bras, elle portait un tapis de plage et autour de sa taille elle avait noué un paréo écarlate. Ses habituelles lunettes noires masquaient le haut de son visage et l'intention de son regard. Elle sembla glisser au ralenti jusqu'à lui et il fut surpris lorsque soudain elle se trouva à sa hauteur. Elle souriait largement et il eut l'impression de prendre conscience de sa beauté énigmatique, mélange complexe d'hérédité slave et de Mongolie intérieure. Il en fut bouleversé et garda le silence quand elle lui annonça que Svetlana avait de la fièvre et qu'elle gardait le lit. Elle poursuivit son chemin vers le lac sans un mot de plus et la silhouette s'effaça devant Cosme K, drainant derrière elle des senteurs sauvages. À partir de cet instant il eut peur de la perdre et il ne put rien faire d'autre que de suivre ce corps élancé qui ondulait sous la lumière brutale.

*

Cosme K était étonné de la rapidité avec laquelle la vie s'était reconfigurée à la ferme, même amputée de sa pièce maîtresse. Saymone n'était parti que depuis deux jours, son absence pourtant avait déjà engendré de nouvelles habitudes. Le vide, qui lui avait paru insondable, s'était comblé quasi instantanément, sans effort, sans que personne ne paraisse y prêter une réelle attention. Un nouvel ordre des choses se mettait en place à l'insu des consciences et du souvenir. Lui-même, passé l'accablement provoqué par ce départ surprise, avait déjà retrouvé un agencement dans le déroulé de ses heures, des ancrages qui continuaient à faire avancer le temps. Aujourd'hui, il avait pris l'initiative de réaliser de menus travaux à sa portée dans la baraque en cours d'achèvement et il imaginait l'étonnement silencieux de Saymone lorsque celui-ci rentrerait. Concentré sur son ouvrage, il fixait laborieusement des rebords aux fenêtres et il se demandait si ses propres espaces d'hier s'étaient déjà refermés derrière lui, si les lieux qu'il avait abandonnés avaient déjà effacé toute trace de son passage. Maïken s'endormait-elle dans d'autres bras ? Maman Jane avait-elle fermé toutes les issues ? Aucune trace n'est éternelle. Rien n'est immuable, l'oubli est le seul rempart. Et face à lui, le grand lac immobile, qui n'était jamais le même, semblait lui donner raison. Son apparente éternité sereine était trompeuse et sa mutation permanente bien qu'invisible.

Et dans les méandres du tourbillon géant, le visage de Kane surgissait toujours et encore. Pour échapper aux papillons noirs, Cosme K se contraignait à revenir à la matière, à l'outil dans sa main, à l'ouverture de la fenêtre, aux planches claires de la baraque autour de lui. Et il ouvrait à nouveau les yeux sur le présent. Près de la balançoire, il découvrit Olga assise sur un vieux fauteuil en rotin et à côté d'elle Svetlana qui gesticulait, montait sur la balançoire, sautait, posait sa tête sur les genoux de sa baboulya. Olga était arrivée à la ferme avec le bus du matin et la fièvre de Svetlana s'était instantanément dissipée. Cosme K reprit ses coups de marteau cadencés. Une à une les petites pointes s'enfonçaient avec précision dans le bois tendre, parfaitement alignées et droites. Il éprouvait une grande satisfaction dans la répétition du même geste et dans la recherche du dosage parfait entre puissance et adresse. Il aurait pu continuer des heures ainsi, sans lassitude, mais les rebords des trois fenêtres furent bientôt achevés. Il fit un pas en arrière pour juger de la qualité de son travail. Satisfait, il rangea les outils et balaya le sol puis il alluma une cigarette pour attendre l'heure imminente de la baignade. Adossé au rebord de la fenêtre, savourant les volutes qui s'échappaient de ses narines, il inventoria d'autres travaux qu'il pourrait réaliser seul le lendemain, mais très vite les tissus d'Irina envahirent ses pensées. Un peu plus tôt dans l'après-midi, elle était passée pour l'inviter à dîner à la ferme le soir même, prétextant la présence d'Olga. Elle souriait, totalement détachée. Cosme K s'était senti gêné par le souvenir de la baignade de la veille. Irina l'avait compris mais son sourire était resté insistant et il n'avait pu soutenir son regard plus longtemps. Elle était repartie, sans attendre de réponse. Sa robe de toile avait volé autour d'elle lorsqu'elle s'était détournée et Cosme K n'avait pu se détacher de ces tissus froissés qui avaient volé longtemps autour de lui.

*

Deux mains sur ses yeux tirèrent brutalement Cosme K de ses rêveries. Svetlana avait contourné la rangée de baraques pour le surprendre à travers l'encadrement de la fenêtre. Déjà elle le chatouillait dans le cou. Il ne mit qu'une seconde à retrouver ses esprits pour rentrer dans le jeu de Svetlana. La poursuite débuta entre les murs vides de la baraque qui avaient pour seul toit un ciel azur uniforme. En peu de temps il parvint à ceinturer Svetlana et il la souleva au-dessus du sol. Il menaça de la jeter à travers l'une des ouvertures béantes, comme il le faisait habituellement depuis le ponton au moment de la baignade. Les cris rauques de Svetlana s'entremêlaient à son rire caverneux qui effrayait toujours ceux qui l'entendaient pour la première fois. Haletants, ils s'effondrèrent sur le sol brut et interrompirent leur lutte pour reprendre leur souffle. La poitrine de Svetlana se soulevait par à-coups et des gouttelettes de transpiration glissèrent sous les mèches de ses cheveux désordonnés. Elle ramassa quelques copeaux de bois dans la paume de sa main et commença à les jeter en direction de Cosme K, lançant ainsi une nouvelle offensive qui n'eut pas le temps de dégénérer en combat cette fois-ci. Olga était apparue dans l'embrasure de la porte. Elle avait suivi Svetlana mais son cœur affaibli la laissait dorénavant à la traîne de sa petite nièce. Elle chercha du regard un endroit pour s'asseoir et ne trouva qu'une caisse qu'elle retourna. « Svetlana, veux-tu aller nous chercher une bouteille d'eau fraîche et des verres, s'il te plaît ma chérie ? » Contrariée d'être interrompue dans son jeu, Svetlana répondit par une moue qu'elle gomma bien vite. Elle se redressa et, en passant devant Cosme K, lui empoigna une touffe de cheveux, indiquant par là que ce n'était que partie remise. Puis, elle se précipita à l'extérieur, prenant juste le temps de déposer un baiser sur la joue d'Olga. Cette dernière était très essoufflée, la chaleur sibérienne était dorénavant une gêne pour elle. Elle inspecta la baraque du regard, ce qui lui offrit plusieurs secondes de répit :

« Tu travailles bien. C'est bien. Bien. Saymone sera content.

– J'apprends beaucoup avec Saymone... Olga, pourquoi est-il parti ?

– Oh, Saymone est un cosaque, tu sais. Alors il est sur la frontière. C'est important, tu sais. Ils l'appellent, il part. Quand il revient ? Ça dépend. Je ne sais pas. Demain ou dans trois semaines. C'est comme ça, c'est important de protéger les frontières. »

Cosme K repensa aux mots de Saymone dans la forêt, lorsqu'ils avaient bu le thé : « Bientôt il y aura la guerre. »

« Irina ne parvenait pas à avoir d'enfant, tu sais. Elle est même allée déposer une pièce sur l'île d'Olkhon, sur le rocher de la fertilité... alors quand Svetlana est née, c'était comme un miracle pour Saymone... Et puis, après l'accident... C'était dur pour lui. Très dur. Svetlana est partie. Très difficile. Il a toujours été un bon cosaque. C'est vrai ! Oui. Mais après l'accident, il est parti plus souvent, plus longtemps.

– Tu penses qu'il va y avoir la guerre ?

– La guerre, c'est triste. Pourquoi la guerre ? Tout est trouble aujourd'hui. Autour du lac, dans la ville aussi. Je ne reconnais plus rien. Protéger les frontières c'est... Comment on dit... Veiller sur les autres, sur la terre aussi. C'est important pour Saymone. Important. J'ai peur pour Svetlana. J'ai promis à ma sœur Natacha de veiller sur elle. Mais moi je suis vieille maintenant. Je vais mourir, tu sais. Bientôt. C'est comme ça. Et Irina est fragile. La solitude ici c'est trop puissant. Un jour elle ne supportera plus l'absence. Il faut que tu fasses attention. Avec Irina. Attention. »

Cosme K ne sut comment interpréter cette dernière phrase d'Olga. Malgré lui, des gouttes de sueur froide glissèrent entre ses omoplates. Mais Olga changea le fil de ses pensées.

« Je suis heureuse que tu sois venu ici. C'est beau non ? Je t'avais dit. La beauté. Le Baïkal. L'énergie. Tu ressens ça ?

– Oui. Tout est vrai. J'aime cet endroit.

– C'est bien. Bien. Oui, je suis contente. C'est ainsi que cela devait arriver. Les forces nous poussent toujours dans la bonne direction. Et toi tu finiras par retourner d'où tu viens. La beauté, tu sais, elle est parfois juste devant nos yeux et pourtant on ne la voit pas. »

Svetlana avait à nouveau surgi dans la baraque. Elle déposa la bouteille d'eau et le verre aux pieds d'Olga. Elle s'était changée et avait enfilé son maillot de bain, indiquant qu'il était l'heure de la baignade. Elle prit le bras de Cosme K pour l'entraîner avec elle. Il montra qu'il devait d'abord passer prendre ses affaires dans sa baraque. Elle s'élança sur le sentier en direction de la plage, sans l'attendre. Son sac en bandoulière cognait sur ses jambes nues.

« Svetlana t'aime beaucoup. Avec toi, c'est le jeu, la joie. C'est exotique. C'est encore une enfant et pourtant bientôt elle sera quelqu'un d'autre. Je le ressens, c'est pour bientôt. Le changement va arriver vite. J'ai veillé sur elle toute son enfance. J'ai tenu ma promesse. La promesse que j'ai faite à Natacha… »

Olga soupira longuement.

« Allez, va à la plage. Svetlana attend. Je reste ici dans l'ombre encore un moment. Je me repose. Après je viens. Sur le banc de Natacha. Je vous regarderai jouer avec le Baïkal. »

Cosme K se leva. Lorsqu'il passa devant la vieille femme, elle lui saisit la main et plongea son regard dans le sien.

« Je suis heureuse que tu sois venu de si loin. C'est vrai. C'est le destin. Bientôt tu comprendras. Quoi qu'il arrive, c'est bien ainsi. »

*

La table était mise et la douce odeur sucrée de la vatrouchka flottait dans l'air quand ils rentrèrent, grisés de soleil et d'eau. Irina les accueillit en maîtresse de maison, affairée dans la cuisine. Sa fille se jeta dans ses bras et elles restèrent quelques secondes enlacées. Saymone avait téléphoné quelques minutes plus tôt. Il n'avait pas précisé quand il rentrerait, sans doute ne le savait-il pas lui-même. Irina l'expliqua à Svetlana. Elle articulait les mots exagérément. Olga traduisait. Svetlana monta ensuite à l'étage pour se changer, ils entendirent ses pas lourds sur le plancher. Olga et Cosme K s'installèrent à la longue table en bois et Cosme K réalisa que, durant le mois passé ici, il n'avait pas été souvent invité à pénétrer l'intimité de la famille. Olga lui servit un verre de vodka et tendit le bocal de gros cornichons. Il vida cul sec le petit verre et croqua aussitôt dans un cornichon sucré. Elle fit de même et elle termina sa gorgée par un grand éclat de rire : « Tu es drôle quand tu bois la vodka. » Irina déposa plusieurs plats fumants sur la table et s'assit à son tour. Les pas de Svetlana dévalèrent l'escalier et Cosme K put enfin remplir son assiette de soupe d'omoul, de légumes et de pommes de terre. Olga n'avait pas d'appétit et se contenta d'un fond de bouillon. Sa nièce la sermonna un peu, plus par habitude que par conviction : « Olga, tu dois manger davantage. » Ils débutèrent le repas dans un silence entrecoupé par les bruits des cuillères et des fourchettes qui s'entrechoquaient contre les assiettes. À l'image de Cosme K, Svetlana s'était, elle aussi, précipitée sur la nourriture avec avidité et Irina et Olga les observaient tous les deux avec amusement. Lorsqu'ils furent suffisamment rassasiés, Irina alla chercher le gâteau de fromage blanc, dont l'odeur leur avait ouvert l'appétit tout à l'heure. Elle découpa des parts généreuses qu'elle déposa dans de petites assiettes en porcelaine désuètes. Ils savourèrent le dessert en sirotant une tasse de thé brûlant. Un échange animé s'installa entre les trois générations de femmes. Cosme K, envahi par une douce torpeur, se laissait bercer par les mots dont il ne saisissait que les intonations et il s'attarda sur le discret mais insistant décolleté d'Irina. Sous le chemisier blanc il devina l'absence de soutien-gorge. Irina, consciente de son effet, agrippa le regard de Cosme K qui ne put s'y soustraire malgré ses efforts. C'est Olga qui le ramena brutalement entre les murs de la ferme de Saymone.

« Je suis fatiguée, je vais aller me coucher, tu peux m'aider dans l'escalier ? S'il vous plaît ? »

Elle s'adressa ensuite à Irina et Svetlana, à nouveau en russe. Dès que Svetlana comprit, elle se leva de sa chaise pour faire le tour de la table et supplier sa baboulya de rester encore un peu. Les traits d'Olga étaient tirés. Cosme K se demanda si elle avait surpris les regards échangés avec Irina.

« Oui, Olga, je vais vous aider.

– Merci. Allons-y alors. »

Elle se leva de table avec lenteur et Cosme K lui offrit son bras pour qu'elle puisse s'appuyer sur lui. Ils montèrent l'escalier qui menait à l'étage en ménageant leurs efforts. Chaque marche semblait être une tension pour le corps encombrant d'Olga. Arrivée sur le palier, elle lâcha son bras pour actionner le loquet de la porte de sa chambre. Mais, avant de franchir le seuil, elle eut un instant d'hésitation. Elle se tourna vers Cosme K, sembla chercher ses mots un instant.

« Bonne nuit. Parfois les dieux du lac tendent des pièges qu'il faut savoir éviter… À demain. »

Quand Cosme K fut redescendu, Irina décréta qu'elle appellerait le médecin demain pour qu'il passe à la ferme ausculter Olga dans la matinée. Puis elle indiqua à Svetlana qu'il était temps pour elle d'aller se mettre au lit. Svetlana, inquiète, interrogea sa mère du regard. Elle craignait sans doute de devoir renoncer aux quelques jours qu'elle devait partager prochainement avec Olga dans la datcha du ministre. Irina sembla la rassurer du mieux qu'elle pouvait. Svetlana abandonna à contrecœur et les embrassa tous les deux. Dans l'escalier, ses pas martelèrent à nouveau chacune des marches. La petite voix dans sa tête était revenue : « Méfie-toi Svetlana, méfie-toi. » Elle courut dans sa chambre et se jeta sur son lit sans se déshabiller. La tête cachée sous son oreiller, elle tenta de s'endormir vite pour éloigner les mauvais présages. Mais toute la nuit, la petite voix insistante se fit entendre dans chaque recoin de ses rêves agités.

Restés seuls, Irina proposa à Cosme K de l'aider à débarrasser la table. Cosme K savait à cet instant que le piège se refermait, mais il n'avait pas la force de résister au désir qui électrisait l'espace. Il la rejoignit, les bras chargés du plat d'omoul et de plusieurs assiettes en équilibre. Par surprise, elle lui vola un baiser et la pile de vaisselle faillit se briser sur le sol. Elle poussa un cri et se mit la main sur la bouche. Puis, lorsque Cosme K eut déposé son chargement sur l'évier sans casse, elle tenta de l'embrasser à nouveau mais il esquiva. Il pointa le plafond avec son index et murmura: « Svetlana ? » Irina haussa les épaules. « Elle n'en saura rien, tu sais bien que Svetlana est sourde depuis l'accident. »

Bien plus tard, Cosme K sortit de la ferme. La voûte étoilée du ciel était comme un rempart à tous les assauts du monde et il crut être sauvé. Rien de grave n'arriverait jamais ici. Tout son corps était relâché. Une étoile filante se détacha et il s'immobilisa pour suivre sa trajectoire. Il imagina que Kane, où qu'il soit, observait peut-être la même étoile que lui. Et cela le réconforta de les savoir ainsi réunis. Mais la lumière de la météorite s'éteignit et il sentit tout le poids de sa culpabilité retomber sur ses épaules. Il suivit le sentier jusqu'à la baraque en se concentrant fermement sur le bout de ses tennis usées pour éviter que l'eau du lac ne l'attire à elle. Ainsi, ajustant péniblement ses pas dans l'obscurité, il se demandait combien de personnes il allait encore trahir avant d'arriver au bout de sa route. Il savait au plus profond de lui-même que tous les enfants d'ici et d'ailleurs n'avaient pas besoin d'oreille pour entendre ce que les adultes tentaient de leur cacher. Et tout en s'enfonçant dans la nuit il énuméra pour lui-même tous les mots que Maman Jane n'avait jamais prononcés et dont les échos s'entrechoquaient pourtant toujours entre les parois de son crâne. Ces mots qui le réveillaient encore et encore après toutes ces années, même ici, malgré la distance qu'il s'efforçait d'accroître sans cesse. Il eut un instant de découragement. Que fallait-il donc accomplir pour qu'advienne l'oubli ?

Les jours qui suivirent, une vague de chaleur anormalement élevée s'abattit sur les rives du lac et les heures se mirent à ralentir jusqu'à devenir presque immobiles. Ni brise ni souffle ne venaient animer les herbes sèches et la surface du lac avait l'apparence d'un monolithe poli. La vie animale semblait avoir déserté les espaces asséchés autour de la ferme pour chercher la fraîcheur sous terre ou dans la profondeur des forêts d'épicéas. Pour les hommes, chaque mouvement devenait un effort insurmontable et même les nuits ne parvenaient plus à rafraîchir les corps atones et assommés de fatigue qui n'avaient de cesse de se tourner et se retourner encore sur les draps trempés de sueur. Au cœur de ce temps somnambule, comme un prélude à la fin d'un monde, Irina et Cosme K s'octroyaient, chaque matin, juste avant l'aube, une échappée dans la pénombre. À l'abri des regards, ils faisaient l'amour dans l'eau rafraîchie du lac et savouraient ensuite le réconfort du Baïkal, se laissant dériver sur le dos jusqu'à ce que le premier rayon de l'aurore affleure à la surface et transperce leurs corps. Alors, ils se hâtaient, sans échanger un mot. Ils se précipitaient hors de l'eau et se découvraient subitement nus et vulnérables, à la merci des dieux du lac et de tous les yeux posés sur les collines alentour. L'échappée était terminée. La gêne et la honte les surprenaient à nouveau, ils s'enveloppaient de leurs vêtements abandonnés sur le ponton et ils couraient chacun de leur côté pour rejoindre leurs lits respectifs avant que le soleil ne projette sur eux sa lumière crue. Ce rendez-vous était devenu une respiration nécessaire dans l'implacable inertie du temps. Chaque jour et chaque nuit, ils l'attendaient comme une promesse hors la vie. Après les étreintes, Cosme K se laissait happer par les myriades d'étoiles qui tremblaient sur la voûte du ciel. Elles paraissaient si proches, si accessibles, qu'il tendait le bras pour les effleurer de ses doigts, mais toujours elles se dérobaient à lui. En apesanteur entre l'eau et le ciel, jamais il ne s'était senti avec lui-même dans une telle intimité. Il en oubliait parfois la présence d'Irina à ses côtés jusqu'à ce qu'il perçoive à nouveau un autre souffle que le sien. « Un jour moi aussi j'irai voir ailleurs, même si on dit que c'est partout pareil », avait-elle pensé tout haut. Cosme K n'avait pas réagi et Irina n'avait pas insisté. Elle doutait qu'il l'emmène avec lui, quand il choisirait de partir. Mais au commencement d'un nouveau jour, sous la protection du ciel, il n'y avait qu'un mince filet d'eau entre leurs corps étendus et elle ne pouvait s'empêcher de rêver à sa propre liberté.

*

« Il y avait un dresseur d'ours sur la place. Il venait chaque année à Oulan-Oude. »

Dans la chambre d'Olga régnait une ambiance sépulcrale. Les rideaux tirés maintenaient une obscurité traversée seulement par de fines rainures de lumière qui encadraient les fenêtres et le contour de la porte. « La première année, l'ours était tout petit. »

Sur la table de nuit un ventilateur ronronnait et une fumée blanche s'échappait des grandes tasses. Dès que le médecin avait eu le dos tourné, Olga avait rangé les médicaments qu'il venait de lui prescrire et avait demandé qu'on lui prépare une décoction à base de plantes rapportées du monastère tibétain de Datsan. Une odeur âcre flottait dans l'espace de la petite chambre confinée. « Et puis l'ours avait grandi. Il avait une muselière et une chaîne autour du cou. Il était toujours docile. » Svetlana avait réclamé cette histoire à sa baboulya. Cosme K, assis au fond du lit, écoutait distraitement les traductions partielles que lui adressait Olga lorsqu'elle le jugeait utile. « Nous, les enfants d'Oulan-Oude, on se bousculait pour voir l'ours marcher sur un fil ou jongler avec des bouteilles. Il était drôle. » De la petite radio s'échappait en sourdine des musiques diphoniques bouriates. « Svetlana connaît cette histoire par cœur... Je l'ai tellement racontée... Un soir, pendant le spectacle sur la place, l'ours n'a plus voulu marcher sur le fil. Le dresseur a frappé avec la chaîne. Plusieurs fois. Mais l'ours ne bougeait pas. Cela a duré plusieurs minutes. Les enfants étaient tristes. Ils avaient pitié de l'ours. Un enfant a commencé à crier. Et les autres enfants ont crié aussi. Et les cris ont réveillé l'ours qui, dans le vacarme, s'est finalement jeté sur le dresseur pour le dévorer. » Les pupilles de Svetlana, assise en tailleur face à Olga, témoignaient de l'émotion qui la traversait une nouvelle fois à l'écoute du récit, sa concentration était absolue, elle ne ratait aucun des mouvements de lèvres d'Olga. « Une sacrée panique, tous les enfants se sont mis à fuir de tous les côtés. En quelques secondes, il n'y eut plus que l'ours et le corps du dresseur inerte sur la place. » Svetlana déjà pleurait. « Ma chérie, oh ma chérie... Ne pleure pas... Moi j'avais sept ans, peut-être huit. Nous nous étions cachés sous un porche avec Natacha, ma sœur. Je ne pouvais pas me détourner de ce que je voyais, le sang qui giclait du cou du dresseur... Et puis l'ours s'est soudain immobilisé, comme s'il revenait à la raison. Il a reniflé la mort, il a tourné autour du corps et puis il s'est allongé près de son dresseur. Il n'a pas fui. Il s'est blotti tout contre lui comme s'il voulait le réchauffer. Et même lorsque les hommes sont arrivés avec leurs fusils chargés, il n'a rien tenté. Il s'est laissé abattre. Fidèle malgré tout. » Svetlana cachait son visage dans les draps et les plis du corps d'Olga. « Voilà l'histoire de l'ours. Je n'ai jamais oublié ses yeux. C'est triste... S'il vous plaît Cosme K, donne-moi une tasse de thé. » Il se leva et tendit une tasse à Olga. À la radio on annonçait que la canicule allait encore durer quelques jours et que les tensions s'intensifiaient aux frontières sud du pays. Le président rencontrait aujourd'hui les autorités. Il y avait des affrontements isolés et des tirs de mortiers. Olga soupira. « Où cela va-t-il nous mener ? » Svetlana avait quitté la chambre, elle s'était assise sur les marches de l'escalier, seule, pour retrouver la paix. Cosme K voulut se retirer à son tour, il pensait qu'Olga avait trop parlé, qu'elle avait besoin de se reposer maintenant mais elle le retint. « Je suis comme l'ours. Attachée à cette terre, quel que soit le mal qu'elle m'a fait. » Sur les marches de l'escalier, Cosme K retrouva Svetlana. Ses larmes avaient séché. Il s'assit près d'elle sans rien demander. Elle posa sa tête sur son épaule.

★

L'eau de pluie s'accrochait aux aiguilles de pin pour avoir la vie sauve, lorsque le 4x4 de Saymone fit irruption sur la piste. Svetlana, Irina et Cosme K s'étaient précipités à l'extérieur après avoir entendu les premières gouttes frapper sur les carreaux. Leurs visages tournés vers le ciel, ils avaient savouré la fraîcheur de l'eau bienfaitrice, glissant sur leurs peaux arides, qui annonçait enfin l'épilogue des grosses chaleurs. Dès qu'elle l'avait aperçu, Svetlana avait dévalé la pente à la rencontre de son père, et elle s'était jetée sur lui avant qu'il eût arrêté le moteur. Ils s'étaient serrés longuement dans les bras, puis Saymone avait hissé sa fille sur ses épaules pour parcourir la centaine de mètres qui les séparait de la ferme. Près de Cosme K, le visage d'Irina ne pouvait masquer l'inquiétude que lui procurait ce retour imprévu, mais aussitôt que le duo fut parvenu à sa hauteur, elle illumina son regard et embrassa son mari avec tendresse. La famille recomposée, Saymone tendit enfin sa main épaisse à Cosme K en le fixant de son regard pénétrant. Au-dessus de lui, Svetlana levait ses bras dans le ciel pour toucher les feuilles des arbres et le souvenir de Kane entre les pommiers du verger se dessina fugitivement dans les pensées de Cosme K. « Saymone, Saymone ! » Olga, alertée par les voix, était à la fenêtre de sa chambre. Elle s'adressa en russe à Saymone et dans ses intonations précipitées, le soulagement qui était le sien devenait perceptible aussi pour Cosme K. Lui-même se réjouissait du retour de Saymone plus qu'il ne s'inquiétait. L'apparition de la stature familière du cosaque, sa toque, sa veste de treillis, lui avaient immédiatement procuré une sensation de profonde délivrance. L'étau qu'il sentait se resserrer depuis plusieurs jours se relâchait. Les anciennes habitudes allaient pouvoir reprendre leur cours routinier et paisible, reléguant Cosme K à sa véritable place, en lisière des vies de ses hôtes. Ainsi l'ordre des choses serait rétabli. Plus léger, il voulut s'exclure de ces retrouvailles et il fit un signe de la main à la cantonade pour se retirer en direction de sa baraque dont il était subitement impatient de retrouver la spartiate solitude. Mais Saymone le stoppa sèchement dans son élan. « Ce soir tu restes avec nous Cosme K, on fête mon retour. »

Pendant toute la durée du repas, Svetlana accapara l'attention de son père, ignorant tout à fait Cosme K mais également sa baboulya qui, profitant de l'air rafraîchi par la pluie, avait fait l'effort de se joindre à eux pour partager ce moment. Une première bouteille de vodka était déjà largement entamée lorsque Irina déposa le bortsch fumant sur la table. Saymone se saisit de la grosse louche et appela à lui les assiettes qu'il remplit généreusement les unes après les autres, puis il coupa de larges tranches de pain avec le couteau qu'il portait à la ceinture. Svetlana s'était assise tout près de lui et observait chacun de ses gestes avec obstination. Quand chacun fut servi, il y eut un silence presque religieux, avant que les cuillères se mettent à cogner sur le bord de la faïence et les conversations croisées reprirent. Entre deux jeux avec sa fille, Saymone questionnait Irina sur le quotidien de la ferme, les difficultés éventuelles avec les saisonniers… mais il ne prêtait qu'une attention distraite aux réponses pourtant précises d'Irina. Plusieurs fois, Olga tenta de l'interroger sur les jours écoulés : jusqu'où avait-il voyagé ? Qu'avait-il vu ? Saymone demeurait laconique, visiblement peu désireux de s'étendre sur le sujet, laissant seulement échapper quelques mots épars et presque inaudibles entre deux cuillerées sonores de bortsch.

Le repas terminé, Svetlana grimpa à nouveau sur les épaules de son père afin qu'il la transporte jusqu'à sa chambre. Ainsi perchée, elle entreprit d'envoyer des baisers à la ronde, mais à chaque tentative Saymone simulait des ruades qui l'entravaient dans ses intentions. Et c'est dans un chahut enfantin qu'ils montèrent à l'étage, se donnant joyeusement en spectacle sur chacune des marches. Jamais leur complicité n'avait été aussi démonstrative que ce soir et, si le lien qui les unissait ne pouvait être nié, Cosme K ne put s'empêcher d'y déceler une outrance qui, peut-être, était destinée à le remettre à sa place. Il jeta un regard à Irina pour deviner quels sentiments la traversaient à ce moment. Mais il ne décela sur son visage aucun signe de remords ni de crainte. Cosme K resta seul avec ses interrogations. Et plus les minutes passaient, plus un doute insidieux grandissait en lui sur les secrets qui s'échangeaient là-haut, dans la chambre de Svetlana. Le premier élan de satisfaction qu'il avait éprouvé au retour de Saymone se dissipait dangereusement.

Saymone réapparut en haut de l'escalier. Une lourdeur extrême s'était abattue sur son corps et chaque trait de son visage semblait marqué par l'inquiétude. La légèreté affichée aux côtés de sa fille s'était envolée. Il s'affaissa sur sa chaise et tendit le bras vers la bouteille de vodka déjà à moitié vide au centre de la table. Il remplit son verre, le vida d'un trait et le remplit à nouveau. Mais cette fois il le garda entre ses doigts et noya son regard dans les oscillations de l'eau-de-vie entre les parois du verre.

« Jusqu'où es-tu allé, Saymone ? »

Olga avait sans doute pensé que le moment était venu. Cette fois elle avait adressé sa question dans un souffle, presque un murmure, donnant à l'instant une solennité étrange. Derrière les fenêtres, le soir avait déjà charrié l'obscurité mais personne à l'intérieur ne se levait pour allumer les lampes. Ainsi, Saymone, le visage dans la pénombre, énonça ce qu'il avait cru voir, là-bas, à des centaines de kilomètres à l'ouest sur la frontière. Il parla peu. Ses phrases étaient courtes et mal assurées. Il dit qu'il n'était sûr de rien. Que peut-être il se trompait. D'ailleurs, à la radio, il se disait autre chose. Sûrement qu'il se trompait, lui. Il ne fallait pas s'inquiéter. Les désordres en cours ne pouvaient s'étendre jusqu'ici. Sur les bords du lac il n'y avait rien à craindre. Puis Saymone s'était tu et chacun avait compris qu'il ne servirait à rien d'en exiger davantage. Pendant le monologue, Irina s'était levée pour venir poser ses mains sur les épaules de Saymone. Cosme K s'était demandé s'il s'agissait là d'un geste de réconfort ou d'apaisement. Une preuve d'amour, certainement, mais il n'en éprouva aucune espèce de jalousie.

Olga annonça qu'elle allait se coucher et Cosme K lui emboîta le pas. Il était temps pour lui de rejoindre sa baraque. Irina lui lança un sourire gêné, auquel il ne put répondre, Saymone était déjà debout entre eux et enfilait sa veste de treillis pour le raccompagner quelques mètres et respirer l'air de la nuit. Ils se retrouvèrent ainsi côte à côte. L'averse de l'après-midi avait vidé le ciel de tous ses nuages. Saymone proposa une cigarette à Cosme K. La petite flamme de l'allumette dansait entre ses grosses mains et, lorsqu'il l'approcha de sa cigarette, son visage se détacha une fraction de seconde dans l'obscurité tel un spectre. Ils fumèrent dans le silence apaisant du Baïkal. Puis, Saymone jeta son mégot au sol et l'écrasa avec la pointe de son brodequin.

« Il va y avoir la guerre. »

Saymone avait prononcé cette phrase calmement, mais avec détermination. Les mots étaient sortis de sa bouche accompagnés de doux effluves sucrés d'alcool. Cosme K n'exprima aucune réaction à l'annonce de ce verdict.

« Viens avec moi, je vais te montrer quelque chose. »

Cosme K suivit sans une question le large dos de Saymone. La toile de son treillis sale sentait toujours le tabac et la sueur. Ils marchèrent à tâtons jusqu'à atteindre le 4x4. Saymone ouvrit le coffre qui s'éclaira d'un coup. Et dans la lumière brute et aveuglante, Cosme K découvrit, stupéfait, une vaste collection d'armes et de matériels militaires enchevêtrés les uns dans les autres. De surprise, il eut un mouvement de recul et faillit trébucher sur une pierre derrière lui. Il rétablit difficilement son équilibre. Face à lui, Saymone manipulait un fusil d'assaut. La lumière du coffre éclairait ses mouvements mais son visage restait invisible. Et Cosme K était hypnotisé par les doigts agiles de Saymone qui enclenchaient les différentes pièces de l'arme de guerre avec une précision redoutable. Sans doute avait-il appris à réaliser ces assemblages les yeux fermés. Cosme K imagina un instant que cette démonstration était en fait une menace, un avertissement à son égard. Svetlana avait peut-être raconté des choses sur les jours passés en l'absence de son père. Mais Saymone reposa le fusil et referma le coffre dans un claquement sec. La lumière fut avalée. Ils étaient seuls dans la nuit totale. Et de cette nuit jaillirent les derniers mots de Saymone.

« Demain, je repars. »

*

Une pluie fine et serrée criblait la poussière du sol de minuscules impacts lorsque Cosme K se réveilla dans un sursaut. À travers les parois de pin, des voix se faufilaient jusqu'à lui, entre chuchotements et cris étouffés. Parfois elles s'évanouissaient complètement dans le silence, puis les échanges reprenaient avec plus d'intensité encore. Depuis son lit, Cosme K avait reconnu sans peine les porteurs des voix déchirantes qui s'affrontaient à la naissance de ce nouveau jour. Il se leva et sortit sur le perron de la baraque. L'averse serait de courte durée, déjà une trouée dans les nuages s'élargissait au-dessus du lac, laissant filtrer la clarté de l'aube. Irina et Saymone se tenaient face à face. Les longs cheveux d'Irina étaient collés sur son dos humide et Saymone tenait entre ses bras une caisse qui semblait lourde et encombrante. Cosme K ne pouvait distinguer les traits de leurs visages, mais par bribes certaines phrases qu'il ne pouvait comprendre arrivèrent tout de même intactes jusqu'à lui.

« Les travaux n'avancent plus… L'été va toucher à sa fin.

– Il y a des choses plus importantes que ces baraques à touristes, Irina.

– Svetlana et moi, ce n'est pas important ?

– Si, si bien sûr. Ce n'est pas ce que je voulais dire, tu le sais bien. Je serai vite de retour. Je dois livrer ce chargement. Ils comptent sur moi.

– Je ne sais plus te croire. Depuis l'accident je ne sais plus. Ta vie est ailleurs.

– Parfois les temps nous imposent d'autres trajectoires. Je ne peux rien contre cela. Je n'ai pas la force que tu crois.

– Je connais tes fragilités, Saymone. Je te connais si bien. Mais aujourd'hui la solitude me ronge. Je ne sais si je pourrai tenir encore longtemps. »

Saymone avait posé la caisse dans le coffre de la voiture et il avait enveloppé Irina de ses bras. Ils se serrèrent l'un l'autre quelques secondes et leurs voix ne furent plus que des murmures qui tentaient farouchement de s'interposer face aux éléments qui les accablaient. Puis leurs corps se séparèrent de nouveau et ils rentrèrent à la ferme, courbés, chacun de son côté, sur l'inconstance de leur alliance.

Cosme K n'avait plus sommeil. Il alla chercher son paquet de cigarettes et revint s'asseoir sur le perron. Il s'installa contre le mur de la baraque en fumant et il observa une nouvelle fois le lever du soleil sur le lac. Son avenir ici devenait incertain, mais déjà il savait que ce spectacle lui manquerait, comme celui des falaises perdues des Vesterålen plongeant dans la mer. Quand Irina et Saymone sortirent à nouveau, accompagnés cette fois de Svetlana, la pluie avait complètement cessé. Svetlana s'accrochait à la taille de son père et Irina eut toutes les peines du monde à lui faire lâcher prise pour que Saymone puisse s'installer au volant. La voiture démarra sans hésitation et s'engagea sur la piste. Cosme K adressa un signe de la main à Saymone quand il dépassa sa baraque mais, les yeux rivés à son rétroviseur, celui-ci ne réagit pas. Derrière lui, Svetlana s'était arrachée des bras de sa mère et dévalait la piste. Saymone appuya brutalement sur l'accélérateur et un nuage de poussière, dans lequel le corps gracieux de l'enfant disparut entièrement, s'éleva du sol.

« Ne t'approche pas de la baraque de Cosme K », murmura la voix. La poussière retombée en corolle autour d'elle, Svetlana s'était sentie vulnérable, à la merci d'un monde soudain hostile. Elle resta plusieurs secondes immobile, les yeux fermés, maintenant le plus longtemps possible l'illusion d'être invisible. Des picotements à la pointe de ses pieds la ramenèrent à la réalité. Elle constata qu'elle n'avait pas pris le temps d'enfiler ses chaussures et sa peau, écorchée, saignait à plusieurs endroits. Elle jeta un œil en direction de la ferme mais Irina s'était déjà retirée. Elle hésita et coupa par la prairie en direction du lac. Elle avança précautionneusement, prenant appui sur ses talons qui avaient mieux résisté à sa course intrépide. Enfin, avec délectation, elle put immerger ses pieds dans l'eau limpide du lac. Elle se sentit instantanément régénérée. Les douleurs de son corps et de son âme semblaient aspirées dans les profondeurs insondables du Baïkal et elle sentit une énergie nouvelle irradier. Elle savoura longuement cet instant, le regard perdu aux confins de l'étendue d'eau. Ainsi absorbée, elle ne devina pas Cosme K approcher. Soudain il se trouvait debout à ses côtés. Elle sursauta. Il passa sa main sur ses cheveux. Elle eut l'irrésistible envie de se blottir contre lui, mais depuis la veille la petite voix était revenue, insinuant le doute et la méfiance. Elle resta donc d'abord stoïque, luttant contre des forces contradictoires. Pourtant elle finit par prendre la main de Cosme K et il s'en trouva ébranlé. Car il avait observé l'hésitation de Svetlana, quand elle avait choisi le lac plutôt que de le rejoindre pour panser sa peine. Il avait interprété ce détour comme un reniement. Et pendant qu'elle avançait vers l'eau, il s'était repassé les images de Svetlana courant vers son père pour le retenir. Personne n'avait eu cet élan pour lui lorsque, un matin, il s'était faufilé à travers le verger, pour fuir la maison penchée, il y avait une éternité. Mais à présent que, les pieds dans l'eau, il tenait la main de Svetlana dans la sienne, le poids de la confiance qu'elle lui offrait pesa à nouveau sur ses épaules. Et il se répéta, comme pour s'en persuader, qu'il était vraiment temps pour lui de partir.

Svetlana et Cosme K passèrent le reste de la journée ensemble. Ils marchèrent dans la prairie jusqu'à l'orée de la forêt. Là, ils coupèrent des fleurs bleues qu'ils rassemblèrent en bouquet pour les offrir à Olga. Mais dans sa chambre, Olga dormait. Ils disposèrent délicatement les fleurs dans le grand vase et sans faire de bruit ils le portèrent dans la chambre. Irina semblait s'être volatilisée depuis le départ de Saymone. Dans la cuisine, ils coupèrent des tranches de pain qu'ils tartinèrent avec du lait concentré. Ils mangèrent lentement ce repas frugal à l'ombre du vieux cèdre. Les grosses chaleurs semblaient déjà de retour. Cosme K s'endormit à son tour et Svetlana se retrouva seule, assise sur sa balançoire. Elle regardait Cosme K couché dans l'herbe. Elle l'avait observé toute la journée, épiant chacun de ses gestes et elle ne pouvait croire la petite voix qui la poursuivait de ses imprécations : « Méfie-toi, Svetlana, méfie-toi. »

Et l'heure de la baignade arriva. Ce fut comme si le retour éclair de Saymone n'avait été qu'un intermède déjà oublié. Ils retournèrent sur la plage. Irina réapparut.

Elle portait son grand chapeau de paille et ses larges lunettes noires qui lui cachaient tout le haut du visage. Sans mot, ni signe, elle déplia un tapis de plage et s'assit près d'eux. Svetlana confectionnait une accumulation savante de galets. Cosme K l'aidait parfois à consolider l'édifice en ajoutant une pierre choisie avec soin. Mais la plupart du temps il la regardait faire. Il arrivait toujours un moment où l'installation éphémère devenait instable et s'écroulait sous le regard désolé de Svetlana. Elle abandonnait les galets à leur sort et s'avançait tout au bout du ponton, depuis lequel elle plongeait de façon athlétique. Elle nageait plusieurs minutes seule. D'habitude Irina inclinait toujours ses lunettes pour suivre précisément les brasses de son enfant et s'assurer qu'elle ne s'éloigne pas trop. À plusieurs reprises, Cosme K l'avait vue se dresser, l'air follement anxieux, et agiter ses bras pour que Svetlana se rapproche du bord. Mais cet après-midi-là, elle ne leva même pas la tête lorsque sa fille pénétra dans l'eau avec fracas. Ses longs bras encerclaient ses genoux et, tout son corps, d'habitude si élancé, était recroquevillé sur lui-même comme s'il désirait à nouveau disparaître. Au bout de ses doigts, les ongles vernis griffaient la peau de ses cuisses. Et Cosme K observait ce corps nerveux et il constata que la fascination qu'il avait éprouvée pour cette femme le quittait irrésistiblement. Un sourire cynique qui n'était destiné qu'à lui-même se dessina sur ses lèvres. Son cœur n'était qu'un muscle insensible et indifférent. Il n'était digne d'aucune forme d'amour. Des larges bords du chapeau s'éleva une timide complainte :

« Puisque tu vas partir loin, loin à l'autre bout de la terre… Peux-tu m'emmener avec toi quelque temps ? J'ai besoin d'air, tu comprends. Seulement quelque temps… Je ne t'encombrerai pas. »

À ces mots, Cosme K s'était précipité dans le lac et de toute la force de ses bras et de ses jambes il fouettait l'eau, jusqu'à l'épuisement, dans un vacarme assourdissant. Et Irina ne sut jamais vraiment s'il avait seulement entendu sa prière.

★

« J'aime cet endroit. Autrefois je m'asseyais ici avec ma sœur Natacha. Là, sur ce banc. C'est mon père qui avait fait installer le banc pour elle… »

Cosme K avait rejoint Olga après que Svetlana et Irina avaient quitté la plage pour rentrer à la ferme. Il ne savait pas depuis combien de temps elle était assise à les observer en contrebas sur la plage.

« Natacha est morte et maintenant je viens m'asseoir seule sur le banc. Le banc de Natacha, oui. J'aime cet endroit. Oui. »

L'alexandrite étalait sa lumière sur la poitrine d'Olga.

« Svetlana t'aime beaucoup. N'est-ce pas ? Oui, c'est ça. Elle t'aime beaucoup. Tu es distrayant. Ici, c'est triste pour une enfant. Toujours seule, dans la grande prairie. Pas d'autre enfant. La beauté, c'est un piège aussi.

– Svetlana est très attachante.

– Oui, c'est une sœur adoptive. Mais attention, tu vas partir un jour. Olga le sait. C'est ainsi. Tu devras dire la vérité à Svetlana. Il ne faut pas t'enfuir sans rien dire. Promets, Cosme K. S'il vous plaît.

– Je ne veux pas lui faire de mal.

– Je lui ai dit à Svetlana, ma douce Svetlana, je lui ai dit de se méfier de la beauté. Je crois qu'elle a déjà compris. Un jour, elle devra s'en aller. Elle est si intelligente. Elle est sourde mais elle a déjà tout entendu. Il ne faut pas qu'elle se laisse enfermer ici. Comme Irina. Pauvre Irina. C'est dur. Oui, dur. Depuis l'accident, Saymone est quelqu'un d'autre. Il n'est pas mauvais, pas du tout. Mais Irina, je crois, ne le reconnaît plus. C'est ainsi. Oui. »

Plus Olga parlait et plus Cosme K comprenait l'enfermement qu'elle évoquait. Une barrière invisible qui maintenait à l'écart. Le regard d'Olga auscultait les moindres recoins du panorama à la recherche sans doute de lignes de fuite improbables. Et pendant cette tentative d'évasion, elle caressait machinalement sa pierre au bout du sautoir.

« D'où vient cette pierre, Olga ?

– Tu veux dire l'alexandrite ? Oh, c'est une longue histoire, très longue histoire... Elle vient des mines de l'Oural... Avant la révolution... Un jeune mineur l'a découverte, là-haut, dans les rudes montagnes de l'Oural. La pierre a ensuite été taillée pour une nièce de la tsarine... Tu te rends compte ? Avant la perestroïka on ne pouvait pas raconter l'histoire de l'alexandrite... Pourtant... »

Une tristesse sincère envahit le visage d'Olga. Ils gardèrent le silence face au Baïkal qui se couvrait d'ombres. Les montagnes tout autour traversaient peu à peu le miroir. La petite plage de galets semblait se rétrécir dans l'obscurité naissante. Olga, la première, se leva. Cosme K suivit son exemple. Avant de s'ébranler en direction de la ferme, dont les fenêtres du rez-de-chaussée venaient de s'éclairer, Olga se tourna une dernière fois en direction du lac.

« Chaque galet de cette plage est un souvenir. Après notre mort à tous, les galets seront encore là. C'est ce que nous laisserons de nous aux générations futures. C'est ce qui restera de mon histoire. »

Ils débutèrent leur remontée vers la ferme et, pendant

qu'ils marchaient à pas comptés, Cosme K interrogea Olga. Pourquoi Saymone se tenait-il toujours loin des galets et de la plage ?

⋆

Svetlana s'était jetée dans l'air glacial de janvier avec ivresse. Elle avait dévalé les quelques centaines de mètres qui séparaient la ferme du lac en coupant par la prairie, soulevant derrière elle de légères traînées poudreuses, et elle était arrivée sur le ponton de bois en bondissant comme un chien de prairie. Haletante, elle s'était rapidement délestée de ses bottes pour chausser ses patins dont elle avait bien serré les lacets, comme le lui avait appris Saymone. Elle avait repris son souffle, tout en s'impatientant de la lenteur avec laquelle baboulya Natacha et Olga s'aventuraient prudemment sur le sentier enneigé. « Dépêchez-vous un peu ! » Elle s'était redressée, et, debout sur le ponton, agitait vivement les bras en criant en direction des deux sœurs. Depuis qu'elle avait suivi les exploits d'Adelina Sotnikova, elle s'était découvert une nouvelle passion et bien que Saymone et Irina aient interdit les sorties sur la glace en leur absence, elle avait tant harcelé Olga que cette dernière avait cédé. Les parents ne rentreraient que dans la soirée et cela ferait du bien à baboulya Natacha de prendre quelques bouffées d'air frais. Face à Svetlana, le lac gelé s'étalait en dégradés de bleus, prêt à se soumettre à tous les désirs innocents de la fillette. La respiration de Svetlana suivait à nouveau un rythme régulier et l'emballement qui l'avait saisie au seuil de la porte de la ferme semblait soudain annihilé. Immobile à présent, elle plissait les yeux sous l'aveuglant soleil d'hiver, hésitante et troublée. Le bleu vif du ciel se reflétait à l'infini à l'intérieur de chacun des cristaux de glace et la vaste étendue d'eau paraissait encore plus mystérieuse et inquiétante qu'en été. Les berges recouvertes d'une neige vierge s'estompaient et ne se présentaient plus comme des remparts naturels à l'eau pure dont l'apparente placidité n'était qu'un trompe-l'œil, un leurre dont Svetlana comme tous les derniers habitants de ces rivages irréguliers avait appris à se méfier. Les archives mémorielles du lac sacré se transmettaient de génération en génération. Et aux faits de gloire se juxtaposaient les terribles faits divers, témoins des remous dévorants tapis sous l'eau dormante.

Les deux sœurs se tenaient par le bras et leurs grands châles bariolés se confondaient sur les manteaux démodés, ornés de fourrure au col et aux poignets. Elles avançaient précautionneusement. Seule Olga répondit aux signes d'impatience de Svetlana, par un geste appelant au calme. C'était la première sortie de baboulya Natacha depuis son retour de l'hôpital d'Oulan-Oude. Très amaigri, son corps autrefois robuste apparaissait aujourd'hui friable en comparaison de celui d'Olga, tout en rondeurs et épaisseur. Natacha vivait depuis plusieurs mois à la ferme et Svetlana connaissait la gravité du mal qui gangrenait peu à peu ses entrailles. À plusieurs reprises, baboulya avait évoqué avec elle sa disparition prochaine, mais pour l'enfant qu'elle était encore cela ne restait qu'une hypothèse lointaine même si ses rêves se peuplaient déjà de son fantôme.

Après avoir atteint la petite plage de galets, Olga et Natacha s'étaient assises côte à côte sur le banc de pierres dont elles avaient dispersé les amoncellements de neige fraîche et Olga avait déplié consciencieusement la grande couverture de laine sur leurs genoux. De sa voix claire et précipitée, elle appela ensuite Svetlana qui, toujours figée sur le ponton, sursauta en entendant son prénom. Lorsqu'elle se retourna, Olga fut surprise par son teint étonnamment blême et lui demanda si tout allait bien. Mais la contemplation de Svetlana était rompue et ses pensées errantes dans les eaux troubles avaient pris fin. Elle balaya d'un dernier regard le réservoir menaçant et, bravache, s'élança sur la glace, défiant ainsi les démons du lac. Elle débuta par des pointes de vitesse, enchaîna par la réalisation de figures complexes, qu'elle avait apprises seule, devant la télévision. À six ans seulement, sa force de caractère faisait l'admiration des adultes qui l'entouraient.

« Tu te souviens, Natacha, lorsque nous patinions près de la datcha ? Nous n'avions pas un matériel aussi sophistiqué et pourtant on n'avait peur de rien. Et sans protection aux genoux, ni casque !

– Toi, tu n'avais peur de rien ! Moi, je te suivais mais j'avais peur. Je ne le montrais pas mais j'avais terriblement peur. Je fermais les yeux et me laissais entraîner. Tu me tenais par la main. Et les chutes ! Et les hématomes sur les cuisses ! Si tu ne m'avais pas tenue par la main, je n'y serais jamais retournée ! Il y a une photo de cette époque dans la datcha, tu vois laquelle ?

– Celle avec les horribles chapkas ? Oui. Je vois très bien. C'est notre père qui l'avait prise avec le premier appareil photo que j'aie jamais vu. Il l'avait rapporté de Moscou après un congrès. Je m'en souviens très bien, je voulais toujours qu'il me laisse l'utiliser.

– Oui, c'est bien celle-là. On devait avoir l'âge de Svetlana, non ? Peut-être plus.

– Oui, un ou deux ans de plus, sans doute. Je te l'amènerai demain si tu veux. On vérifiera ensemble.

– Non, laisse la photo où elle est. Je n'ai pas très envie de regarder des photos en ce moment. Je préfère regarder Svetlana patiner sur le lac. »

Svetlana effectuait de grands arcs de cercle sur la glace en tendant les bras derrière elle pour donner de l'élan à son mouvement. Régulièrement elle se retrouvait sur les fesses mais toujours elle se relevait en jetant un sourire en direction du banc, auquel les deux femmes répondaient par quelques applaudissements étouffés.

« C'est moi l'aînée et pourtant j'ai toujours eu l'impression d'être sous ta protection, Olga. Encore aujourd'hui, alors que nous sommes de vieilles femmes, je ressens toujours une sorte de dépendance.

– Nous avions la même taille, personne ne pouvait jamais savoir qui était la plus âgée.

– Svetlana te ressemble tellement, Olga. Même vivacité, même goût de la vie. J'en ai toujours été démunie, moi. Comme elle, tu faisais l'admiration de notre père.

– Mais toi aussi il t'admirait !

– Moi, il m'aimait. Je n'ai jamais manqué d'amour, ce n'est pas ce que je dis. Mais toi, il t'admirait. C'est autre chose.

– Natacha, tu commences à radoter ! Tu préfères qu'on rentre ?

– Non, restons encore un peu, la douleur est supportable. J'ai besoin de l'esprit du Baïkal. Qu'il m'insuffle un peu de son énergie. Sens-tu, comme autrefois, ces vibrations traverser nos corps usés ? Rien n'a changé ici depuis soixante-quinze ans. C'est le même influx, la même vague intérieure.

– Oui, c'est ce que je ressens aussi. C'est réconfortant. Réconfortant et inquiétant à la fois. J'ai besoin d'y revenir sans cesse. La paix intérieure n'est possible que dans la beauté. C'est ce que disent les chamanes. »

Natacha avait pris la main de sa sœur dans la sienne.

– Olga ?

– Oui.

– Je suis si fatiguée. Bientôt, je serai morte… Ce n'est pas grave. J'y suis prête. C'est juste difficile de laisser Svetlana. Vois-tu comme elle est… unique. »

Olga serrait la main de sa sœur sur ses genoux. À travers les gants elle pouvait sentir la vie se retirer.

« Ne t'en fais pas pour Svetlana, elle n'est pas seule.

– Mais elle aura besoin d'une baboulya. Et ce sera toi, Olga. Svetlana sait qu'il en sera ainsi. Elle l'a compris et accepté, je crois. Tu veux bien ?

– Bien entendu. N'aie aucune crainte.

– Je n'ai pas peur. Seul le passage vers la mort m'effraie. Il faudra que tu me tiennes la main, Olga. Que tu me diriges, une dernière fois. Comme sur la glace autrefois. »

C'est Natacha à présent qui comprimait les doigts d'Olga. Les deux sœurs se faisaient face, sans fausse pudeur. Il ne pouvait y avoir aucune gêne à l'afflux des larmes qui se frayaient péniblement un chemin entre les rides de leurs peaux jumelles. Leur émotion était véritable et leurs regards n'auraient su se soustraire à l'intensité de ce moment qui n'appartenait qu'à elles, comme tout ce qui les reliait depuis l'enfance et au-delà. Et dans la communion de cet adieu elles se fondirent en silence dans le décor somptueux et solennel qui les étreignait et les écrasait tout à la fois. Leurs minuscules vies n'étaient que des anecdotes au regard de cette perspective millénaire. Pourtant, quelque fugaces que soient les traces qu'elles abandonneraient à ce paysage, elles faisaient partie de cet ensemble, aujourd'hui et après la mort. Et ce sentiment d'éternité les apaisa. En face d'elles, sur le lac gelé, Svetlana glissait, glissait et les lames aiguisées de ses patins striaient le miroir d'imposantes arabesques. Et dans les fines rainures qui s'entrelaçaient se reflétait chaque moment des vies d'Olga et de Natacha. Et les rondes de Svetlana s'accéléraient, toujours plus amples, toujours plus aériennes et elles l'entraînaient loin, loin, bien au-delà des territoires connus comme si l'esprit du Baïkal l'appelait à elle.

*

Aucune d'elles n'avait entendu le bruit lointain du moteur. Svetlana, étourdie par l'air frais qui lui fouettait le visage à chaque nouvelle pirouette, s'était sensiblement éloignée du ponton et de la plage de galets. Olga avait abandonné sa chère sœur sur le banc et s'était avancée de quelques pas en direction du lac. Elle levait le bras et appelait : « Svetlana, Svetlana, reviens! » Mais sa voix était balayée par le vent sibérien qui subitement s'était levé. De fines particules blanches se soulevaient sur toute la surface glacée, créant d'anarchiques et fascinants tourbillons. Olga s'obstinait dans ses appels, mais ses cris lui revenaient sans cesse en boomerang. Svetlana, elle, n'entendait que le crissement de ses patins. Ni le bruit du moteur, ni les appels d'Olga ne parvenaient à se frayer un chemin jusqu'à ses oreilles, camouflées sous un épais bonnet et sous le casque. La poussière de neige tournoyait à ses chevilles et le vent semblait vouloir la porter toujours plus haut, toujours plus loin. Sur le banc, baboulya Natacha contenait la douleur qui à nouveau gagnait son corps décharné. Elle fixait le lac en effectuant les exercices de respiration appris à l'hôpital. Mais c'est elle, pourtant, qui la première entendit le bruit du moteur.

Dans la voiture, Saymone avait le sourire. Irina l'observait derrière son volant. Et elle souriait aussi. Ils avaient obtenu leur agrément. L'année suivante, ils pourraient accueillir des touristes étrangers dans leur ferme. Ce complément de revenu permettrait d'économiser l'argent nécessaire pour que Svetlana puisse, le moment venu, faire des études, là-bas, à Moscou ou Saint-Pétersbourg. « À moins que cela ne serve à lui payer des cours de patinage », avait plaisanté Saymone en ressortant des bureaux de l'agence de voyages avec laquelle ils allaient travailler désormais. Saymone avait présenté les plans des petites datchas en bois, qu'il allait bâtir, juste en face du lac. Elles seraient spartiates mais bénéficieraient d'un panorama exceptionnel. Irina savait que, durant les prochains mois, Saymone travaillerait dur à ce projet. Après ses longues journées à la ferme, il enchaînerait avec le chantier qu'il comptait bien avoir terminé avant le début de la saison touristique. Pour Svetlana, il était prêt à tous les sacrifices. Il ne craignait ni la fatigue, ni la douleur du corps. Lorsqu'elle lui avait annoncé sa grossesse, sept ans plus tôt, il avait tenté de contenir ses pleurs, mais il n'y était pas parvenu. Ce souvenir persistait dans la mémoire d'Irina comme une douceur qui à son tour lui faisait monter les larmes aux yeux. Dans la voiture, elle avait mis un CD des Bi-2 et monté le volume à fond. Ils appréciaient tous les deux ce groupe qui avait accompagné leur adolescence. Avec ses lunettes de soleil et sa barbe de trois jours, cette musique allait bien à Saymone. Ils avaient fait l'amour dans la voiture juste avant d'atteindre le lac, à l'embouchure de l'Angara, là où les eaux se traînent dans le delta, en dégradés de vert. Seuls quelques aigles avaient troublé leur isolement. Irina aimait ces moments inattendus, arrachés à la monotonie des trop vastes espaces qui la rendait mélancolique et distante parfois. Car même si elle était certaine de l'amour qu'elle portait à Saymone et Svetlana, elle se demandait ce qu'aurait pu être sa vie si un jour elle avait osé quitter les rives du Baïkal. Après qu'ils s'étaient rhabillés, Saymone avait proposé de couper par le lac pour gagner plusieurs heures de route et faire une surprise à Svetlana qui ne les attendait pas avant la fin de soirée. Il était toujours pressé de la serrer à nouveau dans ses bras, quelle que soit la durée de la séparation. Irina avait froncé les sourcils mais elle n'avait pas eu le cœur à protester aujourd'hui et, bien qu'elle ne fût jamais très rassurée à l'idée de rouler sur la glace hors des pistes balisées, elle laissa Saymone agir à sa guise.

Natacha a crié « Une voiture, une voiture arrive... » Olga s'est retournée, interrogeant sa sœur du regard. « Une voiture, écoute, le moteur, j'entends le moteur. » Olga s'est immobilisée instantanément, elle a tendu l'oreille et perçu sans effort le tremblement rauque. Aussitôt, elle est inquiète, le son est encore faible mais il progresse rapidement. Elle se tourne à nouveau vers Svetlana. Elle est si loin. La voiture peut être un danger si elle débouche trop rapidement dans la baie, il faut absolument que Svetlana revienne plus près de la rive. Alors Olga hurle pour vaincre le vent. Et miraculeusement Svetlana s'immobilise. Elle a entendu la voix d'Olga.

Elle n'a pas compris mais elle a entendu. À l'arrêt, elle identifie également le bruit sourd du moteur qui approche. Elle se retourne, sonde l'espace autour d'elle mais n'aperçoit aucun véhicule. De l'autre côté, elle distingue les grands gestes d'Olga au bord du lac, qui lui intime l'ordre de se rapprocher. Derrière Olga, elle devine aussi baboulya Natacha, les bras croisés sur son ventre. Et, à ce moment-là, dans la lumière rasante de la fin d'après-midi qui allonge les ombres, Svetlana prend subitement conscience à la fois de l'aggravation du mal à l'intérieur de baboulya Natacha et de la distance qui les sépare tout à coup. Et cette distance lui paraît soudain infranchissable. Elle en a le souffle coupé. Un frisson parcourt son corps fluet, subitement vulnérable. La mort est camouflée, là, dans l'ombre qui s'étire derrière le banc sur lequel est prostrée baboulya. La menace est partout. Le bruit du moteur se fait plus pressant, la voiture accélère, un flot de musique l'accompagne. Svetlana ressent les vibrations parcourir la glace, jusque sous ses patins. Cette sensation bien réelle agit comme un révélateur et Svetlana reprend pied dans la gravité de l'instant et confiance en ses muscles et ses lames effilées. Sans plus attendre, elle s'élance en direction du ponton et des bras de baboulya Natacha. Sur les galets, le cœur d'Olga s'est une nouvelle fois emballé. Elle observe Svetlana filer. Elle ne l'a jamais vue patiner aussi vite, trop vite. Les bras croisés dans le dos, elle semble engagée dans une course contre l'esprit du Baïkal. Et Olga ne peut réprimer son appréhension face à l'irrégularité de la glace qu'elle croit deviner entre elle et Svetlana. « Ralentis, Svetlana, tu vas tomber ! » Svetlana a relevé la tête, cherche Olga du regard. L'hésitation ne dure que le temps d'un souffle mais l'équilibre parfait qui la reliait à l'eau gelée est rompu. Surprise, elle titube sur ses patins, bats l'air de ses bras, se cambre, tente d'attaquer la glace avec la pointe de ses lames mais finit par s'effondrer en avant, ses deux mains amortissant le choc, avant de glisser plusieurs secondes sur le ventre, puis de s'immobiliser. Elle secoue la tête, elle n'est pas blessée et déjà elle rassure Olga et Natacha en agitant une main dans leur direction. Mais à cet instant Olga et Natacha n'ont d'yeux que pour l'engin qui a jailli en trombe de derrière la colline du cimetière, charriant avec lui des chants méconnaissables et des odeurs de gasoil.

Saymone fonce sur le lac. L'horizon est complètement dégagé. Ils ont la piste glacée rien que pour eux. Le moteur du 4x4 a été changé la semaine dernière et il est beaucoup plus puissant que celui d'origine. Il accélère encore, c'est l'occasion d'éprouver ce que cette machine a réellement dans le ventre. Irina a fermé les yeux et attaché sa ceinture. Elle est pressée d'arriver. Saymone se dit qu'il effectuera un dérapage juste après la colline du cimetière et qu'il se laissera ensuite glisser jusqu'à la plage, en douceur. Peut-être que Svetlana les apercevra de la fenêtre et qu'elle viendra à leur rencontre ? Il sourit. Il monte encore le volume de la musique qui se répand derrière eux. Il est invincible aujourd'hui et le ciel est encore plus beau que la veille.

Lorsque la voiture surgit de nulle part, à quelques dizaines de mètres d'elle, Svetlana la reconnaît immédiatement. Avec soulagement, elle se dit qu'il ne peut plus rien lui arriver puisque son père est au volant. Elle connaît ses qualités de pilote. Sur les pistes de la prairie qu'il aime traverser à vive allure, il sait éviter n'importe quel obstacle se dressant devant lui. Elle ne ressent plus aucune crainte et elle observe la suite de la scène, confiante, en spectatrice avertie.

Olga et Natacha ont trouvé leurs mains à nouveau. Elles ont compris, sans échanger une parole, que la vitesse avec laquelle la voiture arrive sur Svetlana ne laissera pas le temps nécessaire pour freiner sans risque. Tout le monde sait, ici, qu'il est inutile de freiner brusquement sur la glace.

Il a fallu moins d'une fraction de seconde à Saymone pour reconnaître sa fille, seule, sur la glace. Les yeux toujours clos, Irina n'a rien vu, rien encore. Instinctivement,

Saymone a visualisé les gestes, chacun des gestes techniques qu'il devra effectuer pour tenter d'éviter l'impact. Il n'a pas le temps de réfléchir. Il doit faire confiance aux automatismes de son corps sans tenter de se diriger. Il sait qu'il n'a pas droit à l'erreur. Mais il ne doit pas penser à Svetlana, pas encore. Il braque lentement son volant, quelques à-coups consécutifs, il ne faut rien brusquer. Il sent la sueur sur son front et sous sa chemise. Il décompte dans sa tête et, au dernier moment, il tire le frein à main. La voiture dérape en tête à queue et se met à dériver sur la glace. Irina a ouvert les yeux dans la secousse. Elle hurle en découvrant Svetlana face à eux, immobile et souriante, qui se rapproche comme dans un travelling projeté en accéléré. La voiture glisse, elle frôle Svetlana qui fait un signe de la main à ses parents, dont elle aperçoit les visages convulsés derrière le pare-brise. La voiture effleure Svetlana mais l'évite. Quelques centimètres seulement. Elle ralentit et finit par s'immobiliser un peu plus loin au bout de longues secondes. De la poudre de neige retombe en nuée sur le lac.

Saymone suffoque sur son siège. Ses mains sont agrippées au volant, il ne peut plus les retirer. Tous ses muscles sont tétanisés. Irina a rapidement ouvert sa portière mais, prise de tremblements, elle ne parvient pas à se délivrer de sa ceinture de sécurité. Svetlana s'est redressée. Elle réajuste tranquillement son casque et ses genouillères. Elle fait un premier pas en direction de la voiture encore fumante, impatiente de se jeter dans les bras de ses parents. Mais un autre bruit l'immobilise dans son intention. Un bruit léger, presque inaudible, qui s'immisce sournoisement dans tout l'espace entre eux. Un craquement dont ils identifient simultanément l'origine, un grondement identifiable entre mille pour tous les habitants du lac. D'abord timides, presque discrets, les crépitements maintenant se succèdent, se multiplient, se répondent en écho. La glace se fend à l'endroit exact du dérapage qui, par sa brutalité, a dû provoquer des remous importants. Et Svetlana observe, incrédule, les arabesques géométriques se former sous ses pieds et progresser tout autour d'elle, de plus en plus rapidement. Debout sur ce puzzle mouvant, elle appelle ses parents du regard. « Ne bouge pas, Svetlana, surtout ne bouge pas, nous venons te chercher. » Ici, la menace est partout, sous la glace les démons du lac attendent patiemment que le piège s'ouvre.

*

Saymone et Irina n'ont pas échangé un mot depuis qu'ils ont quitté Novossibirsk. La nuit est tombée depuis plusieurs heures et aux forêts de bouleaux élancés ont succédé les tourbières noires irriguant la terre. Les phares jaunes éclairent par intermittence cette taïga inhospitalière et désertique, sur laquelle se dessinent de vagues villages d'isbas en bois éparses, délabrées ou abandonnées. Irina a ôté ses chaussures. Elle sent le sommeil gagner sur l'amertume de cette journée, mais elle n'ose se laisser envahir par la torpeur avant qu'ils ne se soient arrêtés. À côté d'elle, les pupilles de Saymone sont dilatées de honte et de colère. Il dévore la route devant lui, insatiable, avalant chaque bouleau, chaque chalet qui se dresse sur les bas-côtés. Irina se demande combien de temps il va pouvoir tenir sans repos. Cela fait neuf heures qu'il conduit sans interruption, se punissant de kilomètres, dans ce désert d'humanité interminable.

Svetlana a devancé ses parents, occupés à signer des papiers dans le bureau de la directrice au rez-de-chaussée. Elle a emprunté le large escalier en bois qui mène au premier étage, sa lourde valise cogne sur chacune des marches. L'internat est composé de deux dortoirs de part et d'autre du long couloir qui mène aux commodités. De son épaule Svetlana a poussé la porte à doubles battants sur laquelle une image de jeune fille est punaisée. Le dortoir est vide lorsqu'elle y pénètre. Une faïence ancienne enlumine le sol de ses rosaces bleu cyan. Svetlana s'est figée. Le souvenir du Baïkal gelé se dérobant sous elle a surgi dans cet espace, paralysant momentanément son corps qui refuse de franchir le seuil. Svetlana connaît bien ces réminiscences brutales et inattendues qui profitent de la moindre association pour remonter jusqu'à sa conscience. Elle porte son attention sur la dalle grise du plafond qu'elle juge étrangement haute pour une pièce censée abriter des enfants. L'étau sur ses membres se relâche. Elle s'engage dans l'allée centrale, hésitante. Le dortoir des filles, seize lits identiques alignés sur deux rangées, séparés par de hautes armoires, uniques remparts d'une intimité toute relative. Sous ses pas, le carrelage est inconstant. Son prénom est inscrit au fronton de la sixième armoire. Svetlana. C'est comme si elle lisait le prénom d'une inconnue. Pourtant c'est bien là qu'elle dormira désormais. Le matelas taché du lit est nu et roulé sur le sommier. Le mur, derrière, est fissuré. Une lampe de chevet est posée sur une tablette. Les fenêtres sont de l'autre côté du dortoir. Svetlana se dit qu'elle pourra voir le ciel depuis sa couchette. Elle pose sa valise sur le sommier. Consciencieusement, elle range ses vêtements sur les rayonnages de l'armoire. Une enveloppe s'échappe d'un pull. Dans l'enveloppe a été glissée la vieille photo de baboulya Natacha et Olga patinant sur le lac gelé. Elle dépose la photo sur la tablette, près de la lampe. Elle reste un instant à en scruter les moindres détails. Oh baboulya, pourquoi m'as-tu abandonnée ?

Sans doute Saymone s'est-il assoupi derrière son volant. La voiture a percuté le bas-côté avant qu'Irina n'ait pu réagir. La secousse a été violente, le crâne de Saymone a été projeté contre le tableau de bord. Son arcade sourcilière est ouverte sur deux centimètres et le sang coule sur son visage pendant qu'il inspecte les dégâts à l'extérieur. « C'est bon, elle peut rouler », diagnostique-t-il en claquant la portière. Il est déjà prêt à repartir mais Irina a posé sa main sur son avant-bras avant qu'il ne tourne la clef et insiste pour qu'ils s'arrêtent quelques heures à Krasnoïarsk. Saymone n'a pas répondu mais les abords de la ville se découpent déjà dans l'obscurité et il immobilise le véhicule sur le parking du premier hôtel, dans une zone industrielle, étrangement éclairée par les néons blancs d'une raffinerie. Le distributeur de carte à l'entrée leur attribue la chambre 313 ainsi qu'un code d'accès. Dans l'ascenseur, ils observent dans le miroir en pied leurs reflets abîmés. La chambre est minimaliste et fonctionnelle. Saymone s'est immédiatement assis sur le bord du lit. Il ôte ses chaussures avec difficulté. La fatigue, soudain, l'accable. Irina s'est agenouillée face à lui, elle nettoie la plaie et le sang sur son visage. Il se laisse faire, les yeux clos. Les gestes d'Irina sont doux et précis. Elle appose un pansement sur cette peau brune dont elle connaît chaque grain. Puis elle caresse les cheveux épais et emmêlés. Il y a si longtemps qu'ils n'ont pas échangé un moment de tendresse. Saymone glisse dans les bras d'Irina, qui le serre sur son sein. Elle murmure : « Saymone, tu n'es pas seul. » Elle sent sa respiration régulière contre son ventre. Sans doute s'est-il endormi. « Saymone, quoi qu'il arrive, Svetlana t'aimera encore. » Elle maintient son étreinte, n'ose bouger de crainte de le réveiller. Il a tant besoin de repos. Dehors, le bruit des voitures et des camions qui se succèdent trouble le silence et l'obscurité de la chambre. Irina sursaute à chaque passage. Svetlana a-t-elle su trouver le sommeil dans le grand dortoir ? Tous ont dit que c'était la meilleure solution pour elle : « C'est un très bon établissement. » « Elle reviendra pour les vacances. » Seule Olga avait contesté : « Il ne faut pas l'éloigner du Baïkal ! Pas encore, c'est trop tôt. » Une fois la décision irrévocable, elle avait juste ajouté : « C'est triste. » Dans les bras d'Irina, le sommeil de Saymone n'a jamais été aussi lourd depuis l'accident.

Postée devant l'une des hautes fenêtres, Svetlana observe le va-et-vient des enfants qui pénètrent dans l'enceinte de l'internat, seuls ou avec leurs parents. Un arbre unique se déploie dans la cour, une espèce qu'on ne trouve pas sur les rives du lac. Une fillette de l'âge de Svetlana a levé son visage vers la fenêtre. Svetlana s'est cachée derrière les lourdes tentures. Lorsque Irina et Saymone pénètrent à leur tour dans le dortoir, Svetlana est toujours camouflée entre les rideaux. Leurs bras sont chargés de draps et de couvertures. Ils la cherchent quelques secondes du regard avant qu'elle ne se dégage pour leur indiquer l'emplacement de son lit. Irina déroule le matelas et installe draps et couvertures. Saymone et Svetlana l'observent, silencieux et gênés. Elle vérifie aussi l'intérieur de l'armoire. Ajuste plusieurs fois les oreillers. Le dortoir, peu à peu, s'est rempli. La petite fille aperçue dans la cour tout à l'heure vient d'arriver, son lit est juste à côté. Une sonnerie retentit, c'est le signal du départ pour les parents. Svetlana prend la main de son père dans la sienne pour lui donner du courage. Irina s'agenouille face à sa fille et s'agrippe à ses épaules. Et malgré la résignation qui les abaisse, ils tentent de ne pas perdre la face. Entre chaque armoire, il y a des embrassades, des pleurs et des tissus froissés puis le dortoir se vide d'un coup, dans un courant d'air. Dans la cour, certains sont restés longtemps sous l'arbre inconnu, devant l'imposant édifice, espérant apercevoir leur enfant pour un dernier signe de la main. Et tous en oubliaient de parler.

*

La main de Saymone ne se trouvait plus qu'à quelques centimètres lorsque la glace s'était finalement rompue sous le corps de Svetlana. À plat à ventre, il avait rampé jusqu'à elle depuis la voiture, intimant l'ordre à Irina de ne pas tenter un seul mouvement. Il avait défié les craquements sourds et menaçants qui se répondaient inlassablement. Il avait cru en sa longue expérience pour déjouer une nouvelle fois les pièges du Baïkal. Il avait prié sa bonne étoile du jour de les protéger encore jusqu'au coucher du soleil. Mais malgré tout cela, il avait vu, sidéré, Svetlana s'enfoncer brutalement dans l'eau froide sans qu'il ne puisse la retenir. Et Svetlana n'avait opposé aucune résistance à l'aspiration de l'eau sombre. Ni battement de bras, ni cris. Seule la suffocation avait voilé son regard quand la température de son corps avait brutalement chuté et qu'elle avait compris, incrédule, que les pouvoirs de son père étaient insignifiants face aux forces qui tentaient de l'engloutir. Près de la voiture, Irina avait hurlé une nouvelle fois. Sur la berge, Olga atteignait la ferme pour appeler les secours.

Plusieurs fois Saymone dut remonter à la surface pour reprendre sa respiration. Et plusieurs fois il replongea. Sous l'effet du froid, ses muscles peu à peu se raidirent et sa vision se troubla. L'épaisseur de glace filtrait les rayons du soleil, et le clair-obscur qui régnait en dessous n'avait rien de réel. Pris dans l'apesanteur des profondeurs, Saymone perdit ses repères et l'acuité de son regard. Et le corps de Svetlana restait obstinément invisible, comme absorbé par les forces anciennes qui s'affrontaient toujours ici. Pourtant, avec obstination, Saymone continua à scruter l'espace aqueux qui l'encerclait comme une tombe. Et tout en volupté, sans qu'il ne puisse résister, des pensées nouvelles s'insinuèrent dans son esprit privé d'oxygène. Une euphorie singulière remplaça l'angoisse qui jusque-là avait guidé tous ses gestes. Les abysses devenaient le seul refuge. Il entendait les voix du Baïkal qui appelaient son nom. Il se laissa couler, s'abandonnant aux courants qui avaient emporté Svetlana et qui, seuls, pourraient les réunir à nouveau. En osmose avec son nouvel environnement, il ne ressentait plus le froid. Un sentiment d'achèvement et de sérénité le remplit tout entier. Mais à l'instant où la surface du lac, sur laquelle dansaient les éclats de glace, ne devenait plus qu'une illusion, le corps de Svetlana se matérialisa devant lui. Elle était pâle comme un spectre. Il tendit son bras vers elle et sa main effleura son visage. Il hésita. Les forces qui l'attiraient dans les entrailles du Baïkal ne voulaient pas abdiquer. Il se saisit pourtant de Svetlana et, en convoquant le peu de vigueur et de lucidité qui lui restait, il poussa, presque à contrecœur, sur ses jambes engourdies. En remontant jusqu'au plafond de glace, alors qu'il reprenait possession de son esprit, il eut la certitude que si Svetlana était revenue de l'invisible, c'était pour le sauver, lui, son père, et il l'adora, au-delà de la filiation.

Après cinq jours de coma, Svetlana avait ouvert les yeux. Dans la chambre d'hôpital, le cœur d'Olga avait connu une nouvelle défaillance sévère. Pourtant, elle avait immédiatement sonné l'infirmière et, la main posée sur sa poitrine, s'était penchée vers le lit. « Svetlana, Svetlana », avait-elle murmuré. Les paupières de Svetlana clignaient pour apprivoiser la lumière agressive des néons de la chambre et ses pupilles gagnaient peu à peu en mobilité. De sa conscience émergeaient des souvenirs fragmentés dont elle semblait ne pas pouvoir remonter le fil. Elle balaya longuement la pièce du regard pour se donner du temps, cherchant des repères, interrogeant chaque objet. Son attention se fixa sur le visage penché au-dessus d'elle et un sourire s'esquissa sur ses lèvres blanches. « Svetlana, oh Svetlana. » Olga remercia le Dieu du lac. « Svetlana, ma chérie. » L'infirmière était entrée brusquement, elle avait écarté Olga du lit pour vérifier les écrans des machines auxquelles le corps de Svetlana était relié et soulever brièvement ses paupières. Puis elle était ressortie pour prévenir le médecin. « Le médecin va venir, Svetlana. » Olga s'était de nouveau rapprochée du lit, avait pris la main de sa petite-nièce dans la sienne et elle la caressait doucement. « Tes parents vont arriver d'un instant à l'autre, ils sont allés chercher des cafés. Ils vont être tellement heureux de te trouver réveillée. » Mais au fur et à mesure que les phrases se succédaient dans la bouche d'Olga, une lueur d'inquiétude se diffusait dans le regard de Svetlana. Et malgré les paroles murmurées, l'inquiétude se mua très vite en une panique incontrôlable. Au moment où Irina et Saymone franchirent la porte, leur gobelet de café à la main, tout le corps de Svetlana s'était tendu sur le lit. Ils se précipitèrent vers leur enfant dans un même élan, sans attention aux explications d'Olga, mais lorsqu'ils la serrèrent contre eux, des cris rauques et hachés furent libérés par une voix méconnaissable. Ce n'est que de longues minutes plus tard et avec l'aide de l'équipe médicale qu'ils comprirent enfin ce que leur précieux enfant tentait de leur dire : un silence odieux régnait désormais autour d'elle.

*

Olga s'arrêta de parler et considéra un instant les rives du lac défiler derrière le pare-brise. Elle tentait de calmer les soubresauts de son cœur irrégulier et d'apaiser sa respiration sifflante. Derrière le volant du vieux fourgon militaire reconverti, Cosme K n'était dupe de rien mais donnait le change en se concentrant à son tour sur la piste cabossée afin d'éviter autant que possible les nids-de-poule et autres ornières que le véhicule, dépourvu de suspension, ne pouvait amortir. Ce matin, il avait pensé qu'ils ne parviendraient jamais à quitter la ferme. Svetlana s'accrochait exagérément au cou de sa baboulya fatiguée et Irina, inquiète, trouvait peu raisonnable de laisser repartir Olga pour la solitude de sa datcha. Mais Olga en avait décidé ainsi. « Il est temps que je retourne chez moi, c'est comme ça, c'est le moment », avait-elle annoncé gravement la veille, lorsque Irina et Cosme K étaient finalement rentrés un peu tard d'une longue escapade avec le fourgon, pour réapprovisionner la ferme. Svetlana était enfin apparue à l'heure du repas, le visage fermé. Elle avait ignoré les questions de sa mère, qui s'était inquiétée de ne pas la trouver à la ferme à leur retour, mais s'était jetée immédiatement sur la poitrine accueillante d'Olga. Cosme K pensa qu'elle leur en voulait encore de ne pas l'avoir emmenée avec eux et il en éprouva d'abord de l'agacement avant que les remords ne l'assaillent. Olga annonça son départ à Svetlana en caressant ses cheveux et promit, avec un enthousiasme feint, que cette dernière pourrait bientôt la rejoindre pour, comme à leur habitude, passer ensemble plusieurs journées et plusieurs nuits à la datcha. Cette ultime promesse pesait sans doute maintenant sur le cœur d'Olga alors que les tableaux du Baïkal se succédaient devant eux au fur et à mesure des kilomètres avalés.

Près d'Olga, Cosme K sentait la tension lancinante des derniers jours affluer en lui maintenant qu'ils étaient loin de la ferme et ses doigts se crispaient sur le cuir du volant. Ses manquements vis-à-vis d'Irina et de Svetlana encombraient son esprit. Ils n'étaient que les derniers maillons d'une longue chaîne qui, par-delà les frontières, se répétaient et finissaient toujours par le ramener là-bas, à son point de départ, dans le verger de la maison penchée. Un découragement brutal s'abattit sur lui et pour la première fois il envisagea la vacuité de son entreprise. Il compta les mois qui le séparaient de son départ et il fut pris de vertige. Tout ce temps et il ne sentait aucune transformation en lui. L'apaisement espéré n'avait pas lieu et il pensa être condamné à errer le reste de son existence. Peut-être était-ce là l'ultime punition de Maman Jane ? Une fois, Cosme K lui avait annoncé qu'il allait les quitter. Il s'en souvient. Une seule fois il avait évoqué son intention. Dans le verger, ils se tenaient à une distance raisonnable l'un de l'autre. Il taillait les pommiers depuis le début de l'après-midi. Il avait presque terminé. Elle avait apporté un pot de graisse blanche pour les mésanges qu'elle avait déposé sur l'herbe givrée. Depuis la fenêtre de la cuisine, elle aimait à écouter le raffut des oiseaux se disputant le droit de survivre à l'hiver. Elle était en train de se redresser lorsqu'il avait dit : « Je vais partir Maman Jane. » Il se souvient exactement des mots qui s'extrayaient de sa bouche et se faufilaient entre ses lèvres jointes. Il entend encore cette voix mutante, dissociée de sa pensée, fracasser l'air glacial de décembre et tout l'espace entre elle et lui. Il se souvient de sa propre sidération. « Je vais partir Maman Jane. » Car derrière ces mots, il y avait tous les autres, ceux qui restèrent aplatis dans son ventre : Je vais partir Maman Jane, car je ne me souviens plus de ton dernier baiser ni de l'odeur de ta peau. Je vais partir car je ne supporte plus l'indifférence polie que je lis dans ton regard. Je suis malade de la distance que tu imposes entre nous. Tu m'obliges à partir. Maman Jane s'était complètement redressée. Elle avait souri avec paresse. Elle ne l'avait pas regardé. Sans doute ne l'avait-elle pas cru. Peut-être ne l'avait-elle même pas entendu. Et Cosme K avait été saisi par la honte et le froid. Il avait remué ses orteils engourdis dans ses bottes pour tenter de les réchauffer et il avait fini par douter que les mots, pointus comme des flèches, aient véritablement été prononcés. Maman Jane avait remis en place son écharpe et ajusté son bonnet cramoisi. Du pied, elle avait légèrement déplacé le pot de graisse pour qu'il se trouve parfaitement dans l'axe de la fenêtre. Elle avait observé les branches nues des pommiers à la recherche de la première mésange affamée qui ne vint pas. « Les mésanges ne viendront plus ce soir. » Cosme K se souvient des mots de Maman Jane ignorant ostensiblement les siens. Ils avaient sifflé comme une gifle à ses oreilles. Maman Jane s'était éloignée et il l'avait observée disparaître entre les portes de la grande bâtisse de pierre. Quand elle avait complètement disparu, il avait eu le désir de crier mais rien, aucun son, n'était sorti de sa gorge sèche.

Au volant de la fourgonnette, la détestation de lui-même paralysa les pensées de Cosme K. Il aurait souhaité qu'un voile de laideur recouvre le monde autour de lui pour ne plus se sentir en dissonance permanente. Mais le long de la route, la beauté s'obstinait encore et toujours. Et Cosme K se sentait indigne de toutes les beautés du monde.

Comme si elle pouvait mettre à jour les moindres tourments de Cosme K, Olga tourna son regard généreux vers lui et observa ce corps à la renverse. « Méfie-toi des destinées exceptionnelles. » Elle avait murmuré mais il eut l'impression que les mots accompagnés par les yeux noirs et fendus étaient telles des milliers d'aiguilles pénétrant sa peau. Une fraction de seconde, il perdit le contrôle du véhicule, qu'il rétablit aussitôt dans une embardée provoquant des cris de surprise dans l'habitacle. Le fil des pensées d'Olga n'en fut pas rompu pour autant.

« J'ai connu un homme exceptionnel, autrefois. Oui, autrefois. Il y a longtemps. Des temps différents. Un autre monde. Un monde qui ne souffrait pas l'exception. Nous étions si jeunes. Je te parle d'un autre siècle. Le siècle de l'homme rouge. Un homme brave et courageux. Oui, je l'ai connu… Lorsqu'il a disparu, j'ai d'abord attendu. Dans le silence. Dans la solitude. Mon père disait : "Ne cherche pas à le revoir, c'est dangereux." Il a essayé de m'enfermer dans l'appartement. Je n'ai pas écouté les peurs de mon père. Natacha m'a aidée. Gentille Natacha. Je suis partie le chercher. Partout je l'ai cherché. Je criais : « Ivan, Ivan. » Je demandais : "Savez-vous où il est ?" Je montrais la photo. Personne ne répondait, personne ne voulait voir la photo. La photo d'Ivan. On repoussait ma main. "Va-t'en, ne reste pas là." Un homme exceptionnel. Je suis montée dans le train. À travers toutes les républiques. À travers la Sibérie immense. D'un bout à l'autre du continent j'ai pris le train. J'ai vu les camps. Tous les camps. Il y en avait tout le long de la ligne de chemin de fer. Et tout au bout de cette terre, il y avait encore des prisonniers qui construisaient les derniers tronçons, nus sous la neige. "Ivan, Ivan." J'ai vu tout cela. J'ai fait ce que j'ai pu. Ce n'était pas assez. Il n'était nulle part, Ivan. Alors je suis rentrée. Que faire ? J'ai repris le train. Je suis revenu à Oulan-Oude. Je ne me souviens pas des paysages sur le trajet retour. Tout est blanc autour de moi. Lorsque je suis rentrée, mon père était sur le quai. Plus tard on m'a dit qu'il était venu chaque jour attendre le train. Peut-être que c'est vrai. Je ne sais plus qui croire. Mais moi, moi je voulais juste le plus grand amour de la terre. Je ne voulais pas d'un homme exceptionnel. Les hommes ne sont qu'une parenthèse au cœur de l'histoire. Il ne faut pas chercher à être autre chose que ce que l'on est. »

La datcha d'Olga venait d'apparaître au bout de l'allée. Cosme K coupa le moteur du fourgon. Ils restèrent un instant sur leurs sièges, immobiles et silencieux, comme dans une église. Le souffle d'Olga n'était plus qu'un fil qui menaçait de s'évanouir. Ses doigts gonflés caressaient l'alexandrite autour de son cou.

« C'est Ivan qui m'a offert l'alexandrite, la veille de son arrestation. Il a dit : "Tiens Olga, pense à moi lorsqu'elle changera de couleur. Où que je sois. Jusqu'à ce que je revienne te chercher. Elle durera plus que ton chagrin." Aujourd'hui, l'alexandrite est tout ce qui me relie encore à Ivan, après toutes ces années, toutes ces métamorphoses. Quand ses couleurs changent sous la lumière, c'est lui qui m'appelle. C'est tout ce que je crois encore. Ma seule vérité. »

Cosme K ouvrit sa portière et contourna le véhicule pour ouvrir celle d'Olga et l'aider à sortir à son tour. Et tout en effectuant ces gestes simples, il se demandait si quelque chose le reliait encore à Kane... Olga passa sa main sur sa robe pour la défroisser et accepta le bras que lui tendait Cosme K. Ensemble, ils avancèrent dans la longue allée qui débordait d'herbes folles. Ils avançaient sans hâte, se reposant l'un sur l'autre comme deux amis anciens qui se seraient retrouvés des années après, épuisés par tant de luttes et de renoncements. Et tout au bout de l'allée, la datcha sublimement désuète semblait attendre, sans impatience, le retour d'Olga et de ses souvenirs. Car plus rien ne pressait à présent.

*

Il était temps de rentrer mais Cosme K ne se décidait pas à partir. De l'autre côté de la baie, Irina, déjà à sa fenêtre, s'agaçait sans doute de ne pas l'apercevoir se détacher au bout de l'allée sans arbre. Il avait promis de rentrer tôt.

Le dîner dans la datcha s'était déroulé dans une ambiance solennelle, presque recueillie. Olga n'avait pas touché au contenu de son assiette et, lorsque Cosme K s'était resservi, elle avait souhaité s'allonger sur le sofa de velours rouge, celui sous la fenêtre. Depuis, elle fermait les yeux. Après avoir débarrassé les restes du repas, Cosme K avait approché une chaise près du sofa et il se tenait assis, immobile, aux aguets malgré lui. Il surveillait la respiration d'Olga. Celle-ci était calme et régulière, peut-être s'était-elle endormie ?

Dès qu'ils étaient entrés dans la datcha, il avait ressenti une menace diffuse, l'ombre d'un prédateur tapi dans un coin. Et ce sentiment tenace et inconfortable l'avait poursuivi pendant tout le repas. Maintenant, il n'osait pas abandonner Olga à l'isolement de sa demeure. Il avait l'intuition qu'il devrait prendre soin d'elle ce soir et peut-être la nuit entière. Et même les appels d'Irina qu'il devinait se faufiler à la surface du lac sacré ne pourraient rien contre cette prémonition qui le maintenait en éveil. Tout, autour de lui, apparaissait soudain différent. Pourtant rien n'avait vraiment changé, chaque chose semblait à sa place, chaque souvenir aussi. Olga ouvrit les yeux. « Tu veux que j'appelle le médecin ? » demanda immédiatement Cosme K. Elle ne répondit pas à sa question mais tourna son visage buriné vers lui. « Je suis contente que tu sois là, oui, contente. » L'obscurité commençait à s'immiscer dans les espaces étroits et tous les recoins de la datcha. Cosme K alluma une lampe à pied, constituée de deux éléphants qui se tenaient debout sur leurs pattes arrière. « Elle est jolie cette lampe, non ? Du bois précieux de Birmanie, oui. Mon père avait voyagé en Birmanie. J'aime beaucoup. Oui. » Elle referma les yeux. L'air sifflait entre ses lèvres. « Mon père, il m'emmenait avec lui en voyage quand j'étais presque grande. Oui. J'ai été dans beaucoup de pays avec mon père. Maintenant ils disent qu'on n'était pas libre de sortir. Ça me fait rire, tu sais. Dans la moitié du monde on pouvait aller. C'est beaucoup de kilomètres. Beaucoup de pays. Oui. Les gens étaient aimables. Oui. » Cosme K connaissait la rengaine. Il acquiesça puis murmura : « Essaye de dormir Olga, tu as besoin de te reposer. » Il se demanda une nouvelle fois s'il devait appeler les secours puis se ravisa. Il étira ses jambes sous le sofa et ses bras au-dessus de sa tête. Il remarqua qu'Olga était habillée exactement comme la première fois qu'il l'avait rencontrée. Elle portait sa robe noire évasée qui lui arrivait sous les genoux et dont le col rond était bigarré de couleurs vives et géométriques d'inspiration mongole. Ses pieds enflés étaient chaussés de ses pantoufles bleues usées. Son cou épais supportait, au bout du sautoir en argent, la précieuse alexandrite. Seules sa coupe de cheveux très courte ainsi que ses lunettes rectangulaires apportaient une touche de modernité à sa physionomie anachronique.

La pluie sur les carreaux tira brusquement Cosme K de sa torpeur. Il sursauta. L'horloge indiquait 2 heures du matin. Il avait dû s'endormir sur sa chaise. Le froid de la datcha le surprit. Il approcha son visage de celui d'Olga. Éclairée faiblement par la lueur de la lampe, la couleur de l'alexandrite avait changé. Olga semblait dormir paisiblement. Cosme K se redressa pour désengourdir ses membres raidis puis il disposa une couverture sur le corps lourd. Il avança à tâtons jusqu'à la cuisine, et il ralluma le feu sous le samovar. Par la fenêtre, il observa la pluie piétiner violemment le lac sacré, strié par intermittence d'éclairs muets. Furtivement, il pensa au corps nu d'Irina de l'autre côté de la baie qui, résigné, était sans doute abandonné aux draps du grand lit, défait de tout désir. Il était soulagé de ne pas avoir eu à se glisser jusqu'à lui et il se demanda si l'état d'Olga n'avait pas été qu'un prétexte pour ne pas rentrer. Il but son thé par petites gorgées et se réchauffa malgré ses pieds nus sur le sol. Ensuite, le plus silencieusement possible, il se glissa jusqu'à sa chaise. Les petits yeux noirs légèrement bridés d'Olga étaient grands ouverts sur le plafond.

« C'est vous, Cosme K ?

– Oui, Olga. C'est moi.

– Tu restes là cette nuit, s'il vous plaît.

– Oui, je reste ici, ne t'inquiète pas. Tu peux dormir tranquille.

– Cosme K ?

– Oui ?

– Tu as compris ? Tu as compris quand tu es arrivé tout à l'heure, n'est-ce pas ?

– Quoi ?

– Cette nuit. C'est la dernière nuit. Tu comprends. La mort est dans la datcha. »

La première fois qu'il avait pensé à la mort, comme un événement inéluctable et sans retour, Cosme K n'était encore qu'un tout jeune enfant. Dans son lit, il avait longuement pleuré, se sentant définitivement seul face à cette évidence. C'était là un des rares souvenirs de sa petite enfance. Il ne savait pas où s'étaient brisés les autres fils qui le rattachaient à ses premiers âges. Il lui semblait parfois avoir tout oublié. Et puis soudain ce souvenir-là le foudroyait sur place.

Il marqua donc un instant d'hésitation mais l'évidence que venait d'énoncer Olga ne pouvait être contredite. Tout dans la datcha respirait la fin et il ne tenta pas de la rassurer car il ne voulait pas lui manquer de respect.

« Le chaman à l'oreille coupée l'a dit, il y a longtemps. Il a dit à Olga : "La mort viendra dans ta datcha quand l'étranger sera là." Depuis que tu es arrivé à Krestovaya, je me prépare. Depuis que je t'ai rencontré sous la statue de Lénine. J'ai su que tu étais envoyé pour moi. Je suis contente. C'est bien. »

Cosme K ne posa pas de question à propos du chaman à l'oreille coupée mais le visage de Bestefar lui traversa la mémoire. Il se rappela aussi les mots inscrits sur son carnet en lettres majuscules : KRESTOVAYA. Un fil se tendait entre les mondes qu'il traversait. Pour ne pas vaciller face à l'abîme des coïncidences improbables, il tenta de s'amarrer à nouveau à l'instant présent et il évoqua Svetlana qui se réjouissait tant de venir bientôt rejoindre Olga à la datcha pour quelques jours de vacances. Peut-être Olga devrait-elle attendre que sa petite-nièce soit là avant d'accepter les avances de la mort. Mais cette timide tentative de diversion, il le savait, s'avérerait inopérante. Il n'y avait aucune lutte possible.

« Svetlana comprendra. Mignonne Svetlana. Elle comprend tout. Elle est comme mon enfant. Je laisse tout à Svetlana. Tu diras demain quand ils viendront tous. Olga a dit ça. Olga donne la datcha à Svetlana et toutes les choses-souvenirs. Je sais qu'elle en prendra soin. J'emporte seulement le passé, si le passé existe. Plus personne n'en veut, alors Olga emporte le passé dans le désert. »

Ces derniers mots la firent éclater de rire et Cosme K accompagna ce rire soudain et libérateur. Des larmes se formèrent au coin des paupières fardées d'Olga et à nouveau l'alexandrite mua. Et elle surprit le regard de Cosme K posé sur le bijou.

« Prends la pierre. Prends, s'il vous plaît.

– Non, Olga, je ne veux pas.

– Prends, s'il vous plaît. Eux ils vont la vendre. Ils ont toujours besoin d'argent. »

Olga paraissait soudain inquiète et agitée. Elle essayait de détacher maladroitement le sautoir de son cou mais les forces et l'agilité de ses doigts lui faisaient défaut. Elle abandonna et laissa retomber sa tête sur l'oreiller, son visage toujours tourné vers Cosme K. Elle sourit et du regard désigna le cadre posé sur l'étagère en face d'elle. « Ivan, rapporte l'alexandrite à Ivan », murmura-t-elle. Mais son souffle était court et elle put seulement ajouter : « Singapour. » Le passé resterait un étrange leurre pour Olga. Pour Olga et pour Cosme K.

Cosme K se leva. L'eau du samovar était encore chaude. Il fit infuser quelques minutes le thé blanc dans la tasse d'Olga. Dehors, le ciel s'était vidé, et la pointe du jour miroitait sur la surface du lac en milliers d'éclats. Et Cosme K envia soudain la sérénité d'Olga devant le désert qui s'ouvrait devant elle. Il aurait voulu avoir cette force dans le renoncement. Pourquoi n'avait-il pas ce courage ? Rejoindre le désert. C'était bien de cela dont il s'agissait. Il secoua la tête pour échapper à ses pensées et il se dit qu'il devrait aller prendre la main d'Olga maintenant. C'était sans doute ce qui devait être fait.

Il s'approcha à nouveau du sofa de velours rouge. Le voile crépusculaire qui masquait la vérité des choses depuis la veille s'était retiré. La mort avait quitté la datcha et elle avait emporté Olga avec elle. La lumière du jour rendait progressivement aux lieux leur apparence originelle. Cosme K éteignit machinalement la lampe aux éléphants. Il prit la main d'Olga encore chaude et la garda dans la sienne quelques secondes puis il la reposa délicatement sur le tissu de la robe. Il resta debout près d'elle de longues minutes, ne pouvant se résoudre à déclencher les événements qui inévitablement allaient suivre l'annonce du décès. Il aurait préféré le désert. Le désert avec Olga et rien d'autre. Finalement il se remit en mouvement, il détacha le sautoir du cou d'Olga qui se libéra dans un cliquetis mécanique et il le glissa dans sa poche. Puis il se saisit du téléphone pour appeler Irina.

*

Cela fait plusieurs heures que Svetlana est assise sur ce prie-Dieu dont le dossier sévère endolorit sa chair, depuis le bas du dos jusqu'à la naissance du cou. Plusieurs heures qu'elle observe, stoïque, la tête posée sur ses genoux, le ballet des corps qui se succèdent devant elle. Selon le même rituel, les carcasses lourdes et encombrantes se faufilent, tout en lenteur, dans l'espace exigu. Ils contraignent leurs mouvements à d'improbables figures qui se voudraient aériennes, pour ne pas troubler la solennité du moment, mais qui se révèlent le plus souvent grotesques. Concentrés à l'extrême pour se frayer un passage jusqu'au lit, sans éprouver de gêne, ils frôlent Svetlana de leurs amples tissus sombres qui charrient dans leurs plis les odeurs du dehors. Mais jamais ils ne la voient. Et quand ces corps, pour la plupart inconnus, s'immobilisent enfin, masquant temporairement aux yeux de Svetlana la dépouille d'Olga, étendue sur le lit, leurs lèvres parfois s'entrouvrent légèrement pour laisser échapper un murmure ténu que Svetlana devine mais jamais ne parvient à lire.

Pendant que les têtes penchées se recueillent, les pensées de Svetlana s'offrent un répit, elles vagabondent jusqu'à la cuisine. Les voisins ont apporté des beignets et des blinis encore chauds, elle en a reconnu l'odeur sucrée tout à l'heure. Elle espère qu'il en restera quelques-uns, quand la faim se réveillera plus tard. Les vibrations de vaisselle sur la pierre d'évier traversent la fine cloison. Sa mère accueille les visiteurs. Cosme K sans doute remplit les verres de vodka, suppléant l'absence de Saymone. Svetlana voudrait tant que son père soit de retour et que tout rentre dans l'ordre.

Les corps debout, enfin, font demi-tour. Ils se retirent plus hâtivement qu'à leur arrivée, soudain pressés d'abandonner derrière eux le poids du deuil. Dans ce mouvement de retraite confus, ils remarquent cette fois la fillette, assise sur le prie-Dieu et, comme pris en flagrant délit de désertion, un sursaut de surprise les traverse. Pour masquer leur embarras, ils passent une main pleine de vieux doigts dans les longs cheveux blonds et sauvages de Svetlana, qui, de dégoût, enfonce encore un peu plus sa tête entre ses genoux. Mais qu'importe, la voilà de nouveau seule, seule survivante dans la chambre mortuaire. Et c'est un soulagement de retrouver l'intimité du corps inerte dont elle connaît toutes les épaisseurs. Et elle voudrait encore une fois se blottir contre cette chair comme elle en avait l'habitude. Oh, se glisser sous les couvertures colorées contre la tiédeur de ce corps généreux, puis éteindre la lumière et par la fenêtre attendre, attendre qu'Angara, fille unique du Baïkal, vienne se mirer dans le lac à la lumière de la lune avant de rejoindre Ienisseï, son bien-aimé.

*

Le jour pointait à peine lorsque les mains de sa mère sur son visage avaient tiré Svetlana de son sommeil. Hagarde, elle avait pris le gilet tendu devant elle et l'avait enfilé directement sur son pyjama. Autour d'elle, Irina s'agitait. Ses yeux étaient rougis et fuyants. Ses gestes approximatifs. Émergeant des limbes de songes contrariés par les événements de la veille, Svetlana avait craint que quelque chose de mauvais ne soit arrivé à Saymone, quelque part à l'ouest. Elle était parvenue à articuler dans un son rauque « Papa ? », ce qui avait brusquement interrompu les va-et-vient d'Irina. Elle s'était assise tout près de Svetlana et avait réfléchi quelques secondes, pesant les mots qu'elle devait utiliser. Après avoir pris une inspiration profonde, Irina avait rassuré Svetlana en ralentissant le plus possible le débit de sa parole pour que sa fille puisse lire facilement sur ses lèvres qui tremblaient un peu. « Saymone est sur la route, il sera de retour en fin de journée. Il va bien. Je viens de lui parler au téléphone. » Elle avait ensuite marqué une pause, pour trouver du courage et d'autres mots. « C'est Olga, Olga est morte cette nuit ma chérie. » Et Svetlana s'était laissé étreindre sans masquer l'amertume qui ne l'avait pas quittée depuis la veille. Et les odeurs de transpiration de la nuit s'étaient mélangées au contact de leurs peaux. Elle avait senti les lèvres humides de sa mère sur ses paupières et sur ses tempes et elle en avait éprouvé un certain écœurement. Enfin elle s'était abandonnée aux manipulations d'Irina, qui l'avait aidée à s'habiller comme l'enfant qu'elle n'était définitivement plus. « Olga est morte », se répétait-elle en silence. « Olga est morte » et la petite voix sourde avait ajouté : « Olga est morte et tu es vraiment seule à présent. » Elles avaient pénétré l'aube et un des journaliers, réveillé en hâte, les avait conduites jusqu'à la datcha. Le trajet n'avait été qu'un long tunnel, nu et muet.

L'intérieur de la datcha était éclairé et c'est Cosme K, à la stupéfaction de Svetlana, qui avait ouvert la porte avant même qu'elles n'en atteignent le seuil. Sa présence dans la dernière demeure d'Olga finissait de déstabiliser Svetlana. Elle avait interrogé Irina d'un regard sévère. « Cosme K a passé la nuit chez Olga, c'est lui qui m'a prévenue. » Dans le matin frémissant et funeste, Cosme K redevenait définitivement un étranger pour Svetlana et il n'avait plus sa place dans le décor familier de sa baboulya. Elle avait suffoqué face à cette intrusion et la petite voix avait murmuré : « Il faut qu'il disparaisse maintenant. » Irina, découvrant sa fille soudain blême, l'avait guidée par la main jusqu'à l'un des fauteuils du salon, anticipant un malaise bien compréhensible face aux circonstances qui les réunissaient ici. Mais, malgré les tensions qui secouaient les entrailles de Svetlana, un calme ordinaire régnait dans la datcha. Olga semblait assoupie sur son sofa rouge, comme elle en avait pris l'habitude depuis que son cœur fragilisé rythmait la cadence de ses efforts et la contraignait au repos. Svetlana avait balayé tout l'espace du regard, pour se raccrocher aux « choses-souvenirs » qui étaient toutes à leur place. Elle seule en connaissait les histoires et les secrets. Elle seule en connaissait l'ordonnancement complexe, que les autres assimilaient à un capharnaüm de reliques démodées. Et cet état des lieux exhaustif et patient lui avait permis de reprendre pied.

Pendant ce temps, Cosme K et Irina, adossés au mur de la chambre, avaient longuement chuchoté, masquant leurs visages au regard de Svetlana. Elle les avait observés transporter le corps lourd jusqu'au lit de la chambre. Irina avait fermé la porte et était restée un long moment seule avec Olga pour la préparer avant son dernier voyage. Cosme K aurait voulu profiter de cet instant pour consoler Svetlana et il lui avait proposé un verre de lait et des gâteaux, qu'elle avait ignorés d'un haussement d'épaules. Il avait mis cette froideur persistante à son égard sur le compte de la tristesse et il n'avait pas insisté. Ils étaient donc restés à distance l'un de l'autre jusqu'à l'arrivée du médecin. Ce dernier avait ausculté brièvement Olga et avait rédigé promptement l'acte de décès. Il s'était retiré ensuite en présentant ses condoléances routinières, et Svetlana avait pu rejoindre Olga dans la chambre. Elle avait tiré la porte derrière elle et s'était assise, dans le coin près de l'armoire, sur le prie-Dieu, sur le dossier duquel étaient encore suspendus plusieurs foulards et écharpes imprégnés de l'odeur d'Olga. Dans la journée, les visites du voisinage avaient commencé et il avait semblé à Svetlana qu'on l'avait définitivement oubliée là.

Mais le rouge sur la bouche entrouverte d'Olga indispose soudain Svetlana. Il souligne outrancièrement la mort, au cas où quelqu'un ne pourrait y croire. Et Svetlana ne supporte pas cet éclatant rappel de la réalité. Elle extrait son mouchoir de sa poche et, avec délicatesse, elle démaquille les lèvres. Les lèvres par lesquelles le dernier souffle d'Olga s'est faufilé la nuit dernière, comme un voleur. Et Svetlana se demande si ce dernier souffle était accompagné d'un mot. Un mot pour elle ? L'adieu au monde connu. L'adieu aux « choses-souvenirs ». L'adieu au monde d'Olga. Celui des contes et des légendes qui faisaient soupirer autour de la longue table, l'été, lorsque Olga abandonnait sa mémoire aux caprices du temps. Svetlana n'a jamais été dupe des regards entendus qui s'échangeaient au-dessus des assiettes d'omoul. Mais le soir, quand tous les oublieux s'étaient retirés, sous les couvertures colorées, Svetlana demandait à Olga de lui raconter, rien qu'à elle, les « choses-souvenirs », en articulant bien surtout, pour qu'elle comprenne tout. « Laquelle choisis-tu ce soir ? » Alors Svetlana parcourait les murs et les étagères, les tapis et les coussins, parfois elle ouvrait un tiroir, une malle ou un livre. Tout lui était permis sauf le petit coffret en bois d'ébène sur la table de nuit. « C'est mon seul secret, tu le sais bien. » Mais quoi qu'elle désigne, Olga ajoutait, gourmande : « Oh, tu me fais tant plaisir. »

Svetlana a replié son mouchoir et s'est rassise sur le prie-Dieu. Elle s'attarde encore sur chaque parcelle de ce corps tant aimé. Qui racontera maintenant les histoires de pionniers perdus dans la taïga, de chiens bâtards satellisés autour de la terre, de trains traversant le lac gelé, de tête de Lénine gigantesque traversant le ciel… ? Et Svetlana comprend que le temps est désormais compté. Olga ne sera bientôt plus qu'un lien, une image et puis une vague anecdote et peu à peu elle disparaîtra de leur intimité. Et la petite voix s'entête : « Son dernier mot n'était pas pour toi, il était pour Cosme K. » Et le chagrin coule le long des joues de Svetlana jusque sur ses genoux.

*

Au-dessus de la baie, le cimetière de Krestovaya domine le lac sacré et l'insouciance des hommes. Les battants du grand portail sont si rouillés qu'ils ne peuvent plus être refermés et l'allée centrale est envahie d'herbes folles qui submergent le petit gravier blanc. Des croix de fer anciennes et des blocs de pierre clairsemés sont rongés par le lichen jaune. De désuets bouquets artificiels jonchent çà et là le sol, passant de tombe en tombe, au gré des vents contrariés de la fin de l'été. Plus personne ne se laisse enterrer ici, depuis longtemps. Plus personne à part Olga et avant elle baboulya Natacha.

Le sentier escarpé qui mène au cimetière n'est plus vraiment entretenu et les croque-morts ont bien des difficultés à hisser l'imposant cercueil tout en haut. Pendant tout le trajet depuis l'église, Svetlana les observe suer sang et eau sous leurs costumes noirs. Derrière eux, un petit cortège endeuillé se plaint des bourrasques violentes qui l'agressent et le ralentissent dans sa progression. Toujours en tête, Svetlana tient fermement les mains d'Irina et Saymone dans les siennes, entretenant l'illusion d'un continuum entre eux. Parfois, elle jette un regard en arrière pour apprécier la distance qui les sépare de Cosme K. Acceptant sa mise à l'écart, ce dernier gravit la colline, presque en anonyme, en compagnie de vagues connaissances, de quelques voisins et d'amis anciens d'Olga. Enfin ils atteignent le cimetière délaissé. Svetlana n'est pas revenue ici depuis l'enterrement de sa grand-mère, il y a six ans déjà, quelque temps après l'accident. Rien ne lui semble familier sur ce plateau venté, si ce n'est peut-être l'odeur des fleurs rouges des daphnés toxiques. Elle ne conserve de la mort de sa chère baboulya Natacha qu'un souvenir cotonneux, tronqué par l'épais brouillard qui avait enveloppé sa vie à ce moment-là. Des tourbillons de feuilles jaunes des bouleaux rasent le sol devant les imposants piliers du portail devenu inutile. Sur l'un d'entre eux, un cadran solaire, aux chiffres usés et presque invisibles, semble indiquer midi. Svetlana s'arrête pour observer l'ombre du gnomon se déplacer sur la pierre. Mais au bout de quelques minutes d'immobilité et de concentration sous le soleil au zénith, elle sent un vertige la déséquilibrer et elle rejoint en titubant légèrement le petit groupe qui a progressé jusqu'au bout de l'allée. Elle se faufile entre les corps serrés qui ouvrent un passage devant elle avec déférence. Un trou profond a été creusé, à gauche de la tombe de baboulya Natacha. Sur celle de droite, Svetlana lit « Ancien ministre de la république de Bouriatie ». Mais elle ne reconnaît pas son arrière-grand-père sur la photo piquée d'humidité et prisonnière d'un cache de verre fissuré. Les deux cordes épaisses, qui soutiennent le cercueil d'Olga dans son inexorable descente, glissent avec une lenteur hypnotique entre les doigts des hommes en noir. Elles entraînent avec elles les pensées anarchiques de Svetlana au fond du puits obscur et fascinant. Et parmi ces fulgurances, l'image de la table du cadran solaire, à l'entrée du cimetière, lui revient sans cesse à l'esprit. À quoi peut bien servir le temps, ici ? Autour du trou, il y a des prières, quelques pleurs encore. Des murmures de vieilles femmes sous des foulards noués. Et puis les pelletées de terre, en pluie, sur le bois si neuf du cercueil.

C'est fini. Irina pose ses mains sur les épaules de Svetlana et Saymone s'accroupit en face d'elle. Son visage est tout près du sien. Et Svetlana ressent soudain son cœur, enfermé dans sa cage thoracique. Saymone parle. Il parle longtemps. Il a l'air sincèrement désolé. Mais Svetlana ne cherche pas à déchiffrer ses paroles de réconfort. Elle se laisse seulement déborder par les sensations de cet instant. Sur sa peau, l'air si doux qui s'échappe de la bouche de son père et sur ses épaules les longs doigts de sa mère qui pianotent sans y penser. Et l'émotion de l'enfant est si intense que des larmes s'évadent sur ses joues sans y être invitées. Elle sent le corps large et musculeux de son père l'enlacer. Et sa mère les rejoint. Et leurs cheveux, et leurs odeurs, et tous leurs corps s'entremêlent et ils se reconnaissent à nouveau.

Pendant ce temps, les sœurs Polytchkova avaient étendu les nappes blanches dans les allées et sur les tombes centenaires. Elles avaient déposé les pains, les viandes et le thé. Chacun s'était assis où il pouvait. On versait la vodka claire dans les verres. Des rires se partageaient. Des souvenirs refaisaient surface. Sous l'effet de l'alcool, on dénouait les foulards et des manches des chemises roulaient sur les avant-bras. Les vents étaient tombés et la lumière encore douce de la fin d'été s'attardait sur les visages. Svetlana respirait l'air des morts à pleins poumons. Elle scruta le ciel d'un bleu profond mais prit peur face à cet infini. Elle savait qu'à l'entrée du cimetière, l'ombre du gnomon resterait figée indéfiniment sur le même nombre mais cela ne l'inquiétait plus. Assise sur la tombe de son arrière-grand-père, épaule contre épaule entre Saymone et Irina, il était temps de partager le dernier repas avec Olga. Cosme K, assis dans l'allée parallèle, observait de loin cette fête incongrue. Dans sa poche l'alexandrite mutait. « Demain, il devra partir », insistait la petite voix dans la tête de Svetlana.

*

L'après-midi s'éternisait, plombé par un soleil accablant et sans pitié. Olga gardait sa chambre depuis le matin, plus affaiblie que jamais. Svetlana ne devait pas la déranger. Seule, elle se laissait bercer par le tangage de sa balançoire, un pied nu effleurant nonchalamment la fine poussière du sol. La tête posée sur une des cordes épaisses, elle fixait devant elle, d'un regard atone, l'immensité de la prairie jaunie, de laquelle émergeaient de leurs abris sombres, çà et là, des chiens de prairie peureux à la recherche de chaleur furtive sur leur fourrure bleu-gris. À intervalle régulier, Svetlana se redressait et, debout sur la balançoire, la main en visière au-dessus de ses yeux, elle scrutait au loin pour tenter d'apercevoir sur le chemin de terre un nuage de poussière, annonciateur du retour de sa mère et de Cosme K. Mais la prairie restait pétrifiée dans la langueur de cette interminable journée. Svetlana, déçue une nouvelle fois, se rasseyait et les grincements du bois, sous l'effet de son poids, reprenaient, réguliers.

Lorsqu'ils étaient partis ce matin, ils avaient promis de

rentrer vite. Juré, ils seraient de retour pour la baignade de seize heures. Afin de lui redonner le sourire, Cosme K l'avait prise dans ses bras pour la propulser dans les airs au-dessus de lui. Mais elle était restée étrangère face à ses tentatives d'apaisement. Par la fenêtre du fourgon, sa mère avait énergiquement agité la main dans sa direction jusqu'à ce que le véhicule ait disparu complètement dans le virage qui s'enfonçait dans la forêt de bouleaux. Mais Svetlana n'avait pu y répondre spontanément. Un sentiment dissonant, qu'elle ne pouvait définir précisément, l'avait envahie dès leur départ et cette sensation de décalage ne la quitterait plus de toute la journée. Et maintenant, il était déjà dix-sept heures et Svetlana sentait l'ennui, qui l'avait anesthésiée jusque-là, se muer en une colère sourde. « Tu n'aurais pas dû les croire », grondait la petite voix, et le soupçon rampait de plus en plus profondément dans les couloirs labyrinthiques du cerveau de Svetlana. Elle sauta de sa balançoire qui, prise dans l'élan, poursuivit quelques instants encore ses oscillations dans le vide, puis elle escalada la barrière devant elle. Les chiens de prairie se précipitèrent d'un même mouvement dans leurs trous et une légère brise se leva, qui fit onduler les hautes herbes et la robe légère de Svetlana. Elle s'avança sur quelques mètres, mais ses pas sur la terre asséchée ne savaient quelle direction prendre. Elle s'immobilisa, indécise. Tout autour d'elle, la solitude âpre de la lande et des steppes au loin la frappa soudain et pour la première fois elle ressentit le vertige des espaces sans fin qui sont comme des cages sans barreau. Et le surgissement brutal dans sa conscience d'enfant, de l'hostilité de cette nature jusque-là mère et nourricière la précipita au sol. Elle tenta de se redresser, en vain. Elle se comprit assignée à cette terre. Et cette lucidité nouvelle pesa alors trop lourd sur sa nuque fine. Elle resta ainsi, de longues minutes, allongée dans l'odeur de foin, à la merci des insectes, sans pouvoir effectuer le moindre geste.

Revenue à elle, elle put s'asseoir, sans notion du temps qui s'était écoulé. Une douleur inconnue s'était propagée dans le bas de son ventre. Les plis de sa robe, le haut de ses cuisses se tachaient de sang. Elle observa stupéfaite cette déflagration dont elle attendait l'avènement depuis plusieurs mois mais qui la sidérait malgré tout. Elle voulut se redresser pour rentrer à la ferme se changer et, par-dessus les hautes herbes, elle aperçut le fourgon revenu à sa place. Irina et Cosme K étaient rentrés. Adossée à la portière arrière, se pensant sans doute invisible depuis les fenêtres de la ferme, Irina étreignait violemment Cosme K. Svetlana sentit son cœur frapper contre ses tempes et la douleur dans son bas-ventre se fit plus aiguë encore. Elle ne put soutenir plus longtemps cette vision et détourna le regard. Elle pensa à son père, seul sur la frontière, et elle haït Cosme K de façon définitive. De nouveau elle fit face à l'étendue terrible de ce territoire qu'elle comprenait devoir vaincre. Devant elle, la prairie, la steppe et le moindre brin d'herbe furent éclaboussés de son sang. Plus rien ne serait pareil. De l'autre côté, le Baïkal, drapé de son imperturbable beauté, était le témoin muet de l'inéluctable métamorphose de Svetlana.

*

Au moment où le train s'ébranla pour s'arracher au quai désert de la gare d'Irkoutsk, Cosme K, accoudé à la fenêtre du compartiment, ne s'autorisait qu'un seul regret. Jamais il ne serait témoin de l'hiver s'emparant des paysages du Baïkal. Il ne contemplerait ni la neige coucher l'herbe des prairies, ni les vents dénuder les forêts de bouleaux, ni la glace épaisse figer le lac dans une immobilité absolue. Non, il n'assisterait à rien de tout cela. Il était condamné à en rêver depuis un autre bout de monde. Et pendant que le train accélérait, les vibrations du wagon irriguaient tout son corps de tremblements, qui agitaient jusqu'à ses lèvres et ses paupières. Il fit glisser la partie supérieure de la fenêtre pour attirer l'air du dehors sur son visage et sa colère. La bourrasque qui s'engouffra lui coupa la respiration mais il résista à la violence du choc. Il s'agrippa aux rebords de la fenêtre et, les yeux clos, se laissa étourdir par ce souffle intarissable qui balayait ses cheveux et les remous de sa pensée. Il en oublia même un instant que son escale sur les rives du Baïkal venait de s'achever.

Il se laissa tomber sur une des banquettes vides, l'oxygène l'avait enivré mais il se sentit pourtant sonné et abattu. La fatigue accumulée depuis son départ, les muscles engourdis par l'effort et la tension des derniers jours, l'accablaient soudain. Dans le petit matin, il avait marché deux heures à travers la steppe, son sac à l'épaule, pour parcourir la distance qui séparait la ferme du premier arrêt de bus sur la piste principale. Derrière lui, au fur et à mesure de sa progression, le lac s'était lentement effacé de l'horizon. Il avait senti l'énergie du Baïkal se retirer graduellement de son corps et de son esprit. Une fois la ferme à distance respectable, il s'était retourné à plusieurs reprises pour s'immobiliser face au réservoir millénaire du fond duquel lui parvenaient encore les murmures de dieux inconnus. Et malgré la distance de plus en plus grande, la terrible beauté du lac exerçait toujours sur lui la même attraction, à la fois puissante et douce. Et il dut lutter pour ne pas se précipiter sur ses rives à la fois hospitalières et menaçantes et plonger à nouveau dans son eau claire et régénératrice. Et puis subitement, comme par enchantement, le Baïkal avait définitivement disparu. L'horizon n'était plus que monts et végétation. La terre s'interposait et le contact fut rompu. Cosme K s'était senti dépossédé de quelque chose d'indéfinissable et d'essentiel et il avait accusé le coup. Il avait accéléré le pas pour ne pas flancher. Et tout le long du chemin il avait reconnu la morsure ancienne de l'abandon se raviver.

Finalement, il avait laborieusement atteint l'axe routier

principal. Un simple panneau, posé au milieu de nulle part et à moitié effacé, attestait l'emplacement de l'arrêt de bus fantôme. Cosme K avait attendu là, assis sur une terre de cailloux, sans horaire précis, jusqu'à apercevoir, au loin, un nuage de poussière se soulever du sol. Le bus, d'une autre époque et aux trois quarts vide, s'était arrêté devant lui dans un grincement pénible mais aucun passager n'était descendu. Le chauffeur lui avait à peine adressé la parole lorsqu'il avait payé son ticket et il était allé s'installer directement tout au fond, évitant les regards curieux et inquisiteurs qui se posaient sur lui. Il avait tenté de dormir un peu malgré l'inconfort du fauteuil, mais l'incertitude de la fuite, conjuguée aux embardées du bus, ne lui permit pas de se laisser aller à l'oubli du sommeil. La route fut longue et agitée sous la tôle surchauffée. Une vieille paysanne, assise juste devant, lui offrit des fruits et un sourire sans dents. Il accepta les baies rouges car la soif le mettait au supplice. Dans la précipitation, il n'avait emporté ni eau, ni nourriture. Il n'avait que son paquet de cigarettes. Au bout de plusieurs heures de route, le bus marqua une pause devant un petit restaurant routier bouriate. Cosme K commanda une assiette de buzza et put étancher sa soif avec le jus de viande qui s'écoulait des raviolis dont il se délecta jusqu'au dernier. À l'autre bout du restaurant, la vieille paysanne l'observait sucer maladroitement ses buzza et elle ne pouvait s'empêcher de rire de toutes ses gencives nues. Avant de repartir, il acheta un autre paquet de cigarettes et une bouteille d'eau. Le bus redémarra, déchaînant les mêmes tourbillons de poussière. Il s'étonna de l'absence de la vieille paysanne. Le reste du voyage jusqu'aux abords d'Irkoutsk ne fut qu'une succession de paysages mornes et sans âme, qui bercèrent Cosme K de leur monotonie.

Le train filait désormais sur la ligne du Transmongolien. Bientôt il passerait la frontière et Cosme K en ressentait à la fois de l'anxiété et de l'impatience, comme un évadé activement recherché. Pourtant personne ne le poursuivait. Personne. Saymone avait seulement formulé un ultimatum, après avoir surgi en furie dans la baraque, les poings serrés prêts à frapper. « Demain, je ne veux plus te voir ici, tu n'es plus le bienvenu, Cosme K. » Svetlana se tenait derrière lui, le regard fermé. « Tu as trahi notre confiance, rends-moi l'alexandrite. » Cosme K n'avait pas raconté les mots qu'Olga lui avait légués la dernière nuit dans la datcha. Il n'avait rien dit, après avoir surpris Svetlana quelques instants auparavant fouillant dans son sac. Il avait seulement arraché un peu violemment la pierre des mains de la fillette qui s'était enfuie prévenir son père. Il avait caché l'alexandrite dans sa poche ne sachant qu'en faire et puis il avait attendu. À Saymone, qui avait vidé le sac sur le sol et retourné le lit de toute sa force impressionnante, il n'avait pas non plus expliqué la promesse faite à Olga. Il ne le pouvait pas. Il devait le silence à Olga. Qui l'aurait cru ? Qui l'aurait écouté ? Il avait simplement attendu que le calme revienne. Et pendant que la tempête se déchaînait contre lui dans l'espace exigu de la baraque, il tentait de comprendre les raisons qui avaient poussé Svetlana à violer son intimité. Au-delà de ce dernier événement, les ressorts de son changement d'attitude depuis plusieurs jours demeuraient mystérieux. Finalement Saymone avait mis fin à sa démonstration un peu hâtivement, sans même le fouiller, comme si sa partition était à présent terminée. Il quitta les lieux en prenant Svetlana par la main. Il lui lança un dernier regard dans lequel toute trace de colère avait subitement disparu. Cosme K, à cet instant, eut envie de les retenir pour leur dire adieu. Il eut envie de porter Svetlana sur ses épaules une dernière fois et de sentir à nouveau les odeurs de tabac et de sueur de Saymone. Ainsi, il aurait eu la conviction qu'ils avaient réellement été amis le temps d'un été. Et il aurait pu emporter cela avec lui pour se réconforter. Mais il ne prononça pas une parole. Et pendant que le père et sa fille s'éloignaient sans se retourner, il comprit que la fureur de Saymone et le reniement de Svetlana le ramenaient inévitablement à Irina. Et il regretta les mots qu'il lui avait jetés sans ménagement ni compassion. Des mots sans appel qui avaient claqué quand une dernière fois elle avait tenté de l'embrasser contre le fourgon, la veille de son départ de la ferme avec Olga. Mais les suppliques répétées d'Irina, ses appels permanents, son désir d'un départ à ses côtés, lui étaient devenus intolérables. Non, il ne pouvait plus supporter cet attachement devenu oppressant. Il ne pouvait rien pour Irina. Rien. Et il ne put le lui dire autrement. Ce fut là leur dernier véritable échange. Et Cosme K se demanda s'il était inhérent à tous les départs d'éprouver ainsi l'amertume des souvenirs.

Dans les reflets changeants de la vitre du wagon, le visage de Svetlana se dessinait, imprécis et fuyant. Ce matin, Cosme K avait entrevu sa silhouette sur le seuil de la ferme en refermant la porte de sa baraque de pin derrière lui. C'était la seule présence visible dans la baie, l'unique témoin de son départ. Il lui avait adressé un petit signe de la main mais elle avait disparu aussitôt et il se demandait si elle s'était réellement trouvée là. Peut-être avait-il rêvé. Les paroles d'Olga se rappelèrent à son souvenir. « Tu devras dire la vérité à Svetlana. Il ne faut pas t'enfuir sans rien dire. » Mais depuis la mort d'Olga, le lien fraternel qui l'unissait à Svetlana s'était rompu et il s'entendit murmurer : « Olga je n'ai pas pu tenir cette promesse. » Au fond du sac, il regarda briller l'alexandrite et il ne put résister à son attraction. Était-ce vraiment là la raison de son bannissement ? Entre ses doigts, la pierre roula longuement. « Mais j'apporterai l'alexandrite jusqu'à Ivan. C'est certain. » Et le dernier mot prononcé par Olga la nuit de sa mort résonna en lui pour souligner son engagement irréversible : Singapour.

Cosme K s'est allongé sur la banquette, esseulé dans le wagon. Le ronronnement du train s'enfonçant dans la nuit le berce. Quelques images désordonnées du Baïkal vagabondent encore dans ses pensées anarchiques. Tout au bout du ponton de bois, Irina, inondée de soleil, se cache derrière ses lunettes noires. En haut de la colline, les croix du cimetière sont comme des flèches et Olga dans sa tombe semble avoir définitivement scellé l'Histoire. Saymone, en tenue de cosaque, inspecte jusqu'à se perdre chaque piste et la moindre parcelle de terre de son territoire infini. Et sur la plage de galets gris, Svetlana, inlassablement, caillou après caillou, tente de se bâtir un avenir, au-delà des grands espaces. Et puis lentement, les images s'entremêlent, se déforment, s'effacent et Cosme K sombre dans les profondeurs mouvantes du sommeil. D'autres réalités émergent et veulent le tromper. Dans les rêves qui l'emportent, le Baïkal se détache de lui, et c'est un peu comme si son passage sur ses rives n'avait jamais vraiment eu lieu. Il s'envole loin, loin. Il vole au-dessus de la canopée. Les feuilles des arbres frôlent sa peau. La terre est si petite, on doit pouvoir s'y sentir bien. Et puis tout près de lui, il entend les murmures. Ceux qui le hantent, à chaque nouvelle traversée, à chaque nouveau départ. « Où que tu ailles, je suis là, avec toi. Tu me portes sur tes épaules. » Cosme K cherche du regard l'origine de la voix si familière mais autour de lui il n'y a que le néant. Et soudain il tombe. Dans sa chute interminable, il aperçoit Kane qui plonge avec lui. La forêt épaisse étouffe leurs cris.

Cosme K a sursauté sur la banquette. Il ramasse délicatement l'alexandrite qui a glissé de sa main sur le sol. Le train est à l'arrêt dans unc garc immense et agitée. Les voyageurs sur le quai ne sont plus les mêmes. Ils vont et viennent, pressés ou hésitants. Les uniformes des contrôleurs ont changé de couleur et l'écriture sur les panneaux utilise un autre alphabet. Une nouvelle frontière a été franchie et Cosme K, derrière la fenêtre du train, se réveille tout à fait puis observe ce territoire prêt à s'ouvrir devant lui. Et il se demande si dans ce monde inconnu l'espoir pourra renaître quelque part.

À la sortie d'un ultime virage sur la piste abîmée, la baie de Krestovaya se dévoile. Un corps de ferme surplombe des prairies qui viennent mourir en pente douce sur les rivages hésitants du grand lac. La porte de la ferme est grande ouverte sur l'extérieur. Un des battants claque, poussé par le vent. Autour de la ferme, des coulées de cendre blanche strient la terre carbonisée. Des forêts, sans doute, complétaient ce décor pastoral. Les grandes sécheresses qui se succèdent sans discontinuer depuis dix ans ont affaibli les sols. Le feu a avalé les milliers d'arbres qui glissaient à flanc des collines alentour pour former un écrin protecteur à la ferme. Un des murs est noirci. C'est un miracle qu'elle existe encore, avec sa porte grande ouverte sur le lac qui attend. L'odeur de suie emplit soudain mes narines. Les vents ont tourné. Par endroits, je peux distinguer des troncs calcinés encore debout. Des branches nues pointent le ciel. Mais devant la ferme, la prairie est jaune et vivante. De grandes herbes s'agitent. Plusieurs petites cabanes sont alignées, légèrement décalées. Un cèdre orphelin résiste et s'ennuie. À l'une de ses branches pend une corde usée. Un oiseau vole autour de l'arbre sans oser se poser d'abord. Il se pose finalement. Et il chante. Et je prends conscience du silence qui règne ici.

Je poursuis ma marche en direction de la baie. C'est là que Cosme a vécu. C'est ce que la vieille du village de datchas m'a raconté. C'est ce dont elle se souvient encore. C'est un lieu de solitude coupé en deux. La désolation et l'espérance. J'avance et le Baïkal se dévoile un peu plus à chacun de mes pas. Au bout du sentier, un ponton de bois se hasarde sur l'eau plate. Sur le ponton un corps de femme se tient debout face au lac. Les tissus de son paréo flottent dans les vents. Irina.

La veille, je m'étais frayé avec difficulté un chemin à travers les ronces et les broussailles. Les sentes et les passages, pour atteindre le village de datchas, sont envahis par une végétation désordonnée et abondante, comme si aucune vie ne s'aventurait jamais plus jusque-là. En haussant les épaules, le chauffeur de bus m'avait indiqué de la main une direction approximative quand je l'avais interrogé sur la localisation de la datcha du ministre. Par chance, un vieil homme, descendu au même arrêt que moi, m'avait fait signe de le suivre, d'un mouvement de tête laconique. En territoire inconnu, sans repère, je n'avais pas eu d'autre choix que de le suivre à distance, malgré son attitude peu affable. De petite taille et frêle, il portait un vieux sac décousu en bandoulière. Son visage brun, à l'ombre d'une casquette de tissu délavée, dont s'échappait en cascade des mèches de cheveux blancs, était creusé de rides épaisses. Sa démarche était lente. Appuyé sur un bâton grossièrement taillé, chaque pas semblait compté et dissocié du suivant. En chemin, il s'était arrêté à plusieurs reprises, pour arracher au sol des herbes que je ne connaissais pas et qu'il engouffrait dans son sac. Parfois, il en portait une à sa bouche et il la mâchait avec application. Au bout d'un long temps silencieux, nous avions atteint le village de datchas, succession de bicoques de bois, souvent colorées, sur jardins et potagers. Le vieil homme s'était arrêté pour ôter sa casquette et se gratter le crâne, je crus un instant qu'il avait oublié ma présence discrète derrière lui. Mais ses yeux clairs, au contraire, s'étaient figés, provocateurs, dans les miens et j'avais découvert, stupéfait, qu'une de ses oreilles était fendue sur toute sa longueur. Face à mon incrédulité, il avait murmuré quelques phrases en russe, que sur l'instant, dans un état second, il m'avait semblé comprendre. Mais dans ma tête, c'était l'image de Bestefar qui avait surgi, bousculant mes certitudes. Quels liens invisibles se déployaient entre ces deux mondes ? Les murmures s'étaient taris et le vieil homme à l'oreille fendue m'avait désigné ce qui semblait être le commencement d'une allée. Elle s'enfonçait, approximative, dans les buissons sans qu'on ne distingue où elle menait. Au moment où je m'y engageai, retrouvant mes esprits, je voulus remercier mon sherpa mais soudain, agile comme l'air, il s'était évanoui quelque part dans le labyrinthe de verdure. C'est seul que je poursuivis ma progression, encombré du soupçon tenace de m'être fait abuser. Les insectes, agacés par la chaleur, m'accompagnaient le long de ce qui fut, autrefois, une allée soignée. Aujourd'hui, des enchevêtrements de ronces hostiles barraient le passage et plusieurs fois je faillis perdre l'équilibre et me retrouver à terre. La végétation m'apparaissait conquérante et les pièges étaient multiples à qui osait s'aventurer jusqu'ici. Au fur et à mesure de mon avancée, j'écartais les branches et les feuillages touffus qui m'aveuglaient et m'entravaient. Et puis, enfin, posé sur son tapis d'herbes folles, la datcha du ministre s'était dévoilée à mon regard. Au premier abord, je fus séduit par le charme suranné de ce bâtiment modeste et typique de l'architecture locale. Mais plus mon regard inspectait le lieu, plus je restais interdit devant l'état de délabrement de la maison. Un petit portillon était entrouvert, la rouille ayant fait son œuvre, il me fallut forcer pour l'ouvrir complètement. Lorsque je l'eus franchi, le tintement d'une petite clochette que j'avais frôlée par inadvertance se fit entendre. Je sursautai. Les peintures blanches et bleues sur la façade étaient écaillées, presque effacées et les menuiseries dentelées autour des fenêtres s'avéraient pourries ou cassées à de multiples endroits. Une gouttière pendait lamentablement du toit jusqu'au sol. Je m'engageai le long du bâtiment pour en faire le tour, m'aventurant sur des dalles fissurées et bancales, sur lesquelles les mousses proliféraient. La datcha du ministre était livrée à elle-même. Malgré tout, j'avançai avec précaution, comme si je risquais à tout moment de surprendre le propriétaire des lieux ou son spectre. De l'autre côté, plusieurs tables accolées ainsi qu'une douzaine de chaises étaient disposées comme si on s'apprêtait à dresser le couvert pour un repas festif. D'étonnement, je me laissai tomber sur l'une des chaises qui aussitôt s'affaissa sous mon poids. La datcha n'était plus qu'une ruine. Je me rendis à l'évidence, plus personne n'habitait ici depuis des années. Mes recherches allaient se compliquer. Pourtant une atmosphère particulière se dégageait de ces lieux, propice à la rêverie et j'imaginais Cosme assis à cette table avec des hôtes russes partageant avec lui l'omoul et la vodka. Une pique de jalousie me surprit dans la solitude de ce jardin en jachère. Et le souvenir d'un autre jardin se superposa.

Sous les pommiers en fleurs, Cosme me porte sur ses épaules. La lumière transperce les pétales blancs que j'effleure de mes doigts. La douceur est partout autour de nous.

Les carreaux des fenêtres de la datcha étaient étonnamment épargnés par l'usure du temps. À travers l'un d'entre eux, je tentai d'inspecter l'intérieur. Derrière les voilages, je ne distinguai que les masses imprécises de meubles imposants. Je contournai d'un pas vif l'édifice et éprouvai avec insistance le gros loquet de la porte principale. Elle était close mais je trouvai sans trop de difficulté la clef, cachée sous un gros galet peu discret, posé sur le seuil. La serrure fonctionnait parfaitement et la porte s'ouvrit sans une plainte. Au début, la semi-obscurité ambiante ne me permit pas de discerner ce que la datcha cachait sous sa décrépitude extérieure. Mon regard se déjoua rapidement des ombres et, tandis que j'anticipais le vide et le délaissement, c'est un monde tout entier qui se dévoila à moi par surprise. Étonné, j'eus un mouvement de recul, regrettant soudain d'avoir profané ce lieu sans y être invité. Je m'adossai au mur sous le poids de la culpabilité. La pièce qui s'agençait autour de moi débordait d'objets et de livres, de boîtes et de coffrets, empilés sur des étagères ou dans des malles toujours trop étroites. Un sofa rouge, un fauteuil, des tapis, des coussins et une multitude de cadres complétaient un capharnaüm chaleureux dans lequel j'eus immédiatement le désir de me perdre. Je m'approchai pour examiner plus avant ces assemblages hasardeux, déjà oublieux de mon intrusion illégale. L'impression initiale de désordre se dilua rapidement car chaque chose semblait disposer d'une place bien à elle. Un ordonnancement précis, bien que mystérieux, était à l'œuvre. Seule une mince couche de poussière indiquait une présence intermittente entre ces murs. Pour le reste tout paraissait en parfait état de fonctionnement. Dans la cuisine, un samovar traditionnel était prêt pour la préparation du thé. J'allumai une lampe en bois précieux dont le pied était constitué de deux éléphants d'Asie. Je m'attardai ensuite sur les photos dans les cadres. L'une d'entre elles montrait deux fillettes se tenant par la main sur le lac gelé. Elles patinaient, l'une soutenant la seconde, effrayée par la glace qui l'encerclait. Absorbé par l'étude minutieuse de toutes les antiquités exposées là, je ne prêtai d'abord pas attention aux premiers tintements de la clochette du portillon. Mais ils se firent insistants et me tirèrent de mon exploration. Inquiet de cette visite impromptue qui me surprenait en pleine violation de domicile, je jetai un œil par la fenêtre, en écartant légèrement le rideau. Derrière le portillon se tenait une femme visiblement très âgée, qui, lorsqu'elle vit les voilages s'agiter, se mit à appeler : « Svetlana, Svetlana ? »

« Oui, je me souviens de Cosme K. Bien sûr. Nous avions beaucoup ri le jour où il était arrivé ici. C'était le grand repas de l'été. Il avait beaucoup mangé, je me souviens. C'était drôle. Il ne savait pas boire la vodka. »

Anna Polytchkova parlait parfaitement anglais. D'abord déçue de ne pas retrouver Svetlana entre les murs de la datcha pour une visite surprise, elle avait ensuite montré beaucoup d'intérêt à mon histoire. Et elle n'avait pas eu à chercher très longtemps dans ses souvenirs pour retrouver la trace de Cosme.

« Svetlana revient ici quelquefois. C'est moi qui entretiens l'intérieur de la datcha pour elle. Enfin j'essaie, c'est dur, je suis vieille. Svetlana veut qu'on ne touche à rien. Elle dit qu'il ne faut pas toucher aux choses-souvenirs d'Olga. Alors tout est resté comme au temps d'Olga. Le temps de la datcha du ministre. Elle ne vient plus très souvent, Svetlana. Elle étudie à Saint-Pétersbourg maintenant. »

Visiblement heureuse d'avoir l'occasion inespérée de passer une soirée à discuter en anglais, Anna m'avait rapidement proposé de partager son repas. De chez elle, elle avait rapporté de l'omoul séché et de la vodka et nous nous étions installés, comme de vieilles connaissances, dans la cuisine de la datcha du ministre, près du samovar en cuivre.

« Ma datcha est juste à côté. On était les voisines d'Olga… Mais tout le monde est mort maintenant. Ma sœur est morte, enfin je veux dire, Annushka est morte. Olga est morte aussi. Il n'y a plus personne. Avec la guerre, les sécheresses… Il n'y a plus *que les vieux et les fous ici. Pourtant la vie fut agréable autrefois sur les rives du Baïkal. On avait nos légumes. On se baignait dans l'eau claire. On entendait les enfants plonger d'ici. »*

Anna vidait un petit verre de vodka après chaque parole. La bouteille qu'elle avait apportée était déjà aux trois quarts vide. Je l'écoutais sans avoir besoin de la relancer beaucoup. Souvent, après avoir reposé son verre sur la table, elle éclatait d'un rire inquiétant comme pour dévorer le temps qui lui restait.

« Cosme K a vécu chez Saymone et Irina. Dans leur ferme là-bas, au nord de la baie de Krestovaya. C'était une belle ferme. Maintenant ce sont les touristes qui viennent ici. Il n'y a plus de bétail. Cosme K aidait à la construction des baraques en pin pour les touristes. Tout ça, c'était après l'accident, oui bien sûr, bien après l'accident. »

Elle avait croisé plusieurs fois Cosme. À chacune de ses visites à Olga, il passait toujours un moment avec les sœurs Polytchkova.

« Il était gentil et timide. Il parlait peu. Il écoutait. On était tellement bavardes. On lui a raconté toute notre vie je crois. L'exil aussi. Il comprenait. Oui, il comprenait, c'est certain. »

Anna secoua la tête et resta silencieuse quelques instants. Son regard semblait soudain troublé comme si ses pensées avaient viré au gris. Dehors, la nuit était complètement tombée et le feu sous le samovar était à présent la seule source de lumière. Sur la peau usée des mains d'Anna, vacillaient des reflets bleutés.

« Cosme K était là, ici, dans la datcha, la dernière nuit pour Olga. Il a attendu la mort avec elle. Olga pensait qu'il était arrivé jusqu'ici pour l'accompagner. C'était le destin. C'est ce qu'elle disait. Le chamane avait parlé. Je me suis toujours demandé pourquoi il avait volé cette pierre précieuse après la mort d'Olga. Pourquoi ? Cela ne lui ressemblait pas. Il n'avait pas le droit. On n'arrache pas leurs souvenirs aux morts ! La colère de Saymone fut terrible. Terrible, oui. Svetlana m'a tout raconté. Lorsqu'elle est allée lui dire ce qu'elle avait découvert dans le sac de Cosme K, il s'est précipité, comme possédé. Svetlana a eu peur. Mais Cosme K n'a rien dit. Il ne s'est pas expliqué. Le lendemain,

il était parti. On ne l'a jamais revu par ici. Et puis la guerre a débuté. Les incendies aussi. Un autre temps avait commencé. »

Dans la nuit déjà avancée, Anna avait quitté la datcha à regret. Elle avait promis qu'elle apporterait des blinis frais le lendemain matin. J'ai éteint le feu sous le samovar et je me suis allongé sur le sofa rouge d'Olga, une tasse de thé blanc à la main. Face à moi sur une étagère surchargée, j'ai découvert un petit coffret en bois d'ébène. J'ai tendu la main en un réflexe dénué de fausse pudeur. La datcha partageait avec moi son intimité et je me suis senti autorisé à ouvrir le coffret. Des lettres étaient rangées là. Des dizaines d'enveloppes. Le même cachet sur les timbres : Singapour. À l'intérieur de chacune d'elles, la même écriture cyrillique, soignée et dense, propice à la rêverie. Quelle fresque ancienne, quel roman épique se cachent à jamais dans ces lignes ? Lorsque j'ai éteint la lampe aux éléphants, la lumière de la lune, déjà, se retirait des « choses-souvenirs » d'Olga. J'ai replacé le coffret sur l'étagère et en fermant les yeux je ne savais plus quelle réalité serait la mienne à mon réveil. Mes quelques heures de sommeil furent agitées et encombrées mais j'ai aimé cette nuit dans la datcha. J'aime la nuit, qui abolit le monde et ses frontières, qui efface tout pour un temps, un temps qui toujours semble infini. J'aime la nuit qui adoucit les douleurs.

« C'est difficile de supporter cette idée », avait conclu Irina après que je lui avais exposé les raisons de ma venue jusqu'à elle. Elle n'avait pas paru surprise mais n'avait rien ajouté sur le moment. Pourtant, sur son visage, j'avais surpris un frémissement, aussitôt réprimé. L'évocation de Cosme lui était tout à la fois douloureuse et désirable. Elle l'aimait encore. D'un simple geste, elle m'invita à m'asseoir près d'elle sur le ponton, à même le bois. Face à nous, l'horizon se dressait comme une muraille infranchissable. Je retirai mes chaussures. Nos pieds affleuraient sur l'eau fraîche et mouvante.

« Il aimait cet endroit, poursuivit-elle. C'est ainsi, nul ne peut le nier. Cosme K me l'a dit. Il y a longtemps. Ce sont maintenant d'autres jours. »

À la dérobée, j'admirai le profil aigu d'Irina se détacher sur le ciel saturé de lumière. Je pensai : Cosme a aimé cette femme russe, son visage, ses jambes, ses pieds qui jouent à la surface du lac. Il a nagé, ici, avec elle, dans l'eau limpide et rassurante du Baïkal. Il a aimé cet endroit. Je crois ce que dit Irina. Cosme, j'en suis certain, était rassuré de se sentir enfermé dans la solitude des grands espaces.

« Le matin de son départ… J'avais veillé toute la nuit… Je me souviens de cette nuit. Mes affaires étaient prêtes. Une valise, un sac caché dehors. À l'aurore, j'ai quitté la chambre sans réveiller Saymone. Par la porte entrouverte, j'ai aperçu le corps endormi de Svetlana mais je ne me suis pas approchée. J'ai fermé la porte pour ne pas renoncer. Je suis descendue comme une voleuse dans ma propre maison. Je suis venue m'asseoir ici, sur ce banc, et j'ai attendu. »

Dans les yeux d'Irina passait une drôle de lumière qui laissait présager une dérive à venir.

« Le soleil s'était levé sur le lac. C'était la fin de l'été comme aujourd'hui. J'ai vu Cosme K sortir de sa baraque avec son sac sur l'épaule. Oui, je l'ai vu sortir de cette longue nuit. Mais dans le même instant, j'ai vu Svetlana sur le seuil de la ferme, pieds nus, cheveux dénoués dans le dos. Sa chemise blanche flottait autour d'elle. Elle n'a pas fait un geste vers moi. Elle n'a pas accouru vers moi. Elle est juste restée là tel un fantôme sur le seuil de la ferme. Et moi j'étais pétrifiée sur le banc. Anéantie déjà. Mon regard se déplaçait frénétiquement de l'un à l'autre, du corps immobile de Svetlana au corps en mouvement de Cosme K. Et celui de Cosme K s'éloignait à chaque seconde. Et mon corps empêché ne pouvait agir. Ni mon corps, ni ma voix. Sans se retourner, sans me voir, Cosme K est parti et je n'ai rien pu tenter. Rien… Lorsque sa silhouette disparut définitivement après le premier virage, celle de Svetlana s'était effacée aussi. Aujourd'hui encore je me demande si ce n'était pas un mirage. La magie du Baïkal à l'œuvre. Nous n'avons jamais reparlé de cette nuit avec Svetlana. »

Pour chasser le souvenir, Irina se redressa précipitamment, elle ajusta son paréo et enfila ses sandales. Je la suivis sur le sentier qui menait à la ferme. Elle marchait en rythme mais sans empressement, les bras le long du corps comme un petit soldat. À un moment, elle m'a désigné une des baraques alignées. « C'est là que Cosme K dormait. Vous pourrez dormir là ce soir. Si vous voulez. » Elle resta quelques secondes pensive devant la cabane en pin. Nous atteignîmes ensuite le corps de ferme. La porte était ouverte à tous les vents. Irina me proposa du thé.

« J'avais tellement besoin de partir. Je ne sais pas si Cosme K aurait accepté que je le suive. Il n'avait jamais vraiment répondu à mes questions. Partir quelque temps, ailleurs. C'est tout ce que je lui demandais. Il n'entendait pas. Cela me fait encore mal d'y penser. »

Une colère muette l'envahissait jusqu'au bout de ses doigts crispés sur le rebord de la table.

« Ici on étouffe. On est écrasé par la beauté. On ne peut pas lutter. Il faut partir quand il est temps ou devenir fou. Je ne partirai plus. Peut-être suis-je devenue folle. »

Irina but quelques gorgées de thé. Elle me fixa avec un sourire énigmatique. Elle soupira longuement. Sa voix redevenait sereine et posée.

« Je l'ai aimé, vous savez. J'ai aimé Cosme K et son désir de bout du monde. Parfois je me demande jusqu'où il est allé. Je comprends votre quête. J'admire votre courage, même s'il est tard. »

Elle ajouta dans un murmure presque pour elle-même : « J'ai joué. Il faut bien jouer de quelque chose, de ce qu'on peut… L'ennui… J'ai joué et j'ai tout perdu. »

Je restai longtemps à la fenêtre de la baraque à admirer le lac engloutir le soleil. Je n'étais pas fatigué. Combien de fois Cosme avait-il assisté à ce spectacle grandiose, une cigarette entre les lèvres ? Plus haut, les lumières de la ferme venaient d'être éteintes. Assailli par les premiers moustiques, je me résolus à rejoindre l'abri de la moustiquaire. J'avais laissé les rideaux ouverts pour profiter des étoiles qui se poursuivaient sur l'eau transparente du Baïkal.

Mais une fois allongé, je sombrai quasi instantanément dans une béance, envoûté sans doute par les dieux qui régnaient ici.

Le lendemain, nous grimpâmes sur la colline au-dessus de la baie, jusqu'au cimetière pour déjeuner avec Olga. « C'est l'anniversaire de sa mort. Dix ans aujourd'hui. Venez avec moi. Vous partirez après. Je vous conduirai en voiture jusqu'à l'arrêt de bus. »

Le cimetière était haut perché. On ne distinguait plus le sentier mais Irina connaissait les passages. Elle avançait sans hésitation. Au bout de son bras, son panier se balançait à chacun de ses pas. Sous la chaleur de la mi-journée, nous atteignîmes un haut portail qui marquait symboliquement l'entrée du cimetière abandonné. Un oiseau chantait. Tout autour, l'ancien mur d'enceinte s'était avachi et les pierres avaient roulé sur le sol. Sur l'un des piliers massifs, un cadran solaire affichait midi. La plupart des tombes de l'unique allée étaient abandonnées à elle-même. Devant moi, Irina s'arrêta. Elle pointa du doigt : « Mon grand-père, ma mère Natacha, Olga... et la place libre juste à côté ce sera la mienne... Je serai la dernière à être enterrée ici. »

Sur la tombe d'Olga, Irina déploya une nappe blanche, trois verres, de l'omoul séché et des pirojkis qu'elle avait confectionnés le matin même. Elle remplit les verres de vodka et nous les levâmes à la mémoire d'Olga. Irina versa le contenu du troisième sur la terre de la tombe. Tout en buvant lentement le liquide brûlant, les « choses-souvenirs » de la datcha d'Olga bousculèrent mes pensées. Un lien s'était tissé dans le temps, entre Cosme et moi, à travers la figure d'Olga, à travers la datcha d'Olga qui nous avait accueillis tous les deux. La voix d'Irina interrompit ma rêverie. Elle m'avait resservi de l'alcool et me proposait de goûter aux pirojkis. « C'est la recette d'Olga. Svetlana adorait les pirojkis d'Olga. Elle ne vient plus très souvent me rendre visite. Elle étudie à l'université de Saint-Pétersbourg, la chimie et les minéraux. Elle dit que mes pirojkis sont moins bons que ceux d'Olga. »

Nous avons mangé en silence. Souvent, Irina s'adressait

directement à Olga comme si cette dernière était vraiment assise avec nous dans le cimetière.

« Après le départ de Cosme K, Svetlana a retrouvé une partie de ses facultés auditives. Les médecins n'ont pas compris. Une sorte de miracle, ils ont dit. Un choc peut-être. Svetlana pouvait entendre, pourtant elle a refusé de revenir s'installer ici. Non, elle n'a pas voulu. Au contraire, elle est partie encore plus loin, toujours plus loin. Saint-Pétersbourg c'est déjà un autre monde. C'est l'Europe. Et puis Saymone… »

Irina marqua une pause comme si elle hésitait à poursuivre ses confidences. « Je n'ai plus de nouvelles de Saymone. Les affrontements ont commencé sur les frontières, il est parti. Il revenait régulièrement à la ferme. Et puis ses retours se sont espacés. De plus en plus. Comme s'il voulait que je m'habitue peu à peu à vivre sans lui. Peut-être est-il mort aujourd'hui. Je ne sais pas. Personne ne m'a rien dit. Les conflits se poursuivent. Il faut dresser de plus en plus de murs aux frontières. Finalement Saymone et Cosme K, ils sont pareils non ? Ils cherchent à disparaître… »

Irina avait rangé les couverts, les restes de nourriture et replié la nappe blanche. Elle avait disposé quelques omouls séchés sur la tombe puis s'était recueillie. Enfin elle avait pris une longue respiration avant de s'engager dans l'allée sans arbre pour sortir du cimetière. Devant le grand portail rouillé, nous observâmes dans un vertige la ferme minuscule tout en bas.

« Dans son ultime lettre, Saymone m'a demandé pourquoi je n'étais pas partie cette nuit-là. La nuit où Cosme K a quitté le lac Baïkal. Il savait. Il n'aurait rien empêché. »

Avant d'entreprendre la descente abrupte jusqu'à l'eau stagnante, Irina se précipita un instant contre moi. Je reçus cet élan en l'enserrant à mon tour. Au-dessus de son épaule, l'ombre du cadran solaire semblait toujours afficher midi comme si le temps s'était figé, et dans l'allée du cimetière je crus deviner la silhouette d'une vieille femme, penchée au-dessus de l'omoul séché. Je sentais le corps d'Irina vibrer de toutes les traces que les hommes avaient laissées sur ce sol, jusqu'à Cosme. Elle me transmettait une responsabilité, je faisais partie de cette filiation millénaire. En forme d'adieu, elle murmura à mon oreille :

« Lorsque Cosme K s'abandonnait quelquefois aux envoûtements de l'eau claire, je l'entendais dialoguer avec les dieux des profondeurs qui l'éprouvaient. "L'attachement, c'est pouvoir appeler quand la peur surgit et être toujours certain que quelqu'un vienne", leur répondait-il. » Et Irina ajouta pour elle-même : « Qui viendra pour moi maintenant ? »

Dans le bus qui me ramène à Oulan-Oude, je relis ta carte postale, Cosme. J'ai besoin de voir ces mots. Ton écriture fine me ramène à toi et au sens de mon départ. Chaque étape est un piège que tu me tends. Tu cherches à me distraire avec les empreintes que tu as laissées en ces lieux. Mais je suis patient. Je démêle les méandres dans lesquels tu tentes de me perdre. Je reprends la route, je me rapproche de toi. Je me rapproche de ta vérité. Je ne me contenterai pas de ce que disent tous ceux que tu as croisés. Ce n'est pas suffisant.

Cosme, je me souviens de tes cris, la nuit, dans notre chambre d'enfant. Dans le noir je me réveillais et j'entendais tes cris. « Des cauchemars », coupait court Maman Jane au matin. Toi, la tête dans ton bol tu n'ajoutais rien, tu n'expliquais rien. Au-dessus de la table, je t'observais silencieusement. Je tentais désespérément de mettre à jour les racines de ta longue plainte. Peut-être avais-tu peur toi aussi que personne, jamais, ne vienne te chercher ?

III

Shu Fang

À Kane
Toute beauté ici semble en sursis
Au bout du corridor Ivan attend l'alexandrite
À bord du Elsewhere, *la mer de Chine est un espoir*
Cosme

La bibliothèque, étroite bâtisse sans prétention, jouxtait l'école dont la cour et les classes étaient encore désertes en cette heure matinale. Juché tout en haut d'une montagne aplatie en son sommet, le village dominait de sa frêle composition une forêt de banians centenaires qui l'encerclait de sombres et mouvants feuillages telles des douves profondes. Le bus avait déposé Cosme K sur la route caillouteuse en contrebas des premières bicoques, marquant un stop devant un arrêt invisible mais sans doute connu de tous les habitants des hautes montagnes alentour. Il avait hissé son sac sur l'épaule et, en redressant la tête, il avait immédiatement reconnu l'édifice dont James lui avait montré la photo abîmée une semaine plus tôt. « Tu viens quand tu veux, la porte reste toujours ouverte, il y a une chambre au premier. Tu peux t'installer », avait-il crié à son oreille pour couvrir la musique hurlante de l'Attica sur Clarke Quay. « J'y retourne à peu près tous les mois, c'est un peu mon jardin secret, l'endroit où je me ressource. Là-bas, les gens sont vrais. Ça me fait un bien fou, le silence. Et puis cette bibliothèque c'est moi qui l'ai créé pendant mon V.I.E. J'avais encore quelques idéaux à l'époque... » Tout en parlant, il avait rempli plusieurs fois les verres de vodka frappée. Cosme K avait déjà beaucoup bu et la photo sous ses yeux semblait s'animer pour mieux l'hypnotiser. « Si tu veux je te ferai découvrir le coin, tu verras, là-bas on est dans la beauté, une beauté insensée. Des banians immenses à perte de vue. Tu m'appelles et on se retrouve là-bas. Tiens prends ma carte... Tu veux un peu de coke ? » Cosme K avait décliné. Le mélange alcool fort et drogue ne lui réussissait pas. Et pendant que James avait méthodiquement sniffé ses lignes, Cosme K, lui, avait lentement glissé dans une rêverie et il s'imaginait déjà planant au-dessus d'une forêt de banians dense et confortable comme un édredon de plumes. Mais son échappée avait brusquement pris fin lorsque James lui avait arraché la photo des mains alors que deux jeunes Chinoises moulées dans leurs minijupes étaient venues s'installer à leurs côtés. L'Attica était le repaire des expatriés de tous bords à Singapour, un lieu de rencontres bien connu entre l'Occident et de très jeunes filles asiatiques peu farouches, à la recherche de maris fortunés. Comme à l'accoutumée, la conversation s'était engagée facilement. Le petit jeu bien rodé des prétendantes consistant à évaluer rapidement le profil financier de la cible selon l'échelle des cinq C (Cash, Credit Card, Condo, Career, Car). Plus le score est élevé, plus l'attractivité est forte et James, en sa qualité d'analyste financier et de directeur exécutif de la filiale d'une banque européenne (c'est ce qui était écrit sur sa carte), avait rapidement été happé par l'une des Chinoises qui l'avait entraîné sur le dancefloor. Cosme K ne l'avait plus aperçu qu'une ou deux fois au milieu de la foule. Avant de disparaître définitivement, ce dernier lui avait adressé un signe, ajustant le pouce et l'auriculaire pour mimer un téléphone. Cosme K avait répondu avec un pouce levé et il avait souri car il avait pensé avoir l'air d'une émoticône alcoolique. Seul, il avait terminé la bouteille de vodka que James avait offerte, la seconde Chinoise s'était depuis longtemps éclipsée avec un sourire désolé et maquillé à outrance.

C'est Raphaël qui lui avait présenté James. Il y avait seulement trois semaines. Cela parut pourtant à Cosme K une éternité lorsqu'il s'engagea sur le chemin de terre que tous les écoliers, à des kilomètres à la ronde, devaient emprunter chaque matin. Les événements dramatiques qui venaient de s'écouler avaient dû étirer le temps bien au-delà des mesures connues. Il se demanda une nouvelle fois s'il avait pris la bonne décision en sautant dans le premier vol pour Lombok.

En quelques minutes, malgré les courbatures du voyage qui lui raidissaient le dos et les jambes et un mal de tête qui persistait depuis l'atterrissage, il se retrouva sur le seuil de la bibliothèque. Bien qu'il supposât la maison vide, il frappa deux coups secs avant de pousser la porte qui s'effaça devant lui, découvrant deux pièces en enfilade dont les murs étaient couverts d'étagères débordantes de livres, de collections et de formats variés, qui se supportaient les uns les autres dans des combinaisons souvent hasardeuses. Dans la première pièce trônait un large bureau de style colonial sur lequel étaient abandonnés un cahier grand ouvert et quelques stylos orphelins de capuchon. La seconde pièce était pourvue en son centre de deux vieux fauteuils qui se faisaient face et de quelques tapis élimés. Une échelle, posée contre les étagères de bois, complétait le décor minimaliste. Cosme K parcourut les lieux distraitement, sans désir, ni curiosité, s'attardant sur des détails insignifiants, de la poussière ici, une couverture déchirée là, des taches d'encre sur le plateau du bureau. Les dernières heures à Singapour avaient été éprouvantes. Le long périple qu'il venait de réaliser en bus depuis l'aéroport dans la moiteur et la promiscuité de corps étrangers pesait également sur ses épaules. Il sentit une immense lassitude l'envahir. Il connaissait bien cet état, cet entre-deux familier qui pouvait le laisser exsangue plusieurs jours d'affilée, comme hors la vie et hors de lui-même. Et il se méfiait de cette torpeur malsaine qui à tout moment pouvait l'entraîner dans les fonds trop obscurs d'une mélancolie ancienne. Il monta les marches de l'escalier qui menaient à l'étage où se trouvaient la chambre et une salle de bains minuscule. Il se déshabilla, jetant ses vêtements à même le sol, et ouvrit le robinet rouillé de la douche qui laissa échapper un mince filet d'eau froide sur sa peau brutalisée par le soleil de Singapour. Il resta longtemps ainsi, immobile, se rassasiant de fraîcheur. Il se demanda si James avait écouté le message qu'il avait laissé sur sa boîte vocale, juste avant de sauter dans l'avion. Dehors, par grappes successives, les enfants venaient peupler les espaces de l'école et Cosme K, par la fenêtre ouverte, entendaient leurs voix se répondre en une chaîne d'échos intarissables. Il pensa à Malo, Tom et Aaron et un frisson parcourut tout son corps. Et il pensa aussi à Kane. Loin de Singapour la réalité qu'il venait de quitter devenait inconcevable. Sans même prendre la peine de se sécher, il s'affaissa encore ruisselant sur le matelas recouvert d'un drap qui semblait propre et il s'endormit quasi instantanément. Épuisé et oublieux des semaines perdues à Singapour, ses rêves ne furent hantés que par le visage de Shu Fang et sa longue mèche noire soulevée par la brise chaude.

*

Aucun moment n'aurait pu être plus propice. L'aube glissait sur l'étendue sombre et les premiers rayons du soleil réchauffaient le visage de Raphaël. Sous la coque blanche de son bateau, l'eau discrète s'écartait en vagues régulières. Le Singapore Yacht Club était calme et désert en cette heure matinale. Les manœuvres d'amarrage au ponton s'annonçaient sereines. Il y avait tout juste trois mois que Raphaël avait obtenu avec brio son permis bateau. Il ne lui avait fallu qu'une seule tentative pour obtenir le droit de naviguer librement sur les eaux côtières de la mer de Chine. Dans la foulée, il s'était offert un petit voilier d'occasion de sept mètres, le *Elsewhere*. Chiara avait haussé les épaules face à ce qu'elle considérait comme une énième lubie de Raphaël qui, comme les précédentes, l'accaparerait loin d'elle. La suractivité de Raphaël l'avait séduite autrefois quand la vie parisienne étincelait autour d'eux. Mais aujourd'hui, entravée par les grossesses successives qu'elle s'imposait, elle lui était devenue peu à peu insupportable. Le mouvement perpétuel dans lequel s'inscrivait le quotidien de Raphaël la renvoyait à sa propre métamorphose. Un monolithe, statique, rugueux et froid. Elle garda pour elle ses entêtantes pensées et le félicita comme on complimente un enfant. Cependant elle refusa fermement la balade en mer qu'il lui proposa pour fêter l'événement, prétextant les nausées de la grossesse en cours.

Raphaël, comme à son habitude, s'était investi sans retenue dans sa nouvelle passion et plusieurs matins par semaine, à l'aube, avant de se rendre à son travail, il effectuait des sorties sur l'eau. Le petit monde du Yacht Club l'adopta sans réserve et un nouveau cercle se constitua autour de lui. Déjà il avait en ligne de mire une première participation à une régate amateur lors de laquelle il ne comptait pas faire seulement de la figuration.

Avec l'habileté nécessaire aux manœuvres dans la marina, le voilier glissa sans heurt jusqu'à sa place. Raphaël amarra et sauta avec légèreté sur les planches du ponton qui craquèrent légèrement. Il salua quelques-uns des habitués et se dirigea vers les bâtiments pour prendre une douche et se changer. Dans le vestiaire, il se déshabilla. La première cabine était occupée, l'eau coulait, régulière. Il pénétra dans la suivante et se lava consciencieusement. Lorsqu'il sortit, un homme, jeune, était assis sur le banc. Il était nu, son corps était fin, ses cheveux blonds tombaient sur ses épaules aiguës. Penché sur un sac défraîchi, à la recherche sans doute de vêtements propres, il prit plusieurs secondes avant de relever la tête. Son regard bleu se posa sur le corps encore dégoulinant de Raphaël. Ce regard était tout à la fois absent et intriguant et Raphaël dut contenir son trouble avant de lancer quelques mots de salutation qui n'obtinrent aucun écho. L'inconnu s'affairait de nouveau à l'intérieur de son sac. Dérouté par l'indifférence à son encontre, qui interrogeait l'ordre des choses, la curiosité de Raphaël fut piquée au vif. Ils s'habillèrent côte à côte dans un silence étrange et sans pudeur. Raphaël jetait régulièrement des regards vers l'inconnu. Sans qu'il comprenne pourquoi, il se sentait attiré vers lui comme si une communion d'esprit s'était déjà installée entre eux. Il paria avec lui-même que dès ce soir ils boiraient une bière ensemble. Ils sortirent du bâtiment l'un après l'autre. Raphaël marchait derrière l'inconnu, à une distance raisonnable. Le soleil inondait maintenant le port et des voiles vacillantes commençaient à s'ériger dans le ciel. Sous son costume noir et sa chemise blanche il sentait déjà la moiteur se propager. Les sandales de l'inconnu claquaient sur les planches. Un pantalon de toile et un tee-shirt troué au coude complétaient sa tenue inappropriée. Pendant qu'ils approchaient de la sortie, la voix du maître de port traversa la fenêtre du bureau d'accueil.

« Hé, vous là ! vous avez un bateau ici ? Vous avez payé le droit d'entrée ? »

L'inconnu accéléra son pas en égrenant quelques mots inaudibles en anglais. Alors que le maître du port venait à sa rencontre, Raphaël s'interposa.

« Hé bonjour ! Ne vous inquiétez pas, c'est un ami, je l'ai invité sur mon bateau ce matin. Désolé de ne pas vous avoir prévenu. »

Le maître de port dévisagea à nouveau l'inconnu, hésitant à croire que cet individu dépenaillé puisse être une connaissance de Raphaël, mais il n'osa pas mettre en doute la parole d'un client assidu et apprécié de tous.

« Ha, bon, d'accord, très bien, monsieur Raphaël. Désolé, mais je dois être vigilant, pour le bien-être des clients du port.

– Oui, c'est certain et je tenais d'ailleurs à vous remercier pour votre excellent travail. Bonne journée. »

Ils poursuivirent jusqu'à la sortie, marchant à présent à la même hauteur pour donner corps au mensonge de Raphaël. Une fois le portillon franchi, le jeune homme s'immobilisa.

« Merci…

– De rien. Moi c'est Raphaël. »

Ils échangèrent une poignée de main comme pour sceller officiellement leur rencontre.

« Vu ton accent on dirait bien que tu es français. Je me

trompe ? Je suis français aussi. Tu es en vacances à Singapour ?

– Oui. Enfin non. C'est plus compliqué que ça. Mon nom est Cosme K. »

*

Comme chaque après-midi, allongée sur une chaise longue, Chiara observe sans conviction sa progéniture s'ébrouer dans l'eau chlorée de la piscine. Elle a posé ses deux mains à plat sur son ventre boursouflé pour la quatrième fois. Derrière ses lunettes noires, elle tente de déceler en elle, n'importe où, entre les neurones de son cerveau, dans les plis de ses chairs et jusque dans la profondeur de ses entrailles, des indices, même infimes, d'un quelconque attachement envers cette filiation incongrue. Encore une fois, elle ne trouve que le vide insondable qui la remplit tout entière d'une détresse diffuse et pugnace depuis son arrivée à Singapour, il y a six ans déjà, aux côtés de Raphaël, conquérant mais sans doute déjà vaincu. Dès sa descente de l'Airbus elle avait été prise de vertiges. Raphaël avait dû la soutenir pour parcourir la distance jusqu'à la sortie. C'est à ce moment-là qu'elle avait ressenti pour la première fois les coups de pied insistants de numéro un sur sa paroi abdominale. Elle en avait suffoqué de sidération. Quelques mois plus tard l'accouchement s'était déroulé sans difficulté particulière. Pourtant jamais Chiara ne s'était remise de la naissance de ce premier enfant pour lequel elle n'avait éprouvé que répulsion quand la sage-femme l'avait déposé humide sur sa poitrine. Les grossesses, pourtant, s'étaient succédé à un rythme soutenu comme si le corps de Chiara, dissocié de son esprit, ne lui appartenait plus et qu'il poursuivait un dessein propre et tragique contre lequel elle ne pouvait lutter. Raphaël s'était étonné de sa quatrième grossesse et elle avait pris un plaisir certain à lui mentir. Elle mentait souvent et de plus en plus. « Bien sûr que je reprends la pilule. » « Ça arrive parfois que cela ne fonctionne pas, tu sais. » « C'est pas grave mon amour. » Elle nourrissait envers Raphaël une haine de plus en plus protéiforme et dévorante depuis six ans. Derrière son masque d'épouse d'expat, elle lui vouait une rancune dont elle ne pouvait elle-même préciser l'origine. Et dans cette folie rampante, enfanter devenait l'arme absolue. L'instrument de sa revanche sur le néant de l'existence qu'elle menait ici.

Sous ses doigts fins et manucurés, numéro quatre vient de bouger. Dans un sursaut Chiara a retiré ses mains de la peau bronzée de son ventre fécond. Bientôt il mordillera ses tétons. Ce contact bestial lui a toujours répugné. Elle ne comprend pas les autres femmes qui exhibent à la moindre occasion leur petit, accroché à leur sein avec un sourire entendu et satisfait. Des truies, pense-t-elle à chaque fois. Des truies ignorantes de l'abattoir qui les attend lorsqu'elles auront perpétué l'espèce. Quelle bêtise crasse.

La nausée habituelle remonte de son estomac et l'envahit de dégoût. Elle interpelle sèchement la *maid*. « De l'eau. » La *maid* n'a pas entendu. Alors elle répète plus fort. « De l'eau ! » Cette fois la *maid* s'exécute et apporte un grand verre. Par petites rasades elle fait glisser l'eau fraîche le long de sa gorge sèche comme une purification. Elle passe sa langue sur ses lèvres salées. La nausée reflue. Les minutes s'écoulent inutilement autour de la piscine. Elle pense à la soirée qui l'attend. Elle devra s'habiller, se maquiller, s'obliger à manger et converser. Derrière elle, la *maid* sèche énergiquement les enfants à l'aide de serviettes épaisses. Des rires confus l'atteignent en cascade. Parfois un frisson extraordinaire parcourt tout son corps, le sentiment glaçant que c'est elle l'intruse. Et chaque matin, les miroirs de sa salle de bains immense et ridicule lui renvoient un visage déformé par la honte sur lequel elle lit : « Tu es le monstre. »

★

Raphaël est un homme pressé. Depuis l'enfance, il enjambe les étapes de sa vie comme les marches d'un escalator qu'on juge trop lent. À peine un palier franchi que déjà il se projette dans le défi suivant. Dans cette ascension permanente, il répond à un désir impérieux d'élévation sociale et reste fidèle à la promesse qu'il a faite à la mort prématurée de son père, broyé par sa machine dans une usine de Grande-Synthe. Trois lignes dans *La Voix du Nord*. Une couronne de fleurs. « À notre collègue » sur la tombe. Un chèque pour sa mère, de la part de la direction, comme solde de tout compte. Sur le palier de l'appartement, il l'avait entendue remercier les deux hommes face à elle pour cette aumône humiliante. Il avait observé ses doigts tremblants et ses yeux fuyants sur le paillasson usé après avoir signé les papiers. Et quand la porte s'était refermée, ils s'étaient retrouvés tous les deux assis de chaque côté de la table de la cuisine, séparés par le chèque posé entre eux. Et pendant qu'elle pleurait en silence sur toutes ces années d'humilité et de renoncement, Raphaël avait pour la première fois éprouvé un sentiment confus d'amour viscéral et de honte mêlés en jaugeant cette femme qu'il appelait encore maman quelques instants plus tôt. Et tout ce qui constituait sa vie d'enfant lui apparut sous un jour nouveau. Une modification s'opérait et dévoilait à sa conscience la vétusté des espaces, la laideur des objets bon marché, l'étroitesse de ses rêves et les contours étriqués de ses souvenirs. Et face à la médiocrité suffocante de cette réalité jusqu'alors insoupçonnée, Raphaël avait pris les mains de sa mère dans la sienne et il avait promis : « Tu verras, ma vie ne ressemblera pas à la tienne. » Depuis lors, il ne l'appela plus qu'Odile, comme si leur filiation avait été rompue ce jour-là.

Recruté dès sa sortie de polytechnique, il avait connu une ascension fulgurante au sein de B&C Ldt. qui le nomma

Directeur exécutif régional Asia/Pacific alors qu'il venait tout juste de fêter ses trente ans. Lorsqu'il annonça par téléphone à Odile son départ prochain pour Singapour, il ne sut comment interpréter le silence qui s'était installé sur la ligne. Finalement elle avait encouragé ce fils dont elle ne comprenait plus la vie mais qui la couvrait toujours d'attentions inattendues malgré ses visites de plus en plus aléatoires.

Il avait rencontré Chiara six mois auparavant, un dimanche matin, lors d'un after au Moka. Elle lui était apparue esseulée et filiforme sur la large banquette orange et vide. Un verre à moitié plein était posé sur la table devant elle. Les lumières intermittentes fuyaient sur sa peau. Son regard clair était outrageusement surligné de mascara noir et elle mâchouillait une mèche de ses cheveux blonds. La pose avait évoqué à Raphaël une photo d'Ellen von Unwerth. Ils avaient remonté ensemble le canal Saint-Martin. La chaleur timide d'un matin d'été, les clapotis de l'eau sur la pierre, les rues désertes et les pieds nus de Chiara sur la berge… Pas tout à fait dégrisés, ils avaient fini par s'asseoir sur un banc. La ville reprenait vigueur autour d'eux. Ils échangèrent des fragments de leurs vies. Mais ce qu'ils disaient à ce moment-là n'avait aucune espèce d'importance. Ils n'entendaient que la voix de l'autre. Sa texture, sa vibration. Et les deux voix polyphoniques disaient pourtant la même chose : « Tu me plais. »

Il ne fut pas difficile de convaincre Chiara qu'un départ en Asie était une opportunité à saisir. L'âge avançant, les contraintes de son métier de modèle lui devenaient de plus en plus insupportables et depuis quelque temps elle souhaitait tourner la page sans avoir aucune idée précise sur l'orientation à donner à son avenir professionnel. Elle accueillit donc la proposition de commencer une nouvelle vie à l'autre bout du monde avec enthousiasme, lorsque Raphaël lui proposa finalement de le suivre. Après plusieurs jours d'hésitation, il décida de balayer le doute qui rôdait sur la sincérité réelle de leur relation. À trente ans, pour parfaire sa réussite, il lui manquait un enfant et il se dit qu'il aimait suffisamment Chiara pour le faire avec elle. Et puis, ils formaient un couple idéal sur lequel les regards se retournaient lorsqu'ils apparaissaient en soirée.

C'est ainsi que, quelques jours avant leur départ, ils se marièrent à la campagne en présence de quelques amis et d'Odile. Les parents de Chiara, que Raphaël n'avait encore jamais rencontrés, ne donnèrent pas suite à l'invitation de leur fille mais elle assura ne pas en être peinée. La journée fut ensoleillée et les mets délicats. Dans une robe évanescente de mousseline blanche rétro, Chiara était telle qu'elle était apparue pour la première fois à Raphaël, solaire et pâle. Il crut que tout ce qu'il avait imaginé avec elle à Singapour serait possible et que ses doutes s'évanouiraient dès qu'ils auraient posé le pied sur ce nouveau continent plein de promesses. En fin d'après-midi, Raphaël raccompagna Odile à la gare. Sur le quai, elle le serra longuement dans ses bras. Elle savait que la séparation serait longue, peut-être définitive. Au bout de quelques secondes, il se dégagea maladroitement de cette étreinte qui le mettait mal à l'aise. Odile voulut ajouter quelque chose mais elle ne sut comment le prévenir du déséquilibre à la fois fugace et inquiétant qu'elle avait surpris dans le regard de Chiara. Elle choisit de se taire et se laissa accompagner jusqu'à la porte du wagon. Il y avait bien longtemps de toute manière que Raphaël s'agaçait de ses conseils et de ses inquiétudes. Dès la mort de son père, il avait refusé toute ingérence dans ses décisions. Elle monta dans le wagon sans un mot de plus et chercha sa place. Le train s'ébranla et elle voulut adresser à travers la vitre un dernier signe à ce fils qui était la dernière fierté qui lui restait. Elle chercha des yeux sa silhouette athlétique, qui ressemblait de plus en plus à celle de son père, mais elle avait déjà disparu, avalée par des escaliers qui s'enfonçaient dans l'obscurité des sous-sols.

★

Cosme K avait d'abord hésité mais il avait finalement accepté le rendez-vous proposé par Raphaël avant qu'ils ne se séparent à la sortie de la marina. « Retrouvons-nous sur Clarke Quay ce soir. Je t'offrirai une bière et puis je t'expliquerai deux ou trois trucs sur la ville. On dit vingt heures ? » En traversant à pied Singapour, Cosme K avait tenté d'analyser les raisons qui l'amenaient à rejoindre Raphaël, lui qui depuis son départ fuyait tout contact avec ses compatriotes. Peut-être était-ce simplement de la politesse, de la gratitude suite à l'épisode gênant avec le maître du port. Il pensa aussi qu'il avait l'habitude de faire confiance aux rencontres de hasard et que jusqu'à présent elles lui avaient à chaque fois porté chance. Raphaël pourrait sans doute l'aider à amorcer ses recherches. Retrouver Ivan, sans adresse, serait une véritable gageure dans ce dédale tentaculaire.

Lorsqu'il arriva sur les quais, la sortie des bureaux débutait à peine et les terrasses alignées se remplissaient laborieusement. Les rayons du soleil couchant percutaient violemment les façades lisses des immeubles étroits, aveuglant des ombres pressées qui portaient leurs mains en visière. Par grappes, des femmes et des hommes, jeunes, au grain de peau clair, se déversaient depuis les portes tambour en mouvement perpétuel jusque sur les trottoirs éclatants. À l'extérieur, ils s'apostrophaient et se regroupaient pour partager un « After Work » bruyant comme s'ils ne parvenaient pas à se séparer après une journée entière partagée dans des open spaces lumineux et colorés. Cosme K se demanda pourquoi cette jeunesse européenne s'échouait ici en masse. Il erra quelques minutes dans les méandres de ses pensées et entre les différents établissements chic de Clarke Quay. Sans le chercher réellement, il ne tarda pas à repérer The Clinic, le bar devant lequel Raphaël lui avait donné rendez-vous. Assis sur des fauteuils roulants ou allongés sur des tables d'opération, les clients buvaient leurs cocktails fluo dans d'énormes seringues ou dans des poches en plastique accrochées à des pieds à perfusion. Les serveuses, déguisées en infirmières, exhibaient sur leurs décolletés des stéthoscopes en guise de parure.

Le monde inédit qui s'offrait à Cosme K depuis son arrivée la veille à Singapour n'en finissait pas de le fasciner et de le révulser tout à la fois. Sur le quai de la gare centrale de Singapour, les clameurs et les accélérations l'avaient saisi. Une fièvre grouillante irriguait la moindre coursive du petit dragon asiatique. La vie semblait onduler en permanence, occupant chaque mètre carré d'une parcelle de continent trop confinée pour sa prospérité insolente. Il avait suivi la foule, et ainsi traversé plusieurs quartiers sans but précis. Il avait échoué devant un grand bâtiment austère et plutôt ancien à la périphérie des grands ensembles modernes et high-tech qui telles des flèches transperçaient le ciel. Il s'agissait à première vue d'un foyer de travailleurs étrangers. Assommé par l'hyperactivité qu'il subissait depuis le matin, il avait demandé un lit qu'on lui avait d'abord refusé. Il avait attendu devant la porte sans savoir où aller. Il avait observé les travailleurs rentrer de leur chantier, en équipe, souvent hilares malgré la fatigue évidente de leurs traits et de leur allure. Quelques heures plus tard, un garçon d'apparence très jeune l'avait finalement fait entrer dans le bâtiment. Après l'avoir guidé dans les étages, il lui avait indiqué un lit, payable d'avance, dans le dortoir numéro 18, qui lui parut propre malgré l'obscurité. Il avait réglé le lit pour cinq nuits et il s'était endormi aussitôt allongé, bercé par les respirations bruyantes et les ronflements de Philippins et de Malaisiens qui vendaient leurs forces à la journée sur les innombrables chantiers qui perforaient la cité. Quand il se réveilla le matin, il était déjà tard et le dortoir s'était vidé. Des draps froissés tombaient des lits superposés comme autant de voiles affalées. Il chercha longuement les douches avant qu'une femme de ménage lui fasse comprendre qu'il n'y avait ici que de petits lavabos à disposition. Les ouvriers se douchaient sur leurs chantiers avant de rentrer.

« Il est des moments comme ceux-là dans la vie où on veut croire les choses définitives, non ? »

Raphaël venait de se lever en prononçant ces mots et la question était restée suspendue dans l'espace autour d'eux. Deux heures déjà qu'ils étaient installés à la terrasse du bar. Raphaël avait beaucoup raconté. Il parlait avec aisance et conviction. Sa voix était enveloppante comme la nuit satinée qui était tombée sur Clarke Quay. Cosme K observa quelques instants la prestance naturelle de Raphaël pendant que ce dernier s'attardait au bar, puis son regard, déjà embrumé par l'alcool, glissa sur l'agitation ambiante. Sur les quais huppés, tout lui paraissait dérisoire : les lumières aveuglantes, les rires trop sonores, les mots étrangers mélangés, les seins tendus des jeunes femmes et jusqu'à l'horizon noir, derrière, qui semblait n'être plus qu'un mur. Tout n'était qu'illusion et artifice. « Je ne suis que de passage », murmura-t-il pour lui-même. La solitude du Baïkal et l'aridité des Vesterålen lui manquèrent violemment et il en fut bouleversé. Pour masquer la détresse qui affleurait, il trempa ses lèvres dans le cocktail bleu turquoise que Raphaël venait de poser devant lui. Ce dernier reprenait le fil de la conversation où il l'avait laissé. Un client passa près de leur table sur un brancard porté par deux éphèbes. Cosme K se demanda s'il avait atteint ici la décadence ultime d'une civilisation qu'il ne pouvait plus reconnaître.

« Oui, j'ai voulu croire que les choses seraient définitives ici, mais rien ne l'est jamais vraiment, je pense, poursuivit Raphaël. Quand notre premier enfant est né, j'ai vraiment cru avoir gagné une certaine forme de sérénité. Je me disais voilà, tu as une famille, tu as un boulot avec des perspectives, de l'argent, des amis… Le temps peut se figer maintenant. Je l'ai vraiment pensé… »

Il se tut un instant et sirota un peu du liquide de la poche suspendue à côté de lui. Cosme K lui souriait car il ne trouvait rien à dire. Il n'avait rien à raconter. Mais son silence ne semblait nullement gêner Raphaël qui, c'est certain, avait l'habitude de monopoliser la parole. « J'ai parfois l'impression de combattre le vide. Je remplis le temps, chaque seconde… C'est une folie, non ? Je t'envie d'avoir choisi la lenteur et l'abandon. Parfois, sur mon voilier, j'ai envie de tout quitter, de ne pas revenir au port… » Le regard de Raphaël apparut à Cosme K pour la première fois de la soirée indécis et vague.

Raphaël avait bien tenté de l'interroger en début de soirée. Cosme K avait en quelques phrases résumé son parcours des derniers mois. Il avait été au plus court et au plus factuel. Comme toujours il avait ignoré consciencieusement les épisodes les plus signifiants de sa biographie passée, omettant les ressorts de ses multiples départs. Aux yeux de Raphaël, ne pouvait se dessiner que l'image caricaturale d'un jeune homme un peu égoïste et aventurier, avide de liberté, parcourant le monde sans attache, ni but… Et pendant que Raphaël poursuivait ses confidences intimes, les mots qu'il prononçait résonnaient à la conscience de Cosme K. Non, mes départs ne sont pas des choix mais s'imposent à moi. L'abandon n'a pas la signification que Raphaël imagine. Cosme K n'écoutait plus le long monologue de cet étranger assis en face de lui. Sa concentration se délitait. Il refusait d'entendre les détails de cette vie qui charriait avec elle des fêlures et des certitudes. Cette vie qui osait se livrer sans pudeur aucune. Comment ose-t-il tomber ainsi les masques avec autant de simplicité et de naïveté ? Et le flot des paroles de Raphaël se répandait partout autour d'eux avec démesure. Et les mots ricochaient sur Cosme K et il tentait de résister à leur sens et à leur pouvoir car au fond il craignait le rapprochement qui pourrait s'opérer entre eux. Leurs vies apparemment si différentes. Leurs vies à la dérive. Et il ne voulait pas du miroir déformant que Raphaël semblait lui tendre. Nous ne sommes pas semblables. Nos souffrances ne sont pas les mêmes. À un moment il souhaita quitter la table, le bar et le quartier. Retrouver les ronflements anodins du dortoir numéro 18. Là-bas, dans les faubourgs crasseux et invisibles. Là où se retrouvent tous ceux qui vivent en lisière de l'accélération du monde. Être à sa place. Loin de Raphaël et de ses turpitudes d'enfant gâté. Il ne semblait y avoir aucune connivence possible entre la vie de Raphaël et celle de Cosme K. Il se leva de sa chaise brutalement. Un mal de tête violent le surprit. Il regretta le nombre de cocktail engloutis. « Tu veux déjà partir ? » L'incompréhension de Raphaël semblait totale et sa voix revêtait les accents d'un enfant. Un enfant perdu et désolé qu'on veuille l'abandonner. Et Cosme K fut ému par cette voix qui éclatait dans toute sa vérité et qui parvenait sans filtre à son cerveau pourtant embrumé par l'alcool. Une lumière puissante irradiait des pupilles incandescentes de Raphaël. Et la douleur frappait sous le crâne de Cosme K. La douleur était intense. Et cette voix était maintenant la seule vérité qui valait d'être connue sur Raphaël. Et cette voix enfantine répondait en écho à d'autres voix anciennes et lointaines. Face à ce dénuement, Cosme K se rassit. Et le long monologue de Raphaël se tarit. Ils restèrent encore un moment dans leur silence. L'espace entre eux n'était définitivement plus le même. Dehors l'aube fracturait l'horizon sur les quais vides et désolés.

*

Il y avait dans la démarche de Chiara une gaucherie gracieuse qui laissait perplexe. C'est elle qui était venue ouvrir la porte après que Cosme K avait frappé deux coups qu'il avait voulus discrets mais audibles.

« Bonjour. Tu es Cosme K ? Je suis Chiara. Entre. Raphaël arrive. »

Elle avait prononcé ces quelques mots en rafale, le visage fermé, sans laisser l'opportunité à Cosme K de répondre. Elle tenait son ventre avec ses deux mains comme s'il risquait de tomber et de rouler sur le sol. Elle avait refermé la porte derrière lui puis avait disparu, sans lui témoigner plus d'intérêt, le laissant, gêné et emprunté, au milieu du grand séjour. Au moins était-elle au courant de sa venue. Raphaël lui avait parlé de leur rencontre.

En attendant Raphaël, il effectua quelques pas dans l'appartement spacieux et lumineux. Une vaste terrasse surplombait les jardins luxuriants qu'il avait traversés en arrivant et qui encerclaient une longue piscine vide de nageur en ce début d'après-midi. Les meubles et décorations avaient été choisis avec goût et méthode. Une porte donnait accès à la cuisine, une autre au couloir par lequel Chiara s'était esquivée et qui conduisait à de nombreuses chambres. Des tableaux d'artistes locaux et des photos de famille habillaient les murs blancs. Sur l'une des photos il reconnut Raphaël et Chiara quelques années plus tôt, dans une rue de Paris. Les traits du visage de Chiara, qu'il avait brièvement aperçue à son arrivée, semblaient s'être extraordinairement durcis avec le temps, comme asséchés, creusant ses orbites et ses joues. De brusques échanges verbaux provenant du fond du couloir se firent entendre. Il reconnut la voix de Raphaël même si elle lui parut moins posée que dans son souvenir de la veille.

Il était près de cinq heures du matin lorsque Cosme K était rentré au foyer. Il avait cherché longtemps le sommeil avant de sombrer dans une somnolence agitée. L'emprise des paroles de Raphaël sur ses pensées se poursuivait. Les images de la soirée écoulée se superposaient avec d'autres épisodes de son existence. Des sensations confuses venues de l'enfance se mélangeaient sans logique apparente aux événements récents. Des voix méconnaissables et pourtant familières appelaient : « Cosme K, Cosme K. » Il avait sursauté peu de temps après. Les respirations autour de lui étaient régulières. Personne d'autre ne semblait réveillé. Dans l'obscurité, il repensa à Raphaël. Il repensa à la proposition qu'il lui avait faite : « Reste quelques jours, je te ferai découvrir les joies de Singapour. Je connais tout le monde ici. » Mais cette ville grouillait de vies inquiétantes et dangereuses. Cette ville effrayait Cosme K qui avait la conviction intime d'une menace diffuse. La sensation vertigineuse du danger se confondait à la nécessité impérieuse de s'y confronter. Car la promesse qu'il avait déposée sur le lit de mort d'Olga devrait être honorée avant qu'il n'entreprenne un autre voyage vers des contrées plus lointaines et isolées. Il eut la prémonition étrange d'un piège qui se refermait sur lui. Il se rendait, prisonnier consentant. Cette évidence s'ancra progressivement en lui. Le sommeil le reprit par traîtrise. Un sommeil vidé de tous ses fantômes.

Quelques secondes s'écoulèrent encore avant que Raphaël ne surgisse, souriant. « Bonjour ! Tu es venu finalement. J'en étais sûr ! Tu ne vas pas le regretter. Tu as pris ton maillot ? Viens, je vais t'en prêter un. » Raphaël avait retrouvé tout son éclat et sa prestance. Rien en lui ne laissait soupçonner les failles que Cosme K avait cru entrevoir la nuit précédente. D'ailleurs il n'était plus certain des paroles échangées et il se demanda si les sensations éprouvées n'étaient pas qu'une construction de son esprit sous l'emprise de l'alcool. Ils pénétrèrent dans une chambre et Raphaël alla fouiller dans le dressing adjacent. Il tendit un caleçon de bain à Cosme K. « Celui-ci devrait faire l'affaire, non ? » murmura-t-il. « Chiara se repose à côté... La grossesse... expliqua-t-il. Bon, tu l'enfiles et on descend ? » Cosme K s'exécuta, il se déshabilla et revêtit le caleçon sous le regard de Raphaël qui n'avait pas pris la peine de lui laisser un peu d'intimité.

Cosme K ne compta pas les longueurs, mais ils nagèrent longtemps. Le crawl de Raphaël était rapide et efficace. Il glissait sur l'eau et semblait infatigable. La technique de Cosme K était plus approximative, pourtant il ne se laissa pas impressionner et nagea aussi longtemps que Raphaël. En plongeant, l'odeur de chlore l'avait écœuré. La sensation de l'eau sur sa peau aussi. Et, pendant qu'il fatiguait ses muscles, il tenta en vain de faire surgir le souvenir de l'eau pure du Baïkal sur son corps, et la mélancolie le poursuivit jusqu'à ce qu'ils s'extraient de la piscine. Ils s'effondrèrent ensemble sur les chaises longues. Leurs peaux humides se rétractèrent sous la chaleur du soleil. Un employé, muni d'une immense épuisette, s'affairait à retirer de l'eau feuilles et brindilles qui s'étaient outrageusement déposées à la surface. Raphaël lui commanda deux bières que ce dernier, toutes affaires cessantes, alla chercher derrière le bar qui longeait un des côtés de la piscine.

« Je suis content que tu sois venu. Vraiment. »

Cosme K ne répondit pas. Il fermait les yeux.

« Tu sais, j'ai repensé à l'histoire d'Ivan. Je vais d'abord en parler à un de mes amis qui est russe. Il pourra certainement nous dire où chercher. Un homme de cet âge. Russe. La diaspora russe n'est pas très nombreuse ici. »

Tout le corps de Cosme K tressaillit sur la chaise longue. Raphaël crut à un frisson et il lui jeta une serviette. « Tiens, ne prends pas froid. » Cosme K se sécha rapidement le buste puis abandonna la serviette sur son visage pour masquer ses interrogations et son malaise. Il actionnait sa mémoire à toute vitesse, remontait les heures, cherchait dans tous les recoins mais il ne gardait aucune réminiscence des mots qu'il avait prononcés dans la moiteur de cette nuit hors du temps sur Clarke Quay. Comment avait-il pu se laisser aller à raconter cette histoire intime qui n'appartenait qu'à Olga et Ivan ? Il venait de rompre le fil invisible qui le reliait encore à Olga et à la promesse qu'il lui avait faite. Il jeta un œil inquiet en direction du sac dans lequel était cachée l'alexandrite et qu'il portait en permanence sur lui.

« C'est un récit fabuleux. J'ai beaucoup repensé à leur histoire. Malgré sa violence et son injustice, je ne peux m'empêcher de les envier. C'est étrange, non ? »

Cosme K ne voulait pas entendre les commentaires futiles de Raphaël. Ce n'était qu'un conte pour lui. Que pouvait-il comprendre de leur destin ? Des trajectoires de ces vies brisées par l'histoire et le hasard ? Au bord de la piscine, sous le soleil assommant de l'après-midi, il se demanda une nouvelle fois s'il avait pris la bonne décision en rejoignant Raphaël ici. Il eut envie de prendre un autre train. Mais il partageait désormais un secret trop grand avec Raphaël.

Face au silence de Cosme K, Raphaël s'était assoupi. Cosme K appliqua longuement la bouteille de bière glacée dans les plis de son cou et sur ses joues pour calmer la tension qui palpitait sous sa peau brûlante. Il ferma les yeux à son tour mais ne parvint pas à s'endormir. La lumière était si forte qu'elle transperçait la membrane de ses paupières. Et sous son crâne les remords poursuivaient une valse à mille temps.

En fin d'après-midi, des cris d'enfants se bousculèrent jusqu'à eux.

« Papa, papa ! »

La *maid* était de retour du marché avec les enfants. Ils ne prêtèrent aucune attention à Cosme K et se précipitèrent sur leur père.

« Papa, papa ! »

Raphaël riait. Il les souleva un à un, les déposa sur lui et les embrassa avec beaucoup de tendresse et d'empressement. La *maid* se tenait à l'écart, le regard baissé sur ses pieds.

« Je te présente Malo et Tom. Faites un bisou à Cosme K, les enfants. »

Timidement Malo et Tom s'exécutèrent, puis se jetèrent dans les jambes de la *maid* qui portait Aaron, le petit dernier, sur son ventre.

« Et voici Shu Fang. Shu Fang, je te présente Cosme K, un ami. Tu peux ajouter un couvert pour ce soir. »

Shu Fang était sans doute philippine. Sa taille fine était moulée dans un sarong bleu, ses cheveux noir ébène scintillaient sous le soleil, une mèche plus longue barrait son front comme une cicatrice. Elle releva la tête et son sourire absent fondit sur Cosme K comme une flèche. Et la flèche le transperça de part en part mais il n'en ressentit aucune douleur. Son corps fut parcouru de frissons mais il parvint à lui sourire à son tour. Alors elle appela les enfants et le charme fut rompu. Elle reprit le chemin en direction de l'immeuble et Cosme K la suivit des yeux jusqu'à ce qu'elle se fonde dans l'épaisseur végétale comme un animal apeuré.

Raphaël soupira : « J'aimerais passer plus de temps avec eux, tu sais. Je me le dis souvent. Et pourtant je ne le fais pas. » Il commanda d'autres bières. Mais l'apparition de Shu Fang continuait d'imprégner les pensées de Cosme K, loin, très loin des atermoiements de Raphaël qui n'étaient plus que sourdine à peine audible.

En début de soirée, d'autres nageurs se présentèrent aux abords de la piscine et leurs bruits tirèrent Cosme K de ses pensées. Raphaël lui proposa de rentrer. Lorsqu'ils pénétrèrent dans l'appartement, la table était mise et Shu Fang s'affairait en cuisine. Assise dans un fauteuil, Chiara s'était maquillée et son visage semblait transfiguré. Elle souriait vaguement. Les autres invités allaient arriver.

*

Dans le réduit qui lui servait tout à la fois de chambre et de pièce d'eau, Shu Fang avait déroulé un fin matelas sur lequel elle s'était accroupie, pieds nus. Cela faisait plusieurs minutes qu'elle se tenait immobile, le regard et les mains vides. Par l'entrebâillement de la porte, Cosme K ne pouvait détacher son regard de ce corps menu, qui aurait pu être celui d'une enfant. Toute la soirée il avait épié chacun de ses gestes précis et rapides, le ballet incessant mais discret autour des convives. Elle servait à table, débarrassait, faisait disparaître chaque miette échappée des assiettes sur la nappe blanche. Aux injonctions de Chiara, elle répondait toujours avec politesse et déférence, un sourire figé sur un visage rétif aux moindres sautes d'humeur. Elle ne ménageait pas sa peine et n'exprimait aucun signe d'agacement. Même quand les enfants l'avaient chahutée au moment où elle les avait accompagnés pour le coucher, elle était restée calme et patiente. À plusieurs reprises Cosme K avait tenté d'accrocher son regard pour lui signifier son empathie mais toujours celui-ci se dérobait. Le café servi, elle avait été autorisée à se retirer dans son cagibi près de la cuisine. Elle avait tiré la porte derrière elle mais celle-ci était restée entrouverte. Et à travers cet entrebâillement étroit, Cosme K pouvait encore l'observer discrètement, absent des conversations qui s'animaient en français autour de lui.

« On a mis du temps à en trouver une qui soit fiable. Je vous donnerai le nom de l'agence si vous voulez.

– Je me méfie des Philippines. Souvent elles sont voleuses. Ou bien elles cherchent à se marier.

– Les enfants l'aiment beaucoup, c'est déjà ça. Son anglais n'est pas trop mauvais. Et puis elle a appris facilement à cuisiner occidental. Parce que le riz au bout d'un moment… »

Une fois encore, au lieu de terminer sa phrase, Chiara éclata d'un rire bruyant et exagérément démonstratif. S'ensuivit un nouveau silence gêné et la petite musique crispante des couverts sur les assiettes prit alors le relais jusqu'à ce qu'un convive ose une parole insipide pour briser le malaise ambiant.

Accroupie, un bol de nouilles frites fumant posé près d'elle, Shu Fang fermait les yeux, accueillant sur son visage la légère brise qui s'aventurait jusqu'à elle depuis la toute petite fenêtre grillagée qui lui faisait face. La mèche de cheveux noirs et brillants se soulevait sur son front.

« Cosme K ? »

Cosme K sursauta à l'appel de son prénom.

« Heu, oui ? »

Il y eut des éclats de rire autour de la table.

« Yann et Soizic te demandent d'où tu viens exactement. Eux aussi sont originaires de l'ouest de la France. »

Cosme K balbutia le nom du village et donna quelques indications pour le situer sur la carte.

Raphaël ajouta :

« Attention il y a deux questions que vous ne devez pas lui poser sous peine de le contrarier. J'en ai fait les frais la nuit dernière. Premièrement ne lui demandez pas la signification du K après son prénom. Sujet ultrasensible, apparemment. Et deuxièmement, inutile de proposer un échange de 06, il n'a pas de portable. C'est dingue, non ? »

Des exclamations d'étonnement se propagèrent chez les convives avant que la conversation ne reprenne.

« Tu vas rester longtemps à Singapour ? C'est une ville excitante tu verras. Tout peut arriver ici. Tout est possible. Si tu veux te donner à fond dans ton boulot, tu peux gagner beaucoup d'argent. C'est ce que fait Yann. Là il travaille tout le temps, son boss peut l'appeler à tout moment, même le week-end. On se dit qu'on va faire ça quelques années et après quand on aura suffisamment accumulé, repos. Retraite avant l'heure.

– Oui, on n'est pas aux 35 heures ici !!! Là ils parlent même des 32 heures, non mais c'est la honte quand même. Je me dis que je ne pourrais plus vivre là-bas, en France. Tant qu'on y vit on ne se rend pas compte, mais les Français sont quand même des assistés. Et puis niveau saleté et insécurité… Et toi tu es dans quoi ? »

Raphaël vint cette fois opportunément à sa rescousse :

« Il mène une enquête. Il arrive de Sibérie. Il est à la

recherche d'un certain Ivan, rescapé des goulags. C'est une histoire passionnante. On s'est rencontrés il y a deux jours seulement... »

Il avait parlé en fixant Cosme K avec une certaine connivence dans le regard comme s'ils étaient devenus soudain les meilleurs amis du monde, liés par une histoire que les autres convives ne pouvaient pas véritablement comprendre. Et à nouveau Cosme K ressentit un malaise. Il devinait que Raphaël allait se repaître de l'histoire d'Olga et Ivan comme d'un vulgaire fait divers. Il l'exploiterait pour briller dans toutes les soirées de Singapour. Un argument supplémentaire à sa propre promotion dans le milieu des expatriés avides d'exotisme aux relents colonialistes. Lui-même ne serait sans doute qu'un faire-valoir de plus à ses côtés. Une distraction originale. Étrangement, cette lucidité soudaine quant à la situation le rassura plus qu'elle ne l'agaça. Un jeu de dupes se mettait en place mais il en connaissait les règles. En tout cas les explications de Raphaël suffirent à tarir les interrogations à son égard et cela le soulagea. L'incompréhension qu'il suscitait auprès des autres invités était telle qu'aucun raccord avec eux n'était possible et leur curiosité à son égard se mua en incrédulité muette et polie. La conversation se poursuivit à l'écart de lui.

Dans sa chambre, Shu Fang avait terminé son bol de nouilles. Son regard s'échappait maintenant par la fenêtre grillagée. Plus de brise sur son front. Seulement de l'inquiétude dans les plis de sa peau. Emmurée dans son isolement, elle semblait si loin d'ici tout à coup que Cosme K se demanda quelles pensées la traversaient. Au-dessus d'elle, sur le mur défraîchi, était punaisée une photo. La photo était légèrement penchée. Un tout jeune enfant dans les bras de Shu Fang. Et dans l'espace, si réduit soit-il, transperçait une force. Une force venue d'ailleurs. Du pays où se trouvait l'enfant. L'enfant qu'elle avait laissé pour s'occuper d'autres enfants qui n'étaient pas les siens. Et Cosme K aurait voulu rejoindre le corps menu de Shu Fang et se laisser aller avec elle au réconfort de la nuit. Il ferme les yeux à son tour et un autre enfant sur une autre photo surgit dans ses pensées. Un autre enfant dans un autre pays, sous des pommiers en fleurs. Les pommiers du verger pleurent des larmes blanches sur le sol. Cosme K reprend sa respiration, il ouvre les yeux. Une envie irrépressible de regarder cette photo le tenaille. Mais s'il quittait la table et ses hôtes maintenant il ne pourrait plus observer Shu Fang en cachette. La regarder s'assoupir, bercée par la mélancolie de l'absence. Elle dort. Il la regarde encore. Il la regarde. Encore. Et il lui semble qu'une même solitude les lie.

*

Raphaël menait mille et une vies en parallèle et il décida que Cosme K le suivrait dans ce tourbillon incessant. Cosme K choisit de s'abandonner sans résistance à cette vague déferlante. Il accepta même le téléphone que lui prêta Raphaël. « Singapour sans portable, c'est vraiment pas possible. » À ses côtés, le temps devenait extensible ou se rétractait brutalement, mais son intensité restait toujours la même. Il fut intronisé dans les cercles multiples et concentriques d'expatriés de toutes sortes, dont le seul objectif dans la vie semblait être de dépenser en soirée le trop-plein d'argent qu'ils accumulaient le reste du temps. Le nouveau compagnon de Raphaël était toujours le bienvenu, accueilli portes, bras et portefeuilles grands ouverts. Partout la popularité de Raphaël agissait comme un sésame puissant et jamais Cosme K n'avait à convaincre de l'intérêt de sa personne. On ne lui demandait rien. Il lui suffisait d'être là. Et de rencontres éphémères en distractions absurdes, il se fondit dans l'inconstance et l'insouciance avec la sensation jubilatoire de ne plus exister vraiment. Il se posait en spectateur narquois de ce théâtre du dérisoire et de l'inutile et pourtant il se surprit souvent à jouir de la vacuité de cette vie cynique qui lui donnait l'illusion de s'oublier totalement, de disparaître enfin. Il n'était plus rien, rien. Et il crut quelque temps s'être déchargé de ses fardeaux sur l'autel de l'insoutenable décadence qui régnait ici. Il accepta de signer ce pacte avec Raphaël pour cela aussi. Il accepta pour Ivan. Il accepta pour la mèche noire sur le front de Shu Fang. Il accepta parce qu'il ne savait plus où aller.

Et près de lui Raphaël était un livre ouvert. Le monologue commencé sur Clarke Quay se poursuivait en fil rouge de leurs équipées dans les nuits sauvages de Singapour. Raphaël ne cachait rien de ses pensées, ni de ses aventures d'un soir, ni de ses addictions aux poudres blanches. L'un observait l'autre, l'autre exhibait ses contrastes. Et Cosme K se sentit peu à peu devenir le double inversé de Raphaël. Il vivait comme un fantôme scrutant les vivants s'agiter dans leur bocal. Parfois, en observant les lumières aveuglantes des boîtes de nuit qui s'affolaient sur le sol obscur d'une piste de danse désertée, il se disait que c'était ainsi depuis toujours. Bien avant son départ, il n'était déjà qu'un fantôme. Son corps avait connu un effacement progressif sous le regard ignorant de Maman Jane. Un jour il s'était entièrement évaporé. Son départ n'avait été alors que l'acquittement tangible d'une disparition depuis longtemps avérée.

Aux petits matins, lorsqu'il rentrait au foyer de travailleurs, souvent il trouvait Tao assis sur une marche de l'escalier de béton fumant une cigarette avant de rejoindre son chantier. Invariablement Tao lui en proposait une et Cosme K s'asseyait près de lui. Ensemble, ils observaient les étoiles en silence. Les mains de Tao étaient fines et abîmées par le travail du ciment. Un doigt manquait, ses muscles saillants étaient posés directement sur ses os, ses pieds nus étaient blanchis de poussière et ses vêtements de toile presque effacés. Pourtant il offrait toujours son sourire à l'aube naissante.

Pourquoi met-il autant d'efforts à vivre ? pensait Cosme K en l'observant libérer dans l'air déjà moite des volutes de fumée comme des diamants.

Une seule fois Tao avait parlé. Cosme K n'avait pas su si ces paroles lui étaient adressées ou si elles étaient destinées au ciel mais il avait été surpris par sa maîtrise de l'anglais.

« Je n'aime pas cette ville. Elle est comme un étau. Elle écrase ceux qui vivent en son sein. Elle nous rend invisibles… Et nous, les hommes invisibles, nous résistons sur ces amas de pierres pour envoyer quelques billets là-bas et on fait semblant de croire qu'un jour on rentrera parmi les nôtres, ceux qui nous attendent, ceux qui vivent avec rien, avec ce qu'on arrache chaque jour à la poussière avec nos doigts qui saignent. Jusqu'au jour où on nous enterre sous cette même poussière. Les nôtres l'apprendront longtemps après. Ils prieront peut-être. Les enfants ne se souviendront pas de nos visages maigres. C'est ainsi que cela se passe. Et d'autres arrivent pour prendre notre place. C'est la modernité. La modernité nous mutile et nous sépare. La modernité nous abandonne à une solitude forcée. Il faut quelque chose de plus immense à l'homme pour qu'il puisse rester debout. La beauté sans doute. Quoi d'autre ? Mais ici, ils ont tué la beauté aussi. »

Tao avait terminé sa cigarette et il s'était levé. Il avait fait un signe de sa main amputée. Cosme K le lui avait rendu sans comprendre vraiment ce que signifiait ce geste. Il l'avait observé s'engager dans la ruelle qui allait le conduire sur son chantier. Il avait suivi ce corps minuscule jusqu'à ce qu'il fût aspiré par des coins sombres. Cosme K avait repensé à Olga qui savait écouter le lac, à Maïken debout sur ses falaises et à Kane qui faisait pleurer les pommiers en fleurs. Il eut l'impression de penser à eux pour la première fois depuis longtemps. Et il comprenait ce que Tao avait insinué lorsqu'il avait parlé de la beauté comme ultime rempart aux impasses dans lesquelles la modernité acculait les vies. À nouveau il avait noyé son regard dans les étoiles. Il craignait que l'aube, bientôt, ne les fasse disparaître. Des larmes se formèrent sous ses paupières et il fut secoué par un sanglot irrépressible, comme si toute la tristesse des mondes traversés le submergeait.

★

Durant ces jours et ces nuits dont le décompte lui était impossible, Raphaël proposa à plusieurs reprises à Cosme K de venir s'installer chez lui. « Nous avons une chambre pour toi. Tu ne peux pas rester dans ce foyer de travailleurs. » À chaque fois Cosme K avait refusé. Ce fut la seule limite qu'il s'imposa. Il préféra se maintenir aux abords de leurs vies car il savait qu'un jour ou l'autre il devrait repartir. L'attachement devait être ténu pour pouvoir se libérer. Et puis il savait pertinemment que la cohabitation avec Chiara était impossible. Dès qu'il l'avait rencontrée le premier soir, il avait compris le gouffre qu'elle surplombait et il n'avait pas résisté à s'en ouvrir à Raphaël. « Tu exagères. Je sais qu'elle est fragile en ce moment. C'est la grossesse. Tu ne peux pas comprendre. » La discussion avait tourné court. Pourtant l'inquiétude de Cosme K s'était accentuée de jour en jour, à mesure que les accès d'humeur de Chiara devenaient plus violents, plus imprévisibles et plus injustes.

En ouvrant la porte, Cosme K avait immédiatement senti une tension diffuse dans l'appartement. Shu Fang était à table avec les enfants, qu'elle assistait dans leur repas. Ils avaient tourné leurs visages vers lui lorsqu'il avait crié « bonjour », mais ils n'avaient rien répondu, ils ne s'étaient pas précipités non plus vers lui comme ils en avaient l'habitude. Ils étaient restés immobiles au-dessus des assiettes. Parfois ils jetaient un regard furtif en direction de leur mère qui, droite, dans un fauteuil, fixait de ses yeux noirs la scène qui se jouait devant elle. Ce n'était pas la première fois que Cosme K la découvrait ainsi, le visage blême et les lèvres tremblantes. Et il savait que l'explosion était imminente. À plusieurs reprises, toujours en l'absence de Raphaël, il avait assisté à cette colère froide et brusque. Tranchante. Une furie qui jaillissait, incontrôlable. Et dans la pièce ce soir-là, tous anticipaient le moment où elle ne pourrait plus contenir l'abomination qui enflait dans les tréfonds de son corps. Et tous autour de la table étaient habités par la même peur. Cette peur rampante qui prévient d'un danger imminent auquel la victime captive sait qu'elle ne pourra pas échapper. Cosme K s'installa près de Chiara pour tenter une improbable diversion. Au même moment, Tom laissa échapper sa cuillère sur le sol. Dans le silence, le bruit infime sonna comme un glas. Chiara se mit à hurler. Les enfants se figèrent. Déjà Shu Fang se précipitait pour ramasser l'objet du courroux.

« Sortez d'ici, sortez tous d'ici. Shu Fang, tu es une conne, incapable de surveiller les gosses. Si tu continues je vais détruire ton passeport et te jeter à la rue. Je sais bien que derrière mon dos tu baises avec Raphaël. Sale pute. Sortez. Plus vite que ça, je ne veux plus vous voir, tous. Plus jamais. Je vous hais. Je vous hais tellement… »

Cosme K resta silencieux après que Shu Fang et les enfants eurent disparu par le couloir pour rejoindre l'abri de leurs chambres. Ces excès de violence à l'égard de Shu Fang et de ses propres enfants étaient de plus en plus fréquents et il avait déjà dû s'interposer pour qu'elle n'en vienne pas à des agressions physiques. Il respira longuement. Chiara n'avait pas bougé mais les éclairs de haine dans ses yeux s'estompaient progressivement. Elle sombrait maintenant dans un état apathique presque comateux. Cosme K tenta de lui parler mais, hagarde, elle ne répondit pas. Son regard était absent. Au bout d'un moment la voix de Chiara se fit entendre dans l'air brassé du ventilateur :

« Il me semble parfois que les enfants sont les réincarnations de ceux qui reviennent se venger de nous, qui ne les avons pas aimés assez. Et j'ai peur que ceux-ci soient revenus pour moi. »

*

« Passons par la marina avant de rentrer, il n'est pas si tard. »

Raphaël détourna le taxi de sa route initiale sans attendre la réponse de Cosme K. La soirée ne s'était finalement pas prolongée en boîte faute de volontaires et il était à peine minuit lorsqu'ils composèrent le code qui ouvrait le portillon de la marina. Le *Elsewhere* attendait à sa place habituelle. Raphaël sauta sur le pont sans bruit, un sourire gourmand éclairait son visage. Il contempla son bateau avec satisfaction.

« Tu ne trouves pas que c'est le plus beau bateau du monde ? »

Cosme K s'était assis sur le pont avant. Il avait allumé une cigarette et il observait Raphaël s'activer pour libérer le bateau de ses amarres. Il repensa à leur rencontre ici même et aux étranges semaines qui s'étaient étirées depuis. La coque vibra au moment où Raphaël enclencha le moteur qu'il mit immédiatement en sourdine pour ne pas gêner les quelques navigateurs en escale pour la nuit. Le *Elsewhere* manœuvré avec précision glissa délicatement sur l'eau pour s'extraire des autres embarcations amarrées dans le port. Quand ils furent parvenus en mer, Raphaël poussa le moteur afin de prendre le large le plus rapidement possible. Aucun vent, aucune brise. Cosme K se laissa rafraîchir par les embruns projetés par la coque qui fendait l'eau. Il tentait d'évacuer de son esprit la colère de Chiara et les yeux affolés des enfants. L'image de Shu Fang prisonnière s'entêtait, obsédante. Le bateau accélérait et les lumières de la côte vacillaient avant de disparaître une à une. Cosme K se laissa griser par la vitesse. Dans l'obscurité il avait le sentiment de voler au-dessus des vagues. Il ferma les yeux et l'espace d'un instant il retrouva les feuillages épais de la canopée de son rêve.

« Tu te souviens de notre rencontre à la marina ? »

Raphaël était à la barre, le regard fixé sur le lointain. Entre lui et l'horizon noir il y avait les longs cheveux blonds de Cosme K et la fumée de sa cigarette. Et le silence de Cosme K.

« J'ai l'impression que cette rencontre a eu lieu il y a une éternité. C'est curieux cette sensation de te connaître depuis toujours alors que tu es arrivé il y a seulement quelques semaines.

– Raphaël, il faut que je te parle de ce qui est arrivé ce soir… »

Cosme K avait retardé toute la soirée le moment d'aborder à nouveau le sujet avec Raphaël. Il craignait sa réaction et sa propension au déni. Pourtant, il raconta posément toute la scène en n'omettant aucun détail.

« Chiara doit voir un médecin. Cela risque vraiment de mal se terminer », avait-il conclu, maladroit.

Raphaël était resté silencieux pendant toutes les explications de Cosme K. Et son mutisme se prolongea de longues minutes encore. Il naviguait entre les remous de sa conscience. Cosme K ne le brusqua pas. Il sut être patient et il attendit que Raphaël atteigne seul les rives de ses propres déchirements.

« J'ai bien entendu tout ce que tu as dit. J'ai entendu, ce soir. J'ai entendu les autres fois aussi. Je sais qu'elle ne va pas bien. Je le sais depuis longtemps, depuis que Tom est né. Peut-être même avant. Avant qu'on quitte la France… Quand Tom est né, j'ai failli tout plaquer. Je pensais que j'allais être euphorique, je désirais tant cet enfant. Mais au lieu de cela, j'ai été traversé par des sentiments confus. J'ai pas compris ce qui m'arrivait. Parfois les larmes me surprenaient et je devais me cacher pour pleurer. C'était la première fois que je ressentais une telle mélancolie depuis la mort de mon père. Mais personne n'en a rien su, même pas Chiara. Et je suis reparti au combat avec mes armes habituelles. J'ai retrouvé ma superbe. Personne n'a rien soupçonné. Je me suis sauvé moi-même. Seul. Seul encore. Je n'ai pas vu Chiara sombrer. Je n'ai pas voulu la voir. Maintenant il est trop tard. Tout est fini entre nous. On fait semblant. J'aurais dû partir à ce moment-là, mais Chiara est tombée enceinte à nouveau… »

Il marqua une pause. Les traits de son visage paraissaient soudain sévères, presque tirés. Cosme K l'entendit reprendre sa respiration.

« Je lui parlerai demain. Je te le promets. Je le ferai. S'il le faut je l'amènerai à l'hôpital. Je connais le chef du service psychiatrie. »

Derrière eux, l'obscurité avait avalé les dernières lumières de Singapour. La nuit les enveloppait tout à fait. Ils auraient pu disparaître sans laisser de trace. Cosme K se demanda si Raphaël tiendrait sa promesse. Demain paraissait si loin, si indécis. Il pensa à Shu Fang, là-bas, dans sa pièce minuscule, endormie. Peut-être rêvait-elle malgré tout de son enfant. Peut-être que la photo au-dessus d'elle lui redonnait de la confiance. Elle dormait au cœur du volcan familial. Et les grondements du volcan annonçaient une éruption imminente. Et Cosme K percevait que le lien mystérieux qui les reliait commençait à se tendre. C'était une sensation infime. Presque rien. Mais bientôt ils n'auraient d'autre choix que de compter l'un sur l'autre.

Le bateau vogua quelques miles encore dans le silence. Ils n'échangèrent plus un mot mais s'abandonnèrent à la liberté infinie de la mer de Chine. Raphaël coupa le moteur et s'allongea près de Cosme K. Ils savourèrent chacun de son côté cet effacement du monde connu. Ils étaient seuls entre l'obscurité de l'eau et le scintillement du ciel.

« Tu as vu l'étoile filante ? Regarde, une autre, là ! »

La voix de Raphaël avait retrouvé un peu de son enthousiasme mais Cosme K y décela encore un léger voile de tristesse.

« Cosme K ?

– Oui ?

– Lorsque j'aurai tout réglé avec Chiara et les enfants... Est-ce que tu partiras avec moi sur le bateau ? Quelque part où se cacher... Loin, le plus loin possible. Tout laisser et disparaître. Pour respirer à nouveau... Un endroit perdu, hors des cartes. Là où jamais on ne nous retrouvera. Je rêve souvent de cet endroit... »

Cosme K ne répondit pas immédiatement à Raphaël. Il savait que sa question était un leurre, un numéro d'illusionniste. Il savait aussi que Raphaël n'était dupe de rien. Il lui tendit une cigarette et actionna son briquet. La flamme éclaira leurs deux visages d'une lumière chaude et protectrice. Les cigarettes se consumèrent lentement entre leurs doigts. Deux étincelles incandescentes qui dansaient comme les étoiles au-dessus d'eux. Le roulis régulier du bateau les berça et ils glissèrent dans une douce et fugace somnolence. Et subitement Cosme K se redressa, mû par un sentiment d'urgence qu'il ne maîtrisait pas. Il poussa fermement l'épaule de Raphaël pour le réveiller. Les mots se précipitèrent, secs et fusants, car ils étaient une souffrance pour lui aussi.

« Cet endroit où disparaître, cet endroit dont tu parles Raphaël, je te le dis, cet endroit n'existe pas. »

Et il fut temps de rentrer au port.

*

Sur l'écran, les images de désolation se succédaient sans interruption depuis plusieurs heures maintenant. Dans son hamac, Chiara se berçait, silencieuse, sans un regard sur les événements tragiques qui ébranlaient pourtant la planète entière. Les chaînes d'information continue s'étaient toutes configurées en éditions spéciales depuis le début de l'après-midi. Le tsunami n'avait été d'abord qu'un mot technique, une référence lointaine à quelques catastrophes anciennes. Les spécialistes se succédaient sur les plateaux pour expliquer, cartes à l'appui, le phénomène géologique qui, de par son ampleur exceptionnelle, semblait tous les fasciner. Et ils tentaient de maîtriser leurs voix pour contenir leur enthousiasme d'être les témoins d'un événement scientifique aussi rarissime. Peu à peu, cette abstraction s'incarna en de multiples visages. Les vidéos amateurs postées sur les réseaux sociaux déferlèrent et furent relayées jusque sur les chaînes de télévision qui n'avaient pas encore dépêché de journaliste sur des territoires auxquels habituellement personne ne s'intéressait. Et ces images tremblantes et floues, arrachées à la colère des éléments, dessinèrent une multitude de regards hébétés ou incrédules, innocents ou fous, qui tous étaient traversés par la terreur d'une mort imminente, d'une fin du monde apocalyptique. Des corps flottaient, charriés par les eaux déferlantes dans les rues de villages submergées, d'autres étaient debout tout en haut d'immeubles redoutant les effondrements à venir, d'autres encore se cramponnaient désespérément aux arbres avec les forces qui leur restaient. Et au-dessus de ce chaos inconcevable, au-dessus du bouillonnement assourdissant des eaux sales, on pouvait percevoir des voix. Des appels au secours, des hurlements de douleur et des cris d'enfants qui cherchaient leurs mères.

« Vous avez vu ce qui s'est passé aux Philippines ? s'était écrié Raphaël aussitôt la porte refermée derrière lui. Vous avez vu ces images, c'est sidérant. »

Il s'était assis sur le canapé, après avoir embrassé Chiara sur le front.

« Je ne pouvais plus travailler. J'ai renvoyé tout le monde chez soi et je suis rentré aussi. C'est complètement dingue. Où sont les enfants ? »

Quelques minutes plus tard, Tom, Malo et Aaron sautaient sur le canapé, tentant de capter l'attention de leur père, mais Raphaël restait hypnotisé par les reportages qui saturaient l'information. Rien ne semblait pouvoir le détourner des images retransmises en direct, des interviews de témoins, du nombre ahurissant de victimes qui s'allongeait de minute en minute. Tout le fascinait et il passait d'une chaîne à l'autre avec frénésie pour ne rien rater. Les heures s'étirèrent ainsi jusqu'au soir. Les enfants se lassèrent. Chiara se volatilisa. Et Cosme K se retrouva devant l'écran en compagnie de Raphaël dont les pupilles dilatées semblaient vouloir aspirer en elles le flot d'images ininterrompu comme dans un trou noir. À plusieurs reprises, Cosme K tenta de poser la question qui lui brûlait les lèvres depuis que Raphaël était rentré. À chaque fois ses mots furent avalés par les sons du téléviseur et ignorés de Raphaël. Il finit par renoncer. Il renonça avec regrets. Jamais Raphaël ne tiendrait sa promesse. Jamais il n'appellerait l'hôpital. Jamais il ne parlerait à Chiara. Il ne sauverait personne car en vérité il était incapable de se sauver lui-même. Cosme K alors se sentit libre de s'en aller et il se leva. Raphaël n'y prêta aucune attention.

La plainte de Shu Fang ne fut d'abord qu'un murmure tout juste audible. Presque rien. Une rumeur ténue, à peine identifiable. Des pleurs ravalés. Et puis les gémissements si discrets avaient enflé. Et les sanglots ne pouvant plus être contenus s'étaient déversés en cascade désordonnée. Ils avaient glissé sous la porte close et s'étaient faufilés jusqu'à Cosme K qui venait de se lever pour quitter Raphaël. Et il avait stoppé ses pas. Il avait entendu la longue plainte surgir des profondeurs du corps. Un corps dont la souffrance était si ancienne qu'elle drainait avec elle toutes les humiliations ordinaires, les combats perdus d'avance et les milliers de kilomètres de la séparation. Cosme K écoutait cette douleur qui osait se déverser pour conjurer sa peur et son inquiétude immense. Cosme K s'était figé devant cette porte. La porte derrière laquelle Shu Fang se cachait comme un animal condamné. Il avait posé la paume de sa main sur cette porte et il hésitait. Mais finalement il l'avait poussée et elle s'était entrouverte. Et derrière la porte il y avait le corps menu de Shu Fang plié en deux qui tremblait à genoux. Et derrière la porte il y avait les mains fines de Shu Fang posées sur son visage. Et les larmes de Shu Fang qui colonisaient son visage et glissaient entre ses doigts. Et la longue mèche noire de Shu Fang était collée sur son front. Et la photo de l'enfant était posée sur le sol nu. Cosme K aurait voulu s'approcher de Shu Fang. Il aurait voulu s'accroupir près d'elle et dégager délicatement la longue mèche noire de son front. Il aurait voulu la prendre dans ses bras pour la rassurer. Mais il ne se sentait pas capable d'accueillir cette peine. Pas encore. Malgré tous les chemins parcourus, il n'en eut pas la force et il eut terriblement honte de lui-même. Il referma la porte. Le corps épuisé de Shu Fang disparut. Personne ne s'était soucié de savoir si les êtres qu'elle aimait habitaient quelque part sur ces côtes dévastées par le tsunami.

« Tu viens ? On rejoint Franck à l'Attica. Tout le monde sera là. James aussi. »

Submergé par sa colère et son impuissance, Cosme K n'avait pas entendu Raphaël s'approcher et l'obscénité de sa question était telle qu'il crut ne pas l'avoir comprise.

La climatisation était une nouvelle fois en panne et les palmes du ventilateur au-dessus d'eux peinaient à insuffler un peu de fraîcheur. L'atmosphère était poisseuse et étouffante. La chemise blanche de Raphaël collait à sa peau.

« Bon alors, tu te prépares ? J'ai plus que jamais besoin de sortir et de faire la fête ce soir ! »

Cosme K eut soudain l'impression de tituber. Tout le décor factice s'était mis en mouvement. Les meubles, les tableaux, les jouets et les bibelots formaient une spirale incontrôlable qui s'enroulait autour de lui. Il remarqua l'écran de la télévision redevenu noir et silencieux. Et, au milieu de tout ce fatras, il apercevait, loin, Raphaël, grotesque et pataud. Et la bouche de Raphaël s'ouvrait et se refermait frénétiquement sans qu'il ne comprenne plus une seule de ses paroles.

*

Les premières ombres du soir striaient les baies vitrées de la terrasse quand il se réveilla. Allongé sur le canapé, Cosme K retrouvait peu à peu ses esprits et la conscience du monde autour de lui. Il pensa à Shu Fang. Son sommeil avait été hanté de rêves mélangés dans lesquels le corps aérien de Shu Fang avançait vers lui, dans ses mains elle tenait la photo qu'elle lui tendait et sur la photo se dessinait le petit visage de Kane.

Raphaël se tenait tout près et lui tendait un verre d'eau.

« Tiens, bois, ça va te faire du bien. »

Cosme K regarda Raphaël avec étonnement et une certaine pitié. Une profonde lassitude l'envahissait et il voulut en finir vite.

« Raphaël, ce soir je ne sors pas. Je vais rentrer.

– Tu es malade ? Tu préfères que je reste ici avec toi ?

– Non. Je ne suis pas malade. Cette vie est terminée pour moi. Je le ressens comme cela. C'est ainsi. »

Raphaël accusa le coup. Mais il comprit qu'un gouffre s'était creusé entre eux au fil des nuits et il se sentit brutalement seul. Seul comme il ne l'avait jamais été depuis la mort de son père. Il pensa furtivement à Odile qu'il n'avait plus appelée depuis des mois. Il pensa à son bateau et à la mer de Chine. Il pensa à tous les jours qui lui restaient à vivre. Mais au bout du compte il ravala sa tristesse.

« J'ai toujours su que ta présence ici n'était qu'une parenthèse. Je le sais depuis notre première rencontre. Pourtant, j'avais fini par me persuader que ce moment n'arriverait pas. Pas si vite. »

Ils sortirent ensemble de l'appartement. Dans l'ascenseur, Raphaël ajusta le col de sa chemise et les plis de sa veste dans la glace. Cosme K examina aussi son allure mais, à l'inverse de celle de Raphaël, elle lui parut bien terne. Tout cela n'avait plus aucune espèce d'importance. Par inadvertance leurs regards se croisèrent dans le reflet du miroir et pour la première fois ils en ressentirent tous les deux une gêne.

« Tu as encore une tâche à accomplir ici avant de partir. »

Raphaël fouilla dans son portefeuille et en sortit un morceau de papier plié en quatre qu'il lui tendit.

« Tiens, c'est là que tu trouveras Ivan, dans le quartier indien. C'est ce que mon informateur m'a dit. J'ai toute confiance en lui. »

Cosme K se saisit du bout de papier et le déplia. Quelques mots qui devaient constituer une adresse étaient écrits en lettres majuscules. Il ressentit un soulagement immense et il reprit confiance. L'espoir de retrouver Ivan était là, sur ce bout de papier. Après les errances dans la vacuité des nuits de Singapour, le fil de son voyage reprenait son cours.

« Merci Raphaël. Je ne partirai pas sans t'avoir raconté si je l'ai trouvé.

– Ne me remercie pas. J'ai ce papier dans mon portefeuille depuis des jours. Je me refusais à te le donner par peur que tu reprennes aussitôt la route. Je suis désolé. »

L'ascenseur s'arrêta au rez-de-chaussée. Ils firent un détour jusqu'à la piscine sans plus échanger une parole. L'alexandrite dans la poche de Cosme K reprenait de la vigueur, elle se parait de couleurs nouvelles. Raphaël embrassa ses enfants qui profitaient de la douceur du soir pour une dernière baignade, et il rejoignit le taxi qui l'attendait déjà devant l'entrée. Sur le petit sentier, il se retourna plusieurs fois, gesticulant comme un pantin perdu au milieu d'une végétation dévorante. Les enfants déjà étaient retournés à leurs jeux aquatiques et ne prirent pas la peine de répondre à ses appels désespérés.

Cosme K s'éternisa aux abords de la piscine. Face à lui, Shu Fang veillait sur les enfants. Aucune trace sur son visage du chagrin insondable qui la pliait en deux tout à l'heure. La douleur semblait s'être évaporée, mais Cosme K ne douta pas un instant de ce qu'il avait entraperçu derrière la porte. Shu Fang avait remonté les plis de sa robe au-dessus de ses genoux et laissait ses pieds effleurer l'eau calme. Parfois elle plongeait timidement quelques orteils et observait les vaguelettes osciller à la surface. Cosme K s'assit à son tour. Des fragments du rêve qu'il avait fait quelques instants plus tôt sur le canapé de Raphaël ressurgirent à sa conscience et il fut brusquement envahi par le désir irrépressible de dire tout haut le prénom de la jeune *maid*. Les jardins alentour se vidaient peu à peu et Cosme K fut pris d'un délicieux vertige en sentant le monde déserté autour d'eux. L'obscurité s'installait et dans le fond de la piscine les néons avaient pris le relais de la lumière du jour, projetant un bleu éclatant sur les corps nus des enfants. La nuit les assaillait mais le halo phosphorescent qui flottait au-dessus de l'eau semblait les protéger de tous les tsunamis et de toutes les colères. Et dans cette ambiance devenue irréelle, une nouvelle fois, le prénom de la *maid* effleura les lèvres de Cosme K, mais le rire d'un enfant écorcha le silence et la mèche noire de Shu Fang se souleva sur son front. Cosme K, à cet instant, connut l'ivresse rare de sortir de lui-même, de glisser dans le vide, de se disperser dans la pensée de l'eau. Il en oublia toutes les lourdeurs des mondes connus et des frontières traversées. Il considéra la multitude de circonstances fortuites qui l'avaient mené jusqu'au bord de cette piscine. Il chercha entre elles quelques rapports puis rapidement y renonça. Cela n'avait aucune importance. Shu Fang s'était redressée. L'heure tardive annonçait le coucher des enfants. Il l'observa rassembler les serviettes et les jouets épars. À aucun moment ils n'avaient échangé une parole, un regard. Elle attendait les enfants à présent, patiente et attentive. Elle leva les yeux vers le ciel. La nuit était un trou au-dessus d'eux, prêt à les aspirer. Et dans ces profondeurs abyssales, Cosme K se demanda si elle voyait les mêmes étendues diffuses que lui. Les mêmes béances dans le temps et l'espace. « Shu Fang. » Il avait prononcé le prénom si longtemps retenu. « Shu Fang. » Une nouvelle fois, il entendait sa propre voix sans la reconnaître vraiment, une voix extérieure, presque inconnue, venue des limites obscures de ses propres rêves. Et de l'autre côté de la piscine, cette voix si fragile fut pourtant saisie. Elle atteignit sa cible sans violence, presque par hasard. Et de l'autre côté de l'étendue d'eau turquoise, une femme se tenait debout. Debout dans la nuit, elle reconnaissait son prénom. Elle avait entendu chaque syllabe distinctement. Et cette femme debout répondit à l'appel de son prénom par un regard, un regard unique et pénétrant. Un regard presque accidentel qui avait connu toutes les trahisons. Un regard qui partout cherchait l'enfant qui attendait de l'autre côté de la même nuit. Et dans ce regard, Cosme K chercha les reflets de sa propre existence. Depuis Maman Jane sous les pommiers en fleurs jusqu'à la mèche noire de Shu Fang. Il repensa à l'alexandrite qui attendait qu'il tienne enfin sa promesse. Il se redressa à son tour, mu par la nécessité impérieuse de retrouver Ivan dans les délais les plus brefs. Quelque chose s'était dénoué ce soir. Il était à nouveau libre de poursuivre sa route. Il déplia une nouvelle fois le papier froissé sur lequel une écriture épaisse avait tracé en lettres serrées le nom d'une impasse, au fond de laquelle, peut-être, il trouverait Ivan.

Dans les allées vertes et sombres, les longues feuilles formaient un écrin sur le passage de Cosme K. Il lui sembla que la puissance de la nature était partout autour de lui. À chacun de ses pas elle pénétrait son corps pour lui donner confiance en sa capacité à trouver Ivan et à accomplir d'autres choses. Une force l'habitait. Une métamorphose lente opérait en lui. Au moment de quitter les jardins, il se retourna. Shu Fang et les enfants avaient disparu. Le halo suspendu au-dessus de la piscine devenait insignifiant. Le ciel était vide. Il murmura le prénom et demanda aux créatures célestes de veiller sur le sommeil agité de Shu Fang.

*

Le quartier indien de Singapour semblait s'étirer indéfiniment sous les sandales tissées de Cosme K. Depuis qu'il avait quitté Serangoon Road, colonne vertébrale de Little India, la fatigue infiltrait sournoisement ses muscles et ralentissait le rythme de ses pas sur l'asphalte encore tiède. Malgré la nuit installée depuis plusieurs heures sur la mégapole, une chaleur moite s'échappait en gouttes épaisses de tous les pores dilatés de sa peau, transformant les tissus légers de ses vêtements en une membrane translucide d'insecte en mutation. Provenant des échoppes et des étals du marché nocturne, des cris et ricanements percutaient Cosme K en cascade. Dans l'étroitesse des passages, d'autres corps suintants le frôlaient, le bousculaient parfois et il se surprit à en ressentir un certain dégoût. Sur les peaux jaunes et les cheveux mats, entre les gestes furtifs et désordonnés se répandaient les lueurs frêles des guirlandes multicolores tendues de manière anarchique entre les bâtiments. Et cet éclairage parcellaire renforçait l'irréalité des scènes qui s'entrecroisaient sous ses yeux et dont il ne pouvait être que le spectateur ignorant et abusé. Il tenta de s'extraire de l'épicentre de ce grouillement de dialectes inconnus, d'odeurs de cumin, de curry et de fritures mêlées. Il s'engouffra à plusieurs reprises dans des ruelles parallèles avec l'espoir de retrouver l'apaisement et le souffle d'un air libéré des relents viciés. Mais à chaque fois sa fuite échouait et il finissait irrémédiablement par se faire happer, puis avaler de nouveau par la bête insatiable. Et dans son ventre obèse, la foule criarde et puante l'assaillait jusqu'à l'écœurement.

Cosme K voulut abdiquer. Il se demanda s'il aurait dû attendre le jour pour s'aventurer dans ces quartiers inconnus, absents des cartes et des plans. De guerre lasse, il s'abandonna, sans plus de résistance, aux convulsions erratiques et lancinantes de cet interminable tube digestif. Tout autour, les corps se pressèrent contre lui et cette vague humaine le souleva, soudain protectrice et caressante. La respiration de Cosme K redevint régulière et la nausée s'estompa. Il ferma les yeux. Au bout d'un temps que Cosme K ne sut mesurer, il les rouvrit. L'agitation ne lui parvenait plus que lointaine et assourdie. Il était seul, la foule s'était rétractée dans les rues avoisinantes, le laissant exactement à l'endroit où il devait être. Devant lui, un escalier de bois s'agrippait à la façade d'une haute maison coloniale aux volets colorés. Au fond de sa poche, il devinait l'alexandrite changer de couleur, impatiente. C'est bien ici qu'on l'attendait. Et Cosme K se demanda pourquoi il avait mis tout ce temps pour arriver jusque-là, perdu dans les mille vies de Raphaël.

Il patienta dans la pièce carrée et presque aveugle. Assis sur un immense tapis, noué de motifs géométriques traditionnels, il scrutait les multiples détails des boiseries sculptées qui ornaient les murs sombres. Au-dessus de sa tête des serpents s'entrelaçaient, se dressaient et rampaient d'un bout à l'autre du plafond. Ils semblaient menacer de leurs yeux jaunes les profanateurs de ce sanctuaire. La jeune femme qui l'avait accueilli sévèrement tout à l'heure traversa la pièce devant lui, pieds nus et assurés, mais sans lui accorder d'attention. Sa longue tunique fendue sur les deux côtés déplaça dans l'air des effluves sucrés qui restèrent suspendus bien après qu'elle eut disparu derrière la porte en papier. Après le vacarme de la rue, le lieu était propice à la rêverie ou au recueillement et Cosme K convoqua les esprits errants, les morts et les souvenirs. L'alexandrite d'Olga roulait entre ses doigts. Il écouta sa respiration profonde et calme. Il écouta son cœur battre contre sa poitrine.

Et dans ce havre de paix, cet autre lieu, hors du monde, il comprit que rien n'était jamais véritablement perdu. En somme, il suffit de savoir se rattraper. Tout le monde peut se rattraper d'une quelconque façon. Peut-être que je n'ai pas perdu tout ce temps. Peut-être que le bout de la terre est tout proche. La fin du voyage. La jeune femme aux pieds nus vint le chercher et l'escorta à travers plusieurs pièces en enfilade qui étaient conçues sur le même modèle. Elle le laissa devant une porte et lui indiqua d'un léger mouvement de la tête qu'il était autorisé à entrer.

*

Au fond de la pièce qui s'allongeait comme un corridor, un très vieil homme était assoupi. Assis en tailleur sur une pile de matelas aux motifs variés, il portait une tunique de soie de laquelle émergeaient ses pieds nus aux orteils déformés. Sa nuque complètement relâchée laissait entrevoir un crâne lisse qui masquait à Cosme K les traits du visage. Les mains étonnamment fines reposaient sur les genoux. Le reste de la salle était nu. L'encens imprégnait l'air confiné par de lourdes tentures qui tamisaient la lumière de l'aube naissante. À travers l'une des minuscules fenêtres, le chant inquiet d'un oiseau inconnu s'aventurait jusqu'à eux, puis s'évanouissait et le silence s'installait dans tout l'espace qui séparait Cosme K de l'aïeul.

Immobile dans l'embrasure de la porte, Cosme K n'osait faire le pas de plus qui risquait de rompre l'équilibre de cette composition rassurante mais fragile, un appel au calme et à la sérénité après le grouillement des rues et l'emballement du monde extérieur. Il décida d'attendre encore. Plus rien ne pressait, et il ferma les yeux. Les chants des mésanges du verger se confondirent avec celui de l'oiseau inconnu dans un rétrécissement fulgurant du temps. Dans sa poche, il pouvait ressentir les pulsations de l'alexandrite. Cosme K en était certain, le centenaire assis en tailleur, face à lui, était bien Ivan. Il glissa sa main dans sa poche et la pierre précieuse roula entre ses doigts.

« Tu m'as cherché longtemps, Cosme K. »

La voix était claire, comme celle d'un enfant. Cosme K ouvrit les yeux. Le vieillard avait parlé. Mais il n'avait toujours pas levé son visage vers lui.

« Approche, approche, Cosme K. Viens près de moi. Tu arrives d'un pays lointain. Un pays cher à ma mémoire. Je sais la fatigue des longues traversées. Je sais ce qu'il en coûte à un homme. Approche. N'aie aucune crainte. Je te connais déjà. »

Cosme K s'avança lentement. Et pendant qu'il traversait la pièce, l'oiseau à nouveau chanta.

« Entends-tu ? Entends-tu chanter l'oiseau ? C'est une grive de Sibérie. Je ne l'ai jamais vue et pourtant elle est mon plus fidèle compagnon. Chaque jour elle chante pour moi. Il y a des circonstances où le chant d'un oiseau est la seule humanité qui reste. »

Cosme K s'était agenouillé juste en face du vieil homme, si près de lui que des images de sable et de vent, de terres gelées et de cristaux de sel, l'envahirent. Et l'espace étroit de la pièce sembla soudain se dilater comme si les murs voulaient se dissoudre pour laisser place à un autre décor dans une rotation vertigineuse du temps sur son axe. Mais Ivan, lentement, redressa la nuque et l'enchantement se brisa sur son regard bleu pâle envoûtant et sur son oreille droite fendue de bas en haut. Dans l'esprit de Cosme K se ruèrent des fragments épars de visions, des idées obsédantes, des souvenirs intempestifs. Mais le vieil homme s'adressa à lui :

« Tu t'interroges sur toutes ces coïncidences. Ces liens que tu crois deviner entre ceux que tu as croisés dans tous les mondes que tu as traversés. Ne cherche pas. Ne perds pas de temps. La faille est toujours ouverte. Le passé, le présent, le futur n'ont pas d'importance. Seul le chemin compte. Et sur le chemin, les guides qui t'ont indiqué la direction quand tu étais perdu. »

Les paroles d'Ivan eurent un effet immédiat sur Cosme K. Son agitation s'estompa et une sérénité nouvelle éloigna ses questionnements.

« Aujourd'hui tu es ici, avec moi. Tu as fait le chemin. Tu as tenu ta promesse. Tu brises une dernière fois mon cœur. »

Une chaleur intense émanait de ce visage usé qui semblait avoir survécu à des âges immémoriaux.

« Oui, tu as tenu ta promesse. Je n'ai pas su tenir la mienne. J'ai essayé. J'ai tout tenté. Mais j'ai échoué. Je me souviens de la promesse faite à Olga. C'était il y a mille ans. Pourtant les mots résonnent encore dans ma mémoire aussi distinctement que le chant de la grive de Sibérie. »

L'alexandrite est entre leurs mains. Elle transite des doigts de Cosme K à ceux d'Ivan. Leurs peaux s'effleurent. Et les reflets vermillon de la pierre miroitent dans les yeux délavés d'Ivan comme une flamme hésitante qui refuse de mourir.

*

Le camp est gelé. Le sol dur comme du béton. Cette nuit, un gardien est mort de froid contre un arbre en surveillant l'entrée. Lorsqu'ils sont venus le chercher tout à l'heure, ils ont dû scier un morceau d'écorce pour le détacher du tronc. Ils l'ont porté jusqu'aux baraquements comme on porte une poutre encombrante. La faim dévore mon esprit et je n'ai éprouvé aucune compassion face à ce spectacle. Ici, la neige ensevelit tout, même notre humanité. Le sifflement du blizzard a remplacé le chant des grives de Sibérie. Il faut tenir jusqu'à l'été.

*

Nous courons. Je sens les broussailles fouetter mes mollets. Des branches fines cisaillent mon visage. Nous courons. J'entends les brindilles et les feuilles écrasées sous mes pas. J'entends nos souffles qui se répondent, au bord de l'asphyxie. Nous courons jusqu'à ne plus pouvoir. Au-delà des pauvres forces qui nous restent. Jusqu'à ne plus apercevoir aucun des miradors. Jusqu'à devenir invisibles. Peut-être. Nous nous écroulons, haletants, sur la terre humide de la forêt. Les odeurs de mousse, de fougères et d'humus me submergent. Au-dessus de moi, la cime des arbres vibre. Le bleu du ciel est trouble. Le décor est mouvant. Je résiste à l'envie de régurgiter le morceau de pain noir avalé avant le départ. Je ferme les yeux. Au bout de quelques minutes, je peux respirer normalement. Je voudrais ne plus bouger. Rester là. Me laisser bercer par l'air doux du printemps longtemps espéré. Mais près de moi Grishka est debout. Prêt à repartir. Je me redresse à mon tour. Nos regards se croisent, nous sommes presque gênés. On dirait que nous avons soudain peur de notre laideur réciproque. Hors du camp notre dégénérescence devient indécente.

« Nous avons réussi », dit-il.

Aucune euphorie ne se lit sur nos visages. Rien que de la peur. Nous avons le corps crayeux et les doigts morts. La peur et le doute. Autour de nous je devine les espaces infinis prêts à nous avaler. Mais la poigne autoritaire de Grishka me saisit par le bras pour m'entraîner à sa suite. Une grive chante enfin. La première grive après l'hiver. Et l'urgence absolue de la fuite nous remet en mouvement. Devant moi les semelles usées de Grishka me précipitent vers l'inconnu.

⋆

Des milliers de kilomètres derrière nous. La toundra sibérienne pelée. Nous marchons la nuit le long des rails du Transsibérien, dormons le jour dans les fossés, évitons les villages et les mauvaises rencontres. Parfois nous nous accrochons à un wagon. Nous sommes sales et maigres, identifiables par n'importe quel gamin. Nous volons des œufs et des légumes dans des fermes isolées. Quelques vêtements oubliés sur un fil. La plupart du temps, nous nous contentons de racines et de baies. Lorsque nous nous arrêtons, j'écoute Grishka raconter le port de Singapour. Il rêve de la ville-monde, grouillante et anonyme, dans laquelle disparaître. Les lourds cargos quittent le continent et glissent sur la mer de Chine vers des terres lointaines plus hospitalières. Il raconte avec mille détails, lui qui n'était jamais parti de Bargouzine avant son arrestation. J'écoute en silence. Le rêve reste la plus belle des aventures.

*

Enfin arrivent les plaines de Mongolie et les fournaises du désert de Gobi. La frontière est derrière nous. Ici nous ne sommes plus des fantômes, seulement des étrangers. Nous pouvons échanger notre force de travail contre des beignets, des ravioles et même de la viande de mouton. Nous traversons les forêts tropicales du Xishuangbanna et la jungle vietnamienne. Toujours plus au sud, jusqu'à l'extrême limite de ce continent qui a voulu nous piéger plus de mille fois. Et les longs monologues de Grishka se font de plus en plus avides au fur et à mesure que nous approchons du but. Étendue infinie des possibles, emballements de destins prometteurs. Et sur le visage de mon ami, je vois le sang qui afflue de nouveau. Je peux presque entendre son pouls qui s'accélère. Mais le flot incessant de ses paroles me parvient assourdi, étouffé par mes propres errements. Car chaque jour passé, chaque kilomètre avalé, me déchire un peu plus. Je me trouve si loin d'Olga à présent, sans espoir d'un retour prochain. La vacuité de mon évasion m'apparaît dans toute son horreur. Mon égoïsme m'étouffe de remords. Un matin, nous pénétrons dans le chaos de la mégapole tant espérée. Drapé de mes guenilles et de ma puanteur, j'ai l'impression d'être l'ombre d'une ombre qui s'est enlisée.

★

Je laisse partir Grishka. Jusqu'au dernier moment j'ai hésité à embarquer avec lui. Mais je ne peux dire définitivement adieu à Olga. Il a trouvé un poste sur un cargo chargé d'étain et de caoutchouc. Dans quelques semaines il aura rejoint l'Amérique du Sud. Sur le pont, il me fait de grands gestes outranciers. Il ne peut contenir son excitation. Il m'a fait promettre de le retrouver là-bas dès qu'Olga m'aura rejoint. Il sera sans doute assis sur une montagne d'or. J'ai promis. Mon regard se perd dans le sillage du navire qui disparaît. Je ne reverrai jamais Grishka. Rester sur cette terre, c'est encore maintenir un lien physique, un possible. Le souvenir de ma dernière nuit avec Olga, la nuit avant mon arrestation à l'université, me submerge. J'avais apporté l'alexandrite ce soir-là. La mystérieuse alexandrite que mon grand-père avait trouvée lorsqu'il combattait les blancs. Je l'ai suspendue au cou d'Olga comme une promesse. « À chaque fois que l'alexandrite changera de couleur sur ta peau, tu penseras à moi, Olga, à ma respiration, à mon souffle. » Je me retourne, face à moi Singapour se dresse et veut m'ensevelir. Je m'élance, prêt pour ce combat contre le temps.

★

« Longtemps après, j'ai reçu la première lettre d'Olga. Je n'étais plus un jeune homme depuis longtemps déjà. Et lorsque les frontières s'ouvrirent enfin il était bien trop tard. J'étais devenu un vieillard. Qu'aurions-nous vu ? Qu'aurions-nous reconnu ? Nos visages difformes. Nos corps asséchés et lourds. Nos peaux rugueuses. Nos mémoires défaillantes.

L'indicible de toutes les années passées loin l'un de l'autre. Le désordre de nos vies étrangères. Le quotidien étriqué de nos manies. Alors nous avons choisi les mots. Les mots et les souvenirs. Nous avons choisi de préserver l'essentiel. Les sentiments. Ceux que nous avions gardés intacts envers et contre tout. Contre l'histoire et la géographie. Contre l'injustice des forces qui ont façonné nos destins. Nous avons choisi la séparation encore. Et semaine après semaine, nous avons déversé nos vies sur le papier. Par ses lettres, je connais tout de la vie d'Olga. Tout ce qu'elle a bien voulu écrire. L'important et le futile. Elle connaît tout de la mienne. Et bien sûr, je te connais, toi, Cosme K. Puisque tu es là, devant moi, je comprends qu'Olga est morte. Elle m'a annoncé ta venue dans sa dernière lettre. "Cosme K sera mon messager, il portera l'alexandrite jusqu'à toi." »

Cosme K ne peut s'empêcher d'interrompre Ivan. « Mais pourquoi Olga ne m'a-t-elle pas donné l'adresse puisqu'elle la connaissait ? »

Ivan sourit. « L'important c'est le chemin. Ce n'est pas la destination. Une dernière offrande d'Olga pour toi sans doute. Tu as pris ton temps pour faire ce chemin. C'est bien ainsi. Merci d'avoir fait le chemin. Mais à présent tu dois me laisser avec mon chagrin. Je dois veiller sur ma peine immense. Je dois la bercer tout contre mon cœur dans la solitude des regrets éternels. »

*

Cosme K quitta la maison d'Ivan sans escorte. Dans les longs couloirs sombres, ses pas ne faisaient aucun bruit, nul ne l'entendait, il ne dérangeait rien. Les pièces qu'il traversait semblaient s'être vidées subitement de leurs hôtes. Même l'oiseau dehors s'était tu. Envolé peut-être. Au sein de cette étrange solitude, Cosme K comprit qu'en vérité il avançait dans le silence recueilli d'un tombeau. Et plus il s'éloignait, plus la chaleur du sourire d'Ivan se retirait de sa peau. Il avait l'impression de se délester de quelque chose d'encombrant. Une mue discrète mais déterminée. L'œuvre souterraine du vieillard à l'oreille fendue se poursuivait au-delà de leurs conversations, au-delà des territoires et des temporalités.

« Tôt ou tard la route revient à son point de départ. Tu ne pourras pas fuir indéfiniment, la terre est ronde. Tout commence et tout finit au même endroit. Ne commets pas la même erreur que moi. C'est là que tu trouveras ce que tu cherches, nulle part ailleurs. Va, Cosme K, défais-toi de cette mystérieuse lettre qui leste ton prénom de trop de chagrin. »

Cosme K se surprit à murmurer une prière. Une prière qui remontait de l'enfance. *Au-delà du ciel bleu, bien loin de cette terre.* Il tenta de pincer les lèvres pour arrêter les mots anciens. Faut pas laisser les mots sortir. Les mots archaïques, les mots tordus, les mots douloureux. Mais, malgré sa résistance, le murmure entre ses lèvres se poursuivait. *Il est un doux repos dans la maison du Père.* Cosme K ne pouvait le contenir et le murmure se déchirait en une douce plainte. *Où le péché, la mort, la douleur ne sont plus.* Il se souvenait exactement de chaque mot, de chaque verset, de chaque ligne sur lesquelles s'enfilaient de minuscules lettres grises sur le papier si fin et si léger. *Dans un bonheur parfait nous verrons à toute heure.* Sans effort les mots se frayaient un passage et se faufilaient dans les courants d'air des corridors. Petits fantômes insaisissables. *Au-delà du ciel bleu, l'Ami le plus fidèle, nous aime.* Des larmes roulaient sur les joues creusées de Cosme K, les mêmes larmes lourdes qui n'avaient plus coulé depuis si longtemps. Depuis que, là-bas dans le verger en fleurs, il s'inventait des petites comptines sous les pommiers. Si je ferme les yeux très fort et que je compte jusqu'à dix, Maman Jane passera le dos de sa main sur ma joue comme avant. Un, deux, trois… Faut pas laisser les mots sortir.

Maintenant la porte est face à lui. Une porte close et lourde. L'aube est proche. Avec le dos de sa main, Cosme K efface les larmes sur ses joues. Il jette un regard par-dessus son épaule. Ce qui a eu lieu ici. Ce qui n'a pas eu lieu. Il hésite à refaire le trajet en sens inverse. S'assurer qu'au bout de l'enfilade de pièces identiques, Ivan est toujours assis sur ses matelas colorés, les mains posées sur ses genoux, le visage éclairé d'une bienfaitrice lumière. Mais l'oiseau chante. L'oiseau chante et Cosme K comprend enfin. C'est un signal. La petite grive de Sibérie est venue de si loin, elle aussi. Il a mis du temps à comprendre. Quand on ne sait pas, on continue d'explorer. Il pose sa main sur la poignée forgée. Il n'y a pas de limite aux mondes connus. On poursuit toujours la trace des premières brisures. Brisures qui se sont muées en failles et qu'on ne voit même plus tellement elles sont devenues énormes. La porte s'ouvre sous sa pression. Cosme K descend l'unique marche. Il prend le temps de respirer. La moiteur et le grouillement de la rue l'assaillent à nouveau. Ses yeux encore humides brillent sous la lumière de la lune. Il sourit face à l'ombre d'une mémoire plus vaste que la sienne et il se jette dans le flot continu de tous ces êtres qui ne le connaîtront jamais. Il sourit. Il sourit, ivre de cette découverte.

⋆

Cosme K a ouvert la porte de l'appartement. Il est venu pour annoncer qu'il avait retrouvé Ivan. Demain il quitte Singapour. En entrant, il n'a perçu que les éléments du décor qui lui étaient familiers : l'énorme bouddha coloré, le hamac en corde suspendu, le palmier éventail dans son pot en céramique Ming, le ventilateur statique au plafond… Son regard s'est posé avec lenteur et insistance sur chaque objet. Et il a recommencé plusieurs fois comme pour se rassasier de la banalité du quotidien et de l'ordonnancement apaisant des choses immobiles. Pourtant un pressentiment l'avait surpris dès son réveil et l'avait précipité dans un taxi à l'heure où les bureaux des multinationales déversent leurs employés déracinés dans les artères de la ville. Les quelques kilomètres qui séparent le foyer de travailleurs du quartier de Bukit Timah furent interminables tant la circulation était dense. Par la vitre, Cosme K avait eu l'impression de traverser un monde au ralenti. Au pied de la tour, il s'était extirpé du véhicule, avait payé le conducteur et sans attendre sa monnaie, s'était élancé dans les allées luxuriantes et vides. Rarement ses jambes n'avaient été si lourdes et ses enjambées si maladroites. Plusieurs fois il avait évité la chute. Debout près de la piscine, le gardien, un balai à la main, avait observé sans émotion ce long travelling désarticulé. Dans l'ascenseur, Cosme K avait écouté son souffle court et découvert dans la glace son visage déformé par l'inquiétude.

Mais à présent dans l'appartement douillet, il se dit que peut-être son esprit tortueux a fait fausse route. Tout semble tellement à sa place autour de lui. Il reconnaît chaque chose. Et son refus d'appréhender l'autre vérité, l'envers du décor qu'il a pourtant maintes fois transpercé, s'éternise encore de longues secondes. Finalement l'étrangeté percute son champ de vision : deux chaises à terre, des ramboutans qui ont roulé au pied du bouddha, des cartes éparpillées sur le sol… Sur le tapis de Kashan des taches d'humidité qui se mêlent aux figures orientales… Cosme K s'est arrêté de respirer. Il connaît le mal qui se terre ici. Immobile, aux aguets, il écoute, terrifié par ce qui est censé advenir à présent. Le murmure des choses, témoins inutiles, se faufile sur le parquet, s'échappe sous la porte d'entrée. Le silence emplit l'appartement comme un défi. Un silence comme un couvercle qui étouffe et ordonne les faux-semblants. La banalité du mal dans les sanctuaires des familles. Les cris et les coups. Cosme K repense aux mots de Chiara. Ses regards sans âme prêts à fusiller.

Un bruit discret le ramène à l'instant. Un bruit discret. Un frôlement quelque part dans l'appartement. Cosme K se remet en action, il pousse toutes les portes, il crie, il appelle. La porte de la chambre de Shu Fang est verrouillée de l'intérieur. Il agite le loquet. Il frappe. Il pose son oreille sur la serrure. Une respiration. « Je jouais avec les enfants, là, sur le tapis. Juste après la sieste. On joue toujours sur le tapis... » Shu Fang s'est mise à parler dès que la porte a cédé sous les coups de Cosme K. Elle parle sans précipitation, elle murmure presque, comme si elle avait peur de réveiller les enfants. « Chiara était dans le hamac. En pyjama. Elle ne s'était pas habillée de la journée. Elle se traînait depuis le matin de sa chambre au hamac. Elle n'a pas parlé. Elle n'a rien dit. Ni à moi, ni aux enfants. Rien de toute la journée. Elle était là, c'est tout. Elle me regardait. Elle regardait les enfants mais elle ne disait rien. Au moment du déjeuner je lui ai demandé si elle souhaitait que je lui prépare quelque chose. Elle n'a pas répondu. Les enfants étaient joyeux. Ils couraient partout. Elle ne s'agaçait pas. Parfois ils allaient la voir, tentaient de monter dans le hamac avec elle. Mais elle les repoussait. Sans violence, mais elle les repoussait systématiquement. Je sentais son regard posé sur chacun de mes gestes. Il charriait des lumières étranges que je n'avais encore jamais vues. D'habitude il glisse sur les choses, il est absent. Pas aujourd'hui, non, pas aujourd'hui. On jouait sur le tapis tous les quatre. Les enfants riaient. »

Tout en parlant, Shu Fang caresse machinalement les cheveux de Tom, dont la tête repose sur ses genoux. « Quand Chiara a prononcé ses premiers mots de la journée j'ai sursauté. "Peux-tu aller chercher des fruits frais Shu Fang, j'ai envie de fruits frais." Je l'ai regardée. J'ai hésité. Elle a répété plus fort. Et son regard était tellement lumineux que j'ai dû baisser les yeux. Je me suis levée. J'ai dit aux enfants que je revenais, d'être sage et silencieux en mon absence. J'ai pris le porte-monnaie et un sac et j'ai ouvert la porte. Après avoir refermé la porte derrière moi, je me suis mise à courir. Comme si instinctivement j'avais compris que le temps était compté et que ce qui allait arriver dépendait de la vitesse à laquelle je parviendrai à revenir du marché aux fruits. »

Shu Fang marque une pause. Elle soupire longuement. La mèche sur son front est immobile. Elle reprend, sa voix tremble un peu. « Quand je suis revenue, il ne s'était écoulé que trente minutes. J'ai ouvert la porte à bout de souffle. Le salon était vide. J'ai voulu poser les fruits sur le rebord de la table mais le sac m'a échappé des mains. Des ramboutans ont roulé sur le sol. J'ai appelé les enfants. Il n'y avait aucun bruit. J'ai avancé dans le couloir. Les chambres étaient vides. Tout au fond de l'appartement, la porte de la salle de bains était entrouverte. Je me suis approchée. J'ai poussé la porte. Ils étaient là. Tous les trois. Dans l'eau de la baignoire. Ils aimaient tellement l'eau. »

Shu Fang s'est arrêtée de parler. Elle pleure sans bruit. Cosme K imagine ce qui s'est passé ensuite. Elle a sorti les corps inanimés de l'eau, un à un. Elle les a portés tout contre son corps jusqu'à sa chambre. C'est ce que disent les traces d'eau dans le salon et les vêtements encore humides de Shu Fang. Elle a allongé les trois petits corps nus autour d'elle comme s'ils dormaient.

Cosme K a pris la main de Shu Fang. Il tremble aussi. Il ne peut détacher son regard des enfants morts. Tout se bouscule dans sa tête. Il dit : « Où est Chiara ? Où est Chiara ? »

Shu Fang caresse toujours les cheveux de Tom. Elle ne semble pas comprendre sa question. Il se demande ce qu'il est censé faire. Ses pensées se bousculent. Appeler Raphaël ? La police ? Mais sur le mur, la photo de l'enfant est un cri. Et tout devient simple pour Cosme K. Sauver Shu Fang, c'est cela qu'il doit faire. Il ne tremble plus. Tout lui paraît limpide à présent. Il demande : « Comment s'appelle-t-il ? » Elle répond : « Tao. » Avec douceur, il relève Shu Fang, l'entraîne dans la salle de bains et ouvre la douche. Pendant qu'elle se rince et se change, il fouille le bureau de

Raphaël et trouve sans trop de difficulté le passeport dans le dossier « Home maid ». Il se saisit d'un sac et retourne dans la chambre de Shu Fang pour ramasser les quelques affaires qui lui appartiennent. Il arrache aussi la photo de Tao qu'il glisse dans une poche intérieure du sac. Il accomplit toutes ses actions de manière automatique comme s'il avait tout prémédité. Dès que Shu Fang ressort de la salle de bains, il lui explique qu'elle ne peut pas rester ici.

« Je ne sais pas ce que Chiara va affirmer. Peut-être est-elle déjà à la police. Je ne sais pas ce qui va se passer maintenant pour toi, ici. » Shu Fang est en pleurs mais elle ne résiste pas. Ensemble, ils montent dans un taxi. Par la vitre les immeubles et les villas cossus de Bukit Timah semblent vouloir s'effondrer sur leur passage.

*

Au cœur de l'aéroport de Changi, Cosme K tient toujours la main de Shu Fang dans la sienne. De l'autre, il porte le sac presque vide. Il scrute les panneaux et les directions. Il fend la foule compacte et hystérique. Il n'entend pas les cris et les protestations. Ses grandes enjambées ne souffrent aucune résistance. Seul le regard de Shu Fang désespérément posé sur sa nuque le relie encore à la réalité de ce qu'il fait. Parvenu jusqu'au comptoir, il demande : « Le premier avion pour Manille, s'il vous plaît. » Ce sont les premiers mots qu'il prononce depuis qu'ils ont quitté l'appartement. Il sent la peau de Shu Fang palpiter sous ses doigts. Devant le poste de contrôle, il se retourne vers elle. Il lâche sa main pour lui remettre le billet et un peu d'argent. Le téléphone ne cesse de vibrer dans sa poche. Raphaël cherche à le joindre. C'est le seul qui connaisse le numéro. « Rentre chez toi, va retrouver Tao. » Shu Fang pleure. Une annonce envahit l'aéroport pour appeler au calme la foule qui se déverse en un flot continu. Shu Fang reprend la main de Cosme K.

« Viens avec moi. » Ils restent immobiles, défiant leurs destins. Une autre annonce grésille depuis les haut-parleurs, appelant les passagers rapatriés à se présenter dans une salle de transit. Cosme K ne peut plus entendre le silence suppliant de Shu Fang.

C'est terminé. Cosme K se retrouve seul. Seul au milieu de l'immense hall des départs de l'aéroport de Changi. Il est pris dans les vagues irrégulières des touristes aux visages dévastés qu'on exfiltre loin de la désolation post-tsunami qui continue de s'afficher en permanence sur tous les écrans de télévision. Il aperçoit encore par deux fois, derrière des vitres sales, le reflet frémissant de Shu Fang se faufiler à travers le labyrinthe de portiques. D'abord près du tapis roulant des bagages sur lequel elle a déposé son sac si léger. Son bras est tendu au-dessus d'elle et dans son poing elle serre comme un talisman le passeport rouge aux lettres d'or. Une deuxième fois, après avoir franchi, victorieuse, tous les pièges. Au moment de s'engouffrer dans le corridor qui la dirigera jusqu'à l'avion, elle se retourne et Cosme K pense que son ultime regard est pour lui. Et puis la longue chevelure noire de Shu Fang fouette l'espace pour effacer ce lien ultime.

Le tee-shirt de Cosme K est collé sur sa peau. La sueur perle aussi le long de sa nuque et sur son cou. Ils ont réussi. Un brusque accès de faiblesse l'oblige à s'asseoir. Là, à même le sol. Et la foule autour de lui se retire plus loin comme pour respecter la fatigue de celui qui vient d'accomplir un acte au-delà de ses forces. Le rythme de la ronde autour de Cosme K se ralentit et il lui semble que les bruits aussi sont plus assourdis à présent. Une atmosphère étrangement ouatée a succédé à l'affolement et au désordre.

Elle appartient au royaume des créatures plus petites, plus souples et plus facilement soufflées par le vent. Elle retrouvera Tao. Elle reconstruira sa vie. Elle saura puiser en elle la légèreté nécessaire au bonheur. Et les souvenirs de Cosme K le conduisent naturellement jusqu'à Kane. La légèreté de

Kane sur ses épaules. Kane vient du même royaume que Shu Fang. Et Cosme K sourit sans le savoir face à l'éblouissement de cette découverte. Kane et Shu Fang. Et puis Olga. Et puis Maïken. Créatures du dénuement et de la volonté qui le ramènent brutalement à sa propre condition. Je ne suis que lourdeur et indécision, un poids mort dans l'agitation de la vie. Pourquoi n'ai-je pas eu la force de suivre Shu Fang ? Les mots d'Ivan reviennent en sa mémoire. « La terre est ronde Cosme K, la terre est ronde et il n'existe aucun moyen de vérifier quelle décision est la bonne car il n'existe aucune comparaison possible. »

Rien n'émane du noir, ni vol, ni vent, ni voix. Rien. Et seul au milieu du grand hall de l'aéroport de Changi, envahi maintenant par des escadrons de militaires venus réguler le flux des touristes à rapatrier, Cosme K ferme les yeux. Et malgré le tumulte, il se concentre pour deviner les moteurs hurlants de l'avion sur la piste qui s'envole sans lui.

*

Une douleur foudroyante irradiant sur tout le côté droit de son crâne réveilla Cosme K. Il faisait complètement jour et la lumière blanche lui transperça les orbites. À l'extérieur de la bibliothèque, le silence était revenu. Cosme K avait perdu toute notion du temps. La douleur intense et pulsatile se concentrait au-dessus de son œil, ne lui laissant aucun répit et il lui fallut de longues minutes pour comprendre où il se trouvait et reconstituer le fil de son arrivée à la bibliothèque.

L'intolérance à la lumière le contraignit à refermer les yeux, mais derrière ses paupières l'obscurité était striée de scintillements étranges et de taches aux contours fluctuants. Nu sur le lit, il chercha à tâtons le drap et la couverture pour se couvrir. Aux bouffées de chaleur avait soudainement succédé une sensation glaciale sur sa peau.

Lorsqu'à nouveau dans un sursaut il se réveilla, la nuit était tombée. Par la fenêtre, une pluie d'étoiles s'abattait sur la forêt de banians et Cosme K se demanda de quelle nuit il s'agissait exactement et depuis combien de temps il était arrivé ici. Combien de nuits ? Les douleurs terribles qui l'avaient si violemment accablé s'étaient dissipées aussi soudainement qu'elles étaient apparues. Cosme K parcourut les murs de la chambre, la peinture ocre écaillée, la moustiquaire de la fenêtre ouverte, l'ampoule au plafond, son sac ouvert, posé sur l'unique chaise, le clou proéminent qui supportait un cintre de fer. Il suivit un instant les allées et venues d'un insecte inconnu sur le sol.

Il repensa à Shu Fang qui à cette heure-ci avait dû retrouver son fils et il en ressentit une énorme satisfaction. Dans l'aéroport de Changi, il avait hésité sur la démarche à tenir. Il n'avait pas l'argent nécessaire pour un long courrier et rester à Singapour lui faisait courir le risque d'une interdiction de sortie de territoire pendant la durée de l'enquête. Un vol pour Lombok venait d'être annoncé. C'est à ce moment qu'il avait repensé à la proposition de James. Il pourrait se cacher là-bas le temps de rassembler l'argent nécessaire à son retour. Il appellerait Raphaël plus tard pour lui expliquer les événements et James l'aiderait certainement dès qu'il le rejoindrait.

Malgré la faiblesse qu'il ressentait depuis son réveil, il décida de s'aventurer à l'extérieur pour acheter à manger. Il se glissa tel un chat hors du bâtiment et erra un moment dans les ruelles sombres et inconnues du village à la recherche d'un vendeur de soupe ambulant. Mais les passages entre les habitations étaient désespérément vides et débouchaient le plus souvent sur des impasses et des cours jonchées de déchets, sur lesquels parfois quelques animaux malades ou amputés se disputaient des restes avariés et puants. La nausée à plusieurs reprises cassa son long corps en deux et il vomit contre un mur étonnamment blanc. Il resta quelques secondes à contempler la bouillie de biscuits avalés dans le bus qu'il avait rendue, puis de sa main il essuya son visage. Il sentit la fièvre s'approprier son corps. Il devait rentrer avant que les tremblements ne l'immobilisent ici. Au moment où il se redressait, une ombre se faufila au bout de la coursive dans ce qui restait de lumière du jour. Une angoisse sourde le pressait de se mettre à l'abri. Face à lui, des enfilades de bicoques muettes et délaissées se succédaient. Tels des remparts, elles semblaient vouloir se refermer sur lui. Malgré la pesanteur de la fièvre, Cosme K se mit à courir, se rattrapant maladroitement aux murs humides quand ses jambes flanchaient. Derrière lui, d'autres pas que les siens s'enfonçaient dans les mêmes trous d'eau. Son souffle devint court et des coulées de sueur poisseuses dégoulinèrent sur son visage et dans son cou. Il se crut perdu et il dut lutter contre le désir de se laisser tomber définitivement à terre. Au bout d'un temps infini, la bibliothèque se découvrit, comme sortie de nulle part. Cosme K leva son visage vers la bâtisse austère mais salvatrice. Une lumière blanche s'échappait de l'unique fenêtre. Cosme K reprit espoir. Il pensa que James était de retour.

Pourtant lorsqu'il franchit le seuil, soulagé de ne pas avoir sombré, il ne découvrit aucune trace de James. La lumière blanche n'était qu'un leurre. Il ferma la porte de sa chambre et tourna la clef dans la serrure. Cette nuit-là, dans ses rêves agités, le monde entier tournait autour de lui. Pas le monde tel qu'il le traversait depuis plusieurs années maintenant. Pas le monde des frontières insaisissables et des langages inconnus. Non, le vrai monde, celui qu'il pressentait lorsqu'il était enfant, là-bas, sous les pommiers en fleurs du verger quand le regard de Maman Jane se posait encore sur lui. Et ce monde lui paraissait immense.

*

Des heures absentes s'écoulèrent entre les quatre murs. Prisonnier des assauts d'une maladie dont il ignorait les causes et les remèdes, Cosme K sombrait la majorité du temps dans un coma léger qui laissait parfois filtrer l'écume d'une réalité assourdie. Allongé à même le sol, l'oreille posée contre le plancher, il percevait le va-et-vient de quelques visiteurs. Les bruits feutrés et insignifiants des pages que l'on tourne, des étagères qui grincent sous le poids d'un livre déplacé, des murmures qui glissent comme une brise au-dessus de la lande. Cosme K imaginait aussi, sans plus entendre, les calligraphies dans le grand registre à la couverture de cuir qu'il avait aperçu en arrivant. Des écritures amples et pleines, des titres, des noms et des dates en colonne. Des signatures illisibles qui attesteraient tôt ou tard la réalité des événements survenus ici.

« Un homme a été découvert mort depuis plusieurs jours dans la chambre au-dessus de la bibliothèque. Avez-vous entendu quelque chose ? Un bruit, une voix, une plainte ?… »

C'est ce qu'il sera demandé à tous ceux dont les noms sur le registre trahiront leur présence entre les murs de la bibliothèque pendant qu'un drame se jouait à l'étage supérieur.

« Vous n'avez rien entendu ? Vraiment, rien ? »

Et ce sera comme si Cosme K n'avait jamais existé.

Le corps obèse de James est calé dans un grand fauteuil. Sur le bureau devant lui est posé un lourd registre dont il feuillette attentivement les pages pourtant presque vierges. En me voyant entrer, il a prétexté une tâche à terminer et il a remonté ses lunettes rondes sur son nez. Je patiente depuis quelques minutes, debout, face à ce corps affreux d'abandon. Les visiteurs de la bibliothèque doivent être rares, les signatures dans les colonnes du registre sont peu nombreuses. Je me demande si les livres intéressent encore les enfants de l'école que j'ai aperçue juste à côté ? Dans la pièce adjacente, un jeune garçon est allongé sur un tapis. Il tourne les pages d'un magazine illustré désuet. Ses jambes fouettent l'air. Les rayonnages plient sous le poids des livres accumulés sans ordre ni méthode. L'odeur du papier ancien imprègne l'air. L'enfant s'est redressé brusquement. Une page du magazine abandonné sur le sol se soulève puis retombe. Le bruit des pas précipités brutalise soudain le calme pesant qui règne entre ses murs. Le garçon se faufile hors de la bibliothèque sans un mot, sans un regard pour James, qui soupire et articule laborieusement un au revoir désabusé. Mais la porte, déjà, s'est refermée. Et la bibliothèque se fige dans le recueillement et l'éternité d'une cathédrale. James redresse son visage bouffi et interrogateur vers moi. Je reprends le fil de mon récit. Une lumière s'agite dans les pupilles de James, qui se rétractent. Il se perd dans des pensées que je devine douloureuses. À travers les carreaux des fenêtres j'ai l'impression qu'une armée de banians hostiles encerclent la bibliothèque. Le regard toujours de côté, James murmure de ses lèvres épaisses et luisantes. Un murmure essoufflé qui s'échappe presque par mégarde. « Oui, oui, bien sûr, Cosme K… » Il marque une pause qui est comme un abîme. « Oui, Cosme K. C'est bien moi qui l'ai trouvé, là-haut. Là-haut, dans la chambre de passage. »

La petite chambre est spartiate. Un lit au matelas nu, une chaise contre le mur, une fenêtre étroite en hauteur qui donne sur la cour de l'école, une ampoule nue au plafond. Personne ne semble vivre ici en ce moment. Les odeurs de poussière saturent l'air comme un voile pudique sur les choses, témoins muets des événements passés. Je m'assois sur la chaise. J'imagine le corps de Cosme allongé, là, sur les lames de plancher brutes. Combien de jours et de nuits dans les méandres d'une solitude morbide ? Je ferme les yeux, la moiteur de l'après-midi me surprend. Dehors, les voix des enfants montent jusqu'à la fenêtre. Leur arrive-t-il encore d'évoquer ce qu'il est advenu dans la bibliothèque juste à côté ? En dix ans l'histoire est sans doute devenue une légende. Cosme, l'homme qui voulait voler au-dessus de la canopée. En bas, j'entends James reculer son fauteuil. J'ai besoin de temps supplémentaire pour m'imprégner de l'espace qui sourd encore ta présence, pour écouter ce que ces murs ont à me dire.

« Ivan est mort. » Dans l'encadrement de la porte, la jeune femme a parlé sans tressaillement dans la voix. Elle m'a regardé, impassible, attendant une réaction de ma part. À mon arrivée à Singapour, je me suis rendu à la seule adresse en ma possession, celle trouvée au dos des lettres qui reposaient dans le coffret en bois d'ébène au-dessus du sofa rouge d'Olga, là-bas, dans la datcha du ministre, sur la rive du lac Baïkal. Dès ma sortie de la gare, je me suis précipité dans un taxi pour rejoindre un lieu familier de Cosme. Mais face à cette femme à la fois sévère et élégante, ne sachant que dire, j'ai extrait de ma poche la photo abîmée de mon frère. Je l'ai tendue devant ses yeux un peu brusquement car elle a esquissé un mouvement de recul. Mais elle a ensuite fixé la photo plusieurs secondes avec concentration. Ses prunelles sombres sont passées de la photo à mon visage à plusieurs reprises. J'ai ajouté : « Connaissez-vous cet homme ? » Ma voix était rude et sonnait comme un interrogatoire. J'ai craint un instant qu'elle ne referme la porte. Mais, toujours muette, elle s'est effacée et m'a fait signe de la suivre à l'intérieur. L'intimidante porte fut verrouillée dans un petit claquement sec et nous avons pénétré dans un long corridor feutré et sombre. J'ai ôté mes chaussures. Les pieds de mon hôtesse étaient fins et nus. J'ai marché derrière elle. Son allure

était aérienne et je me suis senti comme en apesanteur dans cet espace étroit. « C'est dans cette pièce que j'ai conduit cet homme, comme je vous y conduis aujourd'hui. L'homme sur la photo. » Elle se souvenait de Cosme. Elle me laissa seul quelques instants et je pus admirer les filets de lumière se déverser sur les boiseries raffinées. Une douce quiétude m'envahit et j'eus la tentation de fermer les yeux pour me laisser aller à l'envoûtement qui régnait ici. Je luttais et malgré la fatigue du voyage je n'avais pas sombré quand la femme réapparut chargée d'un plateau. Nous nous installâmes sur des coussins et elle me servit le thé.

« L'homme sur la photo est venu ici. Ivan l'attendait. Ivan l'attendait depuis de longues semaines. Il savait qu'il se présenterait ici. Il l'appelait le messager. Il m'avait dit : "Lorsque le messager se présentera à la porte, tu le reconnaîtras. Ne lui pose pas de question, conduis-le jusqu'à moi." La perspective de cette visite rendait Ivan léger et grave à la fois. Tout au long de ces semaines d'attente, il s'est retiré de plus en plus longuement dans cette pièce et il a fini par ne plus en sortir. Peu à peu il s'est retiré du monde pour méditer, seul. J'ai été surprise lorsque le messager s'est présenté à la porte. Il était si jeune et Ivan si âgé. Mais je l'ai conduit jusqu'à Ivan, comme je l'avais promis. Ils sont restés ensemble dans cette pièce de longues heures. Je ne sais rien de ce qu'ils se sont dit. Rien. Mais après cette étrange visite, une pierre précieuse écarlate était suspendue autour du cou ridé d'Ivan. Le matin suivant, il était mort. »

Sur ces derniers mots, j'entendis un léger tremblement, une fêlure dans le flux de la voix monocorde.

« Les secrets d'un père sont toujours difficiles à supporter. Pourtant je respecte cela. Je respecte les ombres. Conformément aux dernières volontés d'Ivan, un chaman est venu chercher les cendres après la crémation pour les disperser dans une baie du lac Baïkal, je n'ai rien demandé. Je l'ai laissé partir… »

Elle marqua une pause. Elle sembla s'évader quelques minutes à travers l'une des minuscules ouvertures qui donnait sur la cour et par laquelle une puissante lumière pénétrait.

« Depuis je vis, seule. Seule dans cet immense labyrinthe. Même la petite grive de Sibérie qui chantait autrefois dans la cour s'est envolée. »

En retrouvant le perron, j'ai imaginé Cosme le messager sur ces marches. J'ai imaginé Olga et Ivan enfin réunis, dans le cimetière sauvage qui surplombe la baie de Krestovaya. La petite grive de Sibérie les a sûrement rejoints aussi. À présent, son chant est une mélodie éternelle.

La nuit était tombée. Penché au-dessus de la table qu'on m'avait assignée tout à l'heure, j'avais perdu quelque peu la notion du temps. Celle-ci s'était dissoute parmi les dates anciennes des journaux qui s'étaient empilés et formaient tout autour de moi un rempart de papier. De loin en loin, la gardienne de ce temple païen me jetait des éclairs impatients par-dessus des lunettes en équilibre sur le bout du nez. Elle scrutait ostensiblement les moindres signes annonciateurs de mon départ. Si elle avait su que j'avais rassemblé depuis longtemps tous les éléments nécessaires à ma quête, elle m'aurait renvoyé expressément vers la cage d'ascenseur afin que je regagne l'air libre et que je la libère de son poste de surveillante en chef. Mais les révélations contenues dans les pages que je continuais de tourner machinalement m'avaient laissé sidéré sur ma chaise.

La salle des archives du Straits Times *de Singapour se situait au quatrième sous-sol lugubre d'un building élégant sur Orchard Road. Son plafond bas, son sol nu, sa lumière artificielle et son alignement méthodique d'armoires métalliques lui conféraient la froideur d'un blockhaus. Çà et là de petites tables carrées équipées d'une lampe de bureau et d'un ordinateur attendaient, impassibles, les chercheurs d'actualités périmées. Lorsque j'avais pris place dans cette ambiance glaciale, je ne disposais que d'un article succinct déniché sur Internet, qui mentionnait le nom du bateau inscrit sur la carte postale. J'étais loin alors d'imaginer que le* Elsewhere *me conduirait malgré moi à remonter le fil d'un fait divers, aussi monstrueux que fascinant, dont l'onde de choc avait ébranlé durant plusieurs mois le petit monde policé et confiné des expatriés de Singapour.*

> Dans la nuit du 8 au 9 août 2018, le bateau le *Elsewhere* a quitté la marina de Singapour avec pour unique équipage son propriétaire M. Raphaël S. Ce dernier n'est jamais rentré au port et il n'a plus donné aucun signe de vie à ses proches. Toute personne ayant des informations doit immédiatement prendre contact avec la police de Singapour.

Une photo de Raphaël S. et du Elsewhere *complétait l'article. Un alinéa renvoyait vers trois lignes énigmatiques en bas de page :*

> Raphaël S. était connu des services de police comme un des protagonistes du fait divers connu sous le nom de « L'affaire Shu Fang » qui a défrayé la chronique.

En tirant le fil, à partir de ce simple avis de recherche, je me suis trouvé englouti sous une avalanche de gros titres, d'investigations et de unes entières consacrées à l'affaire et donc au mal originel qui probablement expliquait la disparition de Raphaël S. : l'assassinat dans des conditions atroces de ses trois jeunes enfants par la maid *philippine qui en avait la surveillance. Ce crime avait été ressenti comme un cataclysme par toute la communauté des expatriés qui déléguait très largement la garde de ses enfants à cette main-d'œuvre réputée bon marché et travailleuse. La lecture des articles et des débats permettait de comprendre que l'effroi et l'incompréhension de départ avaient progressivement fait place à une crainte plus insidieuse, la menace de voir les fondements même des rapports de classe, de leurs règles et de leurs interdits s'effondrer. Malgré le mandat international à son encontre, Shu Fang ne fut jamais appréhendée. On sait seulement qu'elle était parvenue à quitter Singapour juste après les événements. On trouvait sa trace dans un avion pour Manille. Puis elle semblait s'être volatilisée. Seul, Raphaël S. avait poursuivi des années durant ses recherches pour la retrouver. Il avait continué avec obstination bien après que la police avait classé le dossier, bien après que l'affaire ne faisait plus les gros titres des journaux, bien après que sa femme Chiara l'avait quitté pour rentrer en Europe avec leur dernier enfant. Pourtant ce n'étaient pas les détails sordides de ce fait divers qui me clouaient sur mon siège sous le regard agacé de la surveillante. Non, ce qui me laissait hagard et désemparé, c'était la découverte au cœur des milliers de lignes consacrées à ce désastre du nom adoré de Cosme cité à maintes reprises. Et j'avais beau lire et relire les passages le concernant, je ne pouvais concevoir que mon frère ait pu être complice de la fuite d'une meurtrière d'enfants. Non, décidément la vérité devait être ailleurs.*

Et tout en fixant son prénom dont les lettres étaient des néons au milieu de paragraphes illisibles, je me disais qu'à l'air libre le bouillonnement de la vie allait m'assaillir de nouveau et qu'il me faudrait chercher plus loin encore dans des bas-fonds auxquels je n'étais pas préparé. Cosme, vas-tu m'entraîner au-delà de ce que je suis capable d'affronter ? Face à cette perspective, la salle des archives du Straits Times *de Singapour, malgré son aridité, m'apparaissait soudain comme un refuge.*

Le maître du port de la marina de Singapour me confirma la disparition étrange du Elsewhere. *« Monsieur Raphaël passait de plus en plus de temps sur son bateau depuis l'affaire et depuis le départ de sa femme. Je le croisais quasiment tous les jours. Le bateau était devenu sa maison en quelque sorte. Ce matin-là, il m'a fait le même signe de la main que d'habitude, le même sourire. Je n'ai vraiment rien soupçonné. Je me demande encore s'il avait prémédité de ne pas rentrer. Peut-être que ça lui est venu après sur la mer de Chine. Il me disait souvent que c'était difficile de revenir au port. C'est vraiment triste ce qui lui est arrivé à cet homme. À partir de là, à partir de cette disparition, tout est allé de mal en pis. »*

Le maître du port datait le début de la crise financière internationale qui avait mis Singapour à genoux avec cet événement.

« Le début de la fin. Oui. Autrefois, il fallait voir la taille des voiliers et des yachts qui étaient amarrés ici. C'était un autre temps. Une autre époque. Des fêtes, des feux d'artifice… Raphaël aimait beaucoup s'amuser. Plusieurs de ses amis avaient leur bateau ici. Ils leur arrivaient de venir terminer la nuit ici, avec une bonne bouteille. Parfois ils m'invitaient à prendre un verre. La plupart du temps je les observais de loin, je savais rester à ma place. Mais avec l'effondrement des bourses et des banques ils ont tous été plus ou moins ruinés. La belle vie a pris fin. La plupart sont rentrés chez eux en Europe ou aux États-Unis… »

Les pontons de bois de la marina retenaient encore quelques bateaux de luxe mais les travées étaient effectivement clairsemées. Lorsque je l'interrogeai, il ne put se souvenir de Cosme. Non vraiment cela ne lui disait rien. D'ailleurs, il m'avoua que peu à peu les souvenirs des uns et des autres, les visages de ceux qui avaient fait les heures glorieuses de la marina s'évaporaient dans une nostalgie de plus en plus incertaine.

« Un seul de cette bande me donne encore des nouvelles quelquefois. Il a laissé son bateau ici mais il ne paie plus rien depuis longtemps et son rafiot, là-bas, est en train de pourrir sur place. Ça me rend malade, un si beau bateau autrefois… Aujourd'hui, il est à Lombok, en Indonésie. Et vous savez quoi ? Il s'occupe d'une bibliothèque dans un village des montagnes… Une bibliothèque !! »

Le maître du port laissa échapper un rire spontané et profond.

« Une bibliothèque, alors qu'il était directeur d'une des banques les plus influentes de Singapour… »

Son fou rire le reprit et il mit plusieurs secondes à retrouver son calme. « Il s'appelle James, je peux vous donner ses coordonnées exactes, peut-être que lui se souviendra de celui que vous cherchez. »

Dans le taxi qui me transporte jusqu'à l'aéroport de Changi, j'observe les rues de Singapour autrefois éclatantes de prospérité arrogante. La propreté, la modernité et la sécurité portées en exemple aux yeux du monde ne sont plus qu'une lointaine chimère. La frénésie de chantiers a été stoppée net et des immeubles entiers semblent aujourd'hui abandonnés. Des chiens errants traînent des déchets sur les trottoirs. De vieilles Chinoises fouillent dans des poubelles. Un bus rouille sur le bas-côté. Sur les vitres sont graffés des signes de protestation. Cette ville ne me dira plus rien de toi, Cosme, car depuis ton passage tout a changé ici : les territoires, les espaces, les populations. Le monde entier est en mouvement et peu à peu les traces de ton passage s'effacent pour être remplacées par autre chose. James est le seul lien, le seul espoir. C'est ténu mais suffisant pour m'encourager à te chercher encore plus loin.

James m'avait rejoint dans la chambre. J'avais entendu ses pas lents et lourds dans les escaliers. Il avait poussé la porte, très essoufflé. Il s'était assis, transpirant sur le bord du lit, et il lui avait fallu du temps pour retrouver une respiration presque normale.

« Je suis trop gras… Je mourrai de ça… Cela m'est bien égal. Tout m'est égal. À part cette bibliothèque. C'est tout ce qu'il me reste. Des années que je vis ici. Comme un reclus, un paria… Quand tout s'est effondré là-bas… Juste après que Raphaël a disparu… Il aura au moins échappé à tout ça… Au moins ça… Tout le monde m'est tombé dessus… J'ai tout perdu : argent, honneur, amis, famille… Je n'avais nulle part où aller sauf ici… Alors je suis venu et je suis plus jamais reparti… Je mourrai ici et personne n'en saura rien… »

Je ne parvenais pas à m'intéresser vraiment à l'histoire somme toute assez banale d'un banquier bien engraissé qui avait été humilié par la crise et vilipendé par la population. J'éprouvais même un certain agacement à écouter cette longue plainte. Je finis donc par l'interrompre.

« Ah oui, bien sûr, Cosme K. Je l'ai trouvé mourant sur le plancher, juste là, au pied du lit. Il était inconscient et d'une telle maigreur que j'ai pu le porter jusqu'en bas sans difficulté. J'ai appelé une ambulance et je suis parti avec lui à l'hôpital. La

route fut longue et accidentée. Je ne pensais pas qu'il y survivrait. Mais il a tenu. Les médecins l'ont pris en charge et j'ai attendu. Et pendant toute cette attente, pendant que Cosme K était entre la vie et la mort, j'ai hésité à prévenir la police ou Raphaël... Je ne savais quelle décision prendre... Finalement la nuit est passée et au matin je n'avais rien fait. Je ne sais pas ce qui m'a retenu au fond. Peut-être le souvenir de son regard une nuit à l'Attica, une boîte sur Clarke Quay. Un regard d'enfant perdu dans un monde qu'il ne comprenait pas. »

« Il était très faible mais les médecins le disaient hors de danger. Sa version de l'affaire était encore bien plus terrible. Pourtant je l'ai cru. Je ne sais pas si j'ai bien fait mais c'est ainsi, je l'ai cru et je ne l'ai dénoncé à personne. En quittant l'hôpital pour rentrer à Singapour, j'ai laissé de l'argent pour tous les frais et pour qu'il puisse rentrer en France. Quelques jours plus tard, j'ai appelé l'hôpital. Il était parti... Voilà. Je n'ai plus jamais eu de nouvelles depuis. Bien plus tard j'ai tenté d'expliquer à Raphaël mais il ne pouvait pas l'entendre. C'était au-dessus de ses forces. Et puis tout s'est effondré. »

Je regarde les enfants dans la cour de l'école. Certains s'arrêtent dans leur course quelques secondes, interloqués par ma présence derrière le portail. D'autres se croient invisibles dans leur jeu de cache-cache. Le même jeu que le nôtre, Cosme. Tu n'es pas rentré en France. Je te connais bien désormais. Je te connais mieux que tu ne le crois. Je ne suivrai pas cette fausse piste. Devant la porte de la bibliothèque, James me fait un signe d'adieu et retourne se cloîtrer comme s'il était banni du monde extérieur. Lentement, je descends le chemin jusqu'à la route, les voix des enfants s'évanouissent et les banians centenaires me guident.

IV

Ayden

À Kane
L'île est un abri minuscule de sable noir et de rochers pointus
Il faut tout reconstruire
Nous ne craignons pas les tempêtes
Le temps est notre allié
Cosme

Le soir s'impose. Un soleil rouge menaçant flotte sur l'océan. Une noix de coco se détache de sa branche et tombe. Le bruit de sa chute sur le sable est étouffé dans un lourd soupir. Et le silence est partout. Le silence de l'attente et des pensées clandestines. Cette anse de sable noir sera l'étape ultime de mon voyage. C'est ce que je pressens. Tous les témoignages entendus, les visages mis à nu, les territoires traversés se retirent lentement de ma mémoire. Ils n'ont plus d'importance. Ils ont accompli leur œuvre. Ne reste que l'attente immobile. Je suis parvenu jusqu'à l'autre bout du monde, aux confins des terres connues. Là, à cet endroit précis où les failles se muent en précipices. Là, juste avant la disparition des derniers repères : le bleu du ciel au-dessus, l'inertie de la terre en dessous. Des grains de sable noir glissent entre mes doigts. Et l'abattement gagne sous mes pieds nus. Le sablier s'est vidé de tout son temps.

Je me sens éloigné de moi-même, dissocié de ma propre conscience. Si loin de la brume humide, des gelées tardives et de la maison penchée sur les pommiers en fleurs. Ce rivage cerné de rochers terribles s'étire et devient le centre de l'univers. Celui que je porte en moi depuis que je suis parti te chercher. L'horizon en feu est une frontière définitive. Je scrute cette ligne flottante sur laquelle des ombres se dessinent.

*

À l'autre bout de cette plage, j'ai rencontré le vieil homme. Ce prêtre dont on me parle depuis que j'ai posé les pieds sur cette île perdue. Je l'ai trouvé assis sur la pierre plate, exactement là où l'on m'avait indiqué qu'il serait. Son oreille est fendue. Mais ces artifices ne m'effraient plus. J'accepte les signes de la providence qui s'entremêlent pour tisser un fil à travers les époques et la géographie. Quels que soient leurs liens réels ou fantasmés, tous ces guides m'ont mené jusqu'ici. Le vieil homme m'a nommé « étranger » lorsque je me suis approché de lui. Ma voix rendue fébrile par tous les espoirs avortés et les pistes sans issues. J'ai montré la photo et je lui ai demandé s'il connaissait cet homme. Il a observé la photo. Il a scruté la silhouette élancée de ses yeux délavés presque transparents. Il a pris tout le temps nécessaire. Et moi, juste à côté, immobile et vacillant, je comptais ce temps. Chaque seconde. Les battements de mon cœur heurtaient ma chair sous ma peau jusqu'à me faire mal.

« Je connais cet homme. » Le vieux prêtre avait relevé son visage. Sa voix était forte et claire. Elle disait la vérité. « Cette photo est ancienne. Mais cet homme est venu jusqu'ici ». Une certitude tranquille coulait de la bouche affreuse, magma de gencives dévastées et de langue sombre. Le doute se retirait. Les battements de mon cœur se faisaient plus doux. Je dus m'asseoir à mon tour sur la pierre plate pour résister au relâchement soudain de tous mes nerfs. J'étais assis tout près du vieil homme, presque à le toucher. Sa peau tannée était comme un parchemin rassurant et fascinant. Le visage tourné vers les vagues, il ajouta comme s'il s'adressait à l'océan. « Cet homme est venu jusqu'ici. » Je parcourais la plage du regard et tentais d'imaginer Cosme. Le corps longiligne de Cosme pliant sous la lassitude des longs voyages. Amaigri et pâle. La démarche de Cosme hésitante sur cette plage de sable noir. J'essayais de deviner les traces de ses pas lourds sur le sable, lestés de tous ces jours et de toutes ces nuits d'errance. Mais mes yeux étaient usés et j'avais beau sonder la moindre parcelle de cette terre étrangère, j'avais beau interroger chaque ombre et chaque recoin, aucune trace ne m'était visible. Aucune rumeur ne me parvenait. Une fois encore j'ai cru que tu te dérobais. Et alors j'ai senti la tristesse m'assaillir. La tristesse qui m'accompagne depuis que j'ai pris ton sillage, Cosme. C'est une amie de longue date à présent. Je l'ai trouvée au pied de mon lit la nuit où tu as fui. C'est une tristesse que je berce et qui me tient debout. Mais je ne pourrai pas aller plus loin. Je n'aurai pas le courage d'aller plus loin.

« Je me souviens de ce nom : Cosme K. »

Je sursautai. Le vieux prêtre avait posé sa main sur la mienne et sa main était chaude. Ses doigts étaient fermes sur ma peau. Dans un souffle je demandais : « Est-ce que j'arrive trop tard ? » La main rugueuse remonta jusqu'à ma joue qu'elle caressa longuement. Et le vieil homme ne lâcha pas mon regard. Son regard dans le mien. « N'aie crainte. Je porterai ta voix jusqu'à lui. Reviens ici demain, reviens les jours d'après si nécessaire. La patience est ton seul pouvoir à présent. » Ce fut tout. Il se redressa et m'abandonna sur la pierre plate. Je le vis progressivement disparaître de mon champ de vision. Pas une seule fois il ne se retourna dans ma direction. Il n'était plus qu'un point minuscule dans le décor et pourtant sa présence transpirait encore autour de moi. Quelque chose de lointain et de profond entamait une révolution. Et je m'abandonnai à ce mouvement souterrain.

★

J'ai étalé les cartes postales devant moi sur le sable noir. Ces cartes postales envoyées avec régularité à chaque étape de ton voyage et qui m'ont permis de retrouver ta trace. Lorsque je les ai découvertes piégées dans une boîte au fond de l'armoire de la chambre de Maman Jane, j'ai d'abord été soulagé. Soulagé de te savoir quelque part. Vivant. Soulagé aussi que tu aies maintenu un fil jusqu'à la maison penchée. Bien sûr j'ai ressenti de la colère vis-à-vis du silence de Maman Jane. Mais cette colère, je la connais depuis que tu es parti, depuis que le silence s'est installé le jour de ton départ.

« Cosme rêvait de voler au-dessus de la canopée, avait dit Maman Jane en me tenant les mains, le jour où j'avais osé l'interroger. Il reviendra s'il le souhaite. La police a dit qu'il était majeur. C'est comme ça. On ne peut rien faire.

– Même pas pleurer ? » m'étais-je étonné.

Toutes les explications que Maman Jane avait avancées par la suite étaient restées vagues et approximatives. Je n'avais plus posé de question et elle avait pensé que tout avait été dit et que nous pouvions passer à autre chose. Et autre chose, ce fut l'absence. Et les actes incompréhensibles, les rires trop larges et les fugues de Maman Jane figèrent peu à peu nos vies dans une brume d'incompréhension. Et l'absence encombrante se mua en une rage contenue et muette.

Et cette rage a repris de la vigueur au moment de découvrir tes cartes postales. Colère contre les omissions de Maman Jane qui, depuis tant d'années, érigeait des murs infranchissables autour de moi. Colère contre toi, Cosme, qui m'avais oublié là, seul avec elle qui toujours dansait avec légèreté et inconstance. Maman Jane qui s'égarait dans un monde qui n'appartenait qu'à elle.

Et puis j'ai lu les quelques lignes apposées sur les cartes postales aux paysages lumineux. Des phrases étranges et mystérieuses qui invitaient au départ. Des respirations entre les mots, des ellipses, des fragments et l'essentiel dont il n'était jamais question. Et puis soudain un prénom qui n'était pas le mien. Et mes doigts qui tremblaient sur le carton. Et mes pensées désemparées qui tentaient de tirer des fils. En vain. À qui ces messages sibyllins étaient-ils adressés, Cosme ? Démuni et trahi, je suis resté longtemps assis au bord du lit. J'ai lu et relu chaque ligne, j'ai épié les moindres détails des images colorées et des timbres étrangers. Ma vision était trouble. Et le soir est tombé, brutal comme un rideau de théâtre. La lumière s'est définitivement retirée. Je ne voyais plus rien.

Après avoir déposé Maman Jane sous la terre froide,

après avoir recouvert la terre de branches de pommiers en fleurs, j'ai fermé la porte de la petite maison penchée. Les poings serrés sur les cartes postales, j'ai traversé comme toi le verger et tiré le petit portillon derrière moi. Je suis parti. Je suis parti pour rassembler les pièces d'un puzzle dispersées de par les mondes sans me douter que la route serait si longue.

L'air s'est rafraîchi. Je me demande combien de fois tu as traversé cette plage dans l'air étouffant de journées interminables. Tous ces pas imprimés, le poids de ton corps sur ce sol sec, qui abandonne des traces éphémères derrière lui. Depuis que j'ai mis mes pas dans les tiens, la colère s'est peu à peu dissoute. J'ai rencontré ceux qui t'ont aimé et que tu as abandonnés à leur tour. J'ai vu la beauté des lieux qui t'ont accueilli dans leurs écrins et que tu as laissés derrière toi. Je ne peux te haïr. Je n'ai jamais pu. La peine se fait moins forte ici. Je la porte encore en moi en étendard mais la lassitude est en train de l'emporter. Il est temps pour moi d'accomplir le voyage de retour. Comprendre suffira à me faire rebrousser chemin. Ensuite je te laisserai en paix. Je te laisserai tranquille si c'est ce que tu veux. N'aie aucune crainte. J'exaucerai ton vœu de détachement. Je ne t'encombrerai pas. Juste comprendre et m'en aller. Je l'ai dit au vieux prêtre, il a répondu qu'il porterait le message et que tu me retrouverais ici. Depuis, j'attends sur le sable noir.

Sur l'horizon, d'autres silhouettes s'esquissent et se détachent. Certaines d'entre elles semblent s'avancer vers moi. Je plisse les yeux. Elles flottent au-dessus du sol comme un mirage dans la chaleur d'un désert. Elles se déplacent lentement. Leurs pas sont léchés par les vagues hésitantes. Je redoute une nouvelle illusion, un effet d'optique, un mirage. Pourtant elles avancent. Elles avancent vers moi. Leurs corps se dessinent plus distinctement maintenant. Je peux les compter. Deux d'entre elles se sont immobilisées. La dernière continue sa marche dans ma direction sans précipitation aucune. Je me redresse. Tout mon corps se bande comme un arc. Et j'implore tout ce que l'univers compte de forces invisibles.

*

« Je suis venu te dire que Maman Jane est morte. » Ce sont les premiers mots qui se précipitent hors de moi lorsque Cosme arrive à ma hauteur. Je les entends sortir de ma bouche sans avoir l'impression de les prononcer vraiment. Et après c'est déjà le silence. Comme si je n'avais rien d'autre à dire. Pauvre idiot. Lorsque Cosme a parcouru les derniers mètres qui nous séparaient encore, nous nous sommes reconnus sans hésitation. J'ai vu dans ses yeux qu'il parvenait sans effort à reconstituer le lien entre l'enfant qu'il avait laissé et l'homme qui se trouvait aujourd'hui face à lui. Les battements de mon cœur se sont affolés. Pourtant il me semble que je suis resté stoïque. Finalement il m'a rejoint et nous fûmes près de nous toucher, mais nous n'avons su comment sceller ces retrouvailles. Cosme s'est assis sans un mot, lourdement, il ne pouvait plus tenir debout. Je me suis assis aussi. L'atmosphère était chargée d'une multitude de sensations contradictoires qui nous dépassaient. Maintenant Cosme scrute l'horizon. Entre terre et océan, la couleur et la lumière s'étreignent pour nous car à cet instant précis nous ne pouvons nous parler sans gêne. Il est trop tôt encore. Nous restons longtemps ainsi, côte à côte, ensemble mais encore séparés sans que l'un ou l'autre n'ose se hasarder à reprendre le fil d'une conversation interrompue il y a plus de dix ans, là-bas, ailleurs, sous les pommiers en fleurs. Devant moi les cartes postales éparpillées, devenues inutiles, se soulèvent par intermittence, portées par la brise légère. Notre enfance ne serait-elle plus qu'une ombre, une fourmi minuscule qui s'éloigne et finit par se fondre dans les dunes ? Et puis à son tour Cosme rompt le silence :

« Ayden, tu n'es pas venu jusqu'ici pour me parler de Maman Jane. »

Cosme a tourné tout son corps vers moi, ses lèvres sont crispées dans un demi-sourire étrange. Mais je reconnais le timbre de cette voix instantanément, comme si l'on s'était parlé la veille. C'est d'une violence inouïe cette voix qui remonte de si loin, d'un temps où les questions n'existaient pas. Un temps où tout n'était qu'harmonie. Un temps perdu. Et sous le choc, des larmes me montent aux yeux. J'ai l'impression de me fissurer de toutes parts. Une déflagration. Un barrage qui cède. Je sens le bras de Cosme se poser sur mon épaule. Et c'est un frisson qui parcourt tout mon corps. Son geste est timide et mal assuré, mélancolique, implorant même. Mais c'est un geste instinctif qui porte en lui tout ce qui à jamais nous lie. Et cette évidence nous réconforte tous les deux je crois. J'entends Cosme qui perd pied à son tour. Son corps frémit. Ses larmes rejoignent les miennes. Face à nous l'océan est un brasier. Nous nous laissons tomber sur le sable pour reprendre possession de nous-mêmes. Pendant de longues minutes suspendues, le ciel est sur nous, léger comme un voile.

Nos respirations ont repris un rythme régulier. Nous nous croyons vidés de nos appréhensions. Apaisés, prêts pour le combat qui nous attend. Mais par surprise, ce sont des rires qui montent simultanément de nos entrailles et jaillissent, incontrôlables, entre nos lèvres étonnées. Des rires qui se propagent, se répondent et rebondissent jusqu'aux premières étoiles de cette nuit unique. Des rires d'enfants fous qui transpercent le temps et tout ce qui se trouve entre nous.

Bien plus tard, dans le silence retrouvé, je n'entends plus que le souffle de mon frère, comme autrefois lorsque nous partagions la même chambre à l'abri de toutes les menaces. Et comme autrefois, je me laisse bercer par ce souffle familier et protecteur, prêt à sombrer dans la quiétude d'un sommeil sans fantôme. Allongés, les mains croisées sur le cœur et les yeux clos, nous sommes, il me semble, étrangement heureux d'être ensemble.

*

« Ayden, j'ai cru que c'était le dernier instant là-bas dans la bibliothèque. Es-tu entré dans la chambre au-dessus de la bibliothèque ? »

La nuit était complètement installée lorsque la voix ample de Cosme se posa dans l'espace entre nous. Les barrières étaient levées. La parole pouvait se faufiler.

« J'ai pensé que j'étais sur le point de mourir. Pourtant je n'avais pas peur. Un chant montait des banians centenaires, une chaleur glissait sur ma peau. Il ne s'agissait plus de la chaleur paralysante de la fièvre. Non, c'était autre chose, une chaleur apaisante qui irradiait dans tout mon corps agonisant. Et cette chaleur a soigné les douleurs. La douleur ne peut rien contre des forces qui ont traversé les espaces et le temps. Je n'étais plus seul dans la chambre, tu comprends ? Quelqu'un m'accompagnait vers la mort. Le nommer n'avait pas d'importance. Il faisait partie d'une chaîne invisible de guides. Je n'étais plus seul pour affronter l'ultime voyage. Un soulagement intense m'a envahi. J'étais prêt à l'abandon, au renoncement. Et puis j'ai entendu une voix. Et je l'ai reconnue sans difficulté aucune. Car tout m'apparaissait sans masque ni crainte. J'étais témoin de ma propre histoire et conscient de tout ce qui m'avait construit et conduit jusqu'à cette petite chambre. Cette voix, c'était celle de Maman Jane. La voix de Maman Jane sous les pommiers. Maman Jane dont tu m'annonces la mort. J'ai entendu distinctement sa voix. Elle venait de loin. Une voix enfouie : "Les mésanges aussi tremblent en hiver." Et chaque mot résonnait en moi. Les mésanges. Aussi. Tremblent. En hiver…

Cosme s'interrompit longuement. L'air était empli

d'embruns. La plage désertée. Il n'y avait plus que nous deux. Et Maman Jane entre nous.

« Et face à cette voix, le même désarroi enfantin m'a envahi. La même sensation. L'effondrement d'un monde. La certitude que ce qu'il adviendrait ensuite serait terrifiant. J'avais froid cet après-midi-là dans le verger enneigé. “J'ai froid, Maman Jane” et cela voulait dire : “Prends-moi dans tes bras, Maman Jane. Serre-moi contre toi. Ne me laisse pas.” Mais elle n'a esquissé aucun geste vers moi, elle ne m'a pas recouvert de sa longue écharpe. “Les mésanges aussi tremblent en hiver.” Et ce fut tout. Elle s'est éloignée. Sans un regard. Sans m'attendre. Définitivement seul sous quelques flocons épars, j'ai compris que ma vie tout entière se glaçait. À cet instant précis, j'ai su qu'il me faudrait partir. Tu n'avais pas encore un an, Ayden. C'était juste après… et je me savais déjà en sursis. »

Cosme s'est appuyé sur ses avant-bras, il a chuchoté :

« Dans la petite chambre de la bibliothèque, j'ai compris pourquoi j'étais parti depuis si longtemps. Et cette évidence m'a procuré une joie incommensurable. La voix s'est évanouie. Tout mon corps s'est détendu d'un coup. Et la chaleur toujours m'accompagnait. J'étais prêt pour la suite et je me suis laissé aller confiant vers la mort car je pouvais tout pardonner à présent. »

*

Je me suis redressé brusquement. « Après ? Juste après quoi ? » Cosme s'est levé à son tour. Nos tailles sont identiques aujourd'hui mais je le regarde comme le géant qu'il était alors, presque intimidé. Je murmure car ma gorge est nouée et retient les mots. « Après quoi, Cosme ? » La lune est immense, basse dans le ciel. Une lune pleine et blanche, lumineuse comme un astre mourant. La tristesse qui m'accompagne toujours se réveille. Je ne sais pas exactement vers quoi Cosme va m'entraîner, mais je pressens que les véritables mondes inconnus sont encore devant moi, prêts à m'ensevelir. De manière très intime, des vibrations anciennes remontent et palpitent jusque sous ma peau. L'instant est impérieux et je sais que ce qui va être dit maintenant va justifier tout le chemin accompli jusqu'ici.

« Viens, marchons un peu sur la plage. »

Le ton de Cosme est protecteur et ferme à la fois. Nous nous approchons de la mer. Je me sens au bord d'un précipice. L'eau est encore tiède. Les traces de nos pas semblent fuir devant la promesse d'effacement de l'écume. La clarté de la lune fait scintiller timidement la pointe des vagues.

« Lorsque Maman Jane s'absentait, elle vous confiait à moi. Je n'avais pas dix ans mais j'étais digne de la confiance de Maman Jane. Je vous portais chacun à votre tour sur mes épaules. Vos petites mains rondes attrapaient les fleurs des pommiers et leurs pétales se répandaient autour de nous sur le sol. Vos rires étaient clairs et se répondaient en cascade. Je riais avec vous. Je vous avais tant attendus. Votre arrivée tardive m'avait finalement étonné. Le ventre de Maman Jane s'était arrondi sans que je ne remarque aucun homme précis dans la maison. Nous étions des enfants sans père mais le monde était parfait. »

Je n'ose interrompre la voix automatique de Cosme même si mille questions me brûlent les lèvres au sujet de cette adresse qui soudain devient plurielle. Je crains de tarir le flux.

« Ce jour-là… »

Cosme s'est tu. Je comprends qu'il lui est difficile d'aller plus loin. Il s'immobilise, se tourne vers l'océan soudain plat.

« Ce jour-là, après les jeux, je vous ai allongés sur une couverture à l'ombre d'un pommier. Le printemps était inhabituellement chaud. Vous vous êtes endormis, étourdis par vos cris et vos rires. J'ai veillé sur vous pendant toute votre sieste. Pas une seule fois je ne vous ai quittés des yeux. Je ne vous ai pas laissés seuls. Jamais. »

Cosme s'adresse à l'océan. Il a lancé le dernier mot à la mer pour qu'elle le porte jusqu'aux petits fantômes qui le hantent.

« Lorsque Maman Jane est rentrée, elle a traversé le verger, aérienne et admirable. La scène se rejoue sans cesse dans ma mémoire. Un film qui se rembobine sans fin. Maman Jane s'approche. J'admire sa beauté et sa grâce. Je la vois venir vers moi. Elle m'embrasse. J'accroche mes mains autour de son cou. Nos regards se trouvent quelques secondes. Nous ne prononçons pas une parole mais tout est dit. Elle me caresse la joue. Enfin elle se penche au-dessus des deux nourrissons. Deux, trois secondes de silence inquiet s'écoulent dans un autre espace-temps. Et puis un cri sort de nulle part. Je ne comprends pas d'où vient ce cri. Il est méconnaissable. Maman Jane soulève un des enfants dans ses bras. Elle se retourne vers moi. Elle tend le corps de l'enfant vers moi. Le corps est inerte. Le visage de Maman Jane est déformé. Je comprends que le corps est sans vie. Autour de nous les pommiers sont en pleurs. Et le cri se répète encore et encore. La terre s'est ouverte devant moi. Je reste pétrifié devant cette béance. Je sais déjà que la chute sera interminable. »

Cosme s'est tu. Son regard fixe toujours l'océan. La brise soulève des mèches de ses longs cheveux blonds. Comme cette nuit-là, lorsque de ma fenêtre je l'avais observé refermer le portillon derrière lui, j'ai besoin d'être consolé. Mais je reste sonné par ce que Cosme m'autorise à comprendre. Et les années passées dans la petite maison penchée défilent sur la crête des vagues qui reprennent de la vigueur dans l'aube naissante. Je réalise que le manque indéfini qui m'habitait était bien antérieur au départ de Cosme. Cette sensation lancinante d'un vide impossible à combler avait comme origine ce jour de printemps sous les pommiers.

Et puis remontent en ma mémoire des fragments de nos vies. Les silences et les incompréhensions qui semaient en permanence le doute et la confusion dans mes rêveries d'enfant. Un malaise diffus et dérangeant. Le détachement de Maman Jane et ses colères subites vis-à-vis de son fils aîné. Son incompréhensible indifférence lorsqu'un matin il ne fut plus là. Tout s'agençait dans une perspective nouvelle. Le brouillard dans lequel j'errais depuis tout ce temps se dissipait.

« Et ce fut là le dernier baiser de Maman Jane sur mon front. »

Cosme a pris une longue respiration. Sans plus un mot, nous nous remettons en mouvement sur la plage en direction des rochers. Nous chancelons. Un fil nous retient l'un à l'autre et nous maintient debout.

*

Sur les longs rochers plats, nous avons dormi un peu. À notre réveil, le jour était complètement levé et de nombreuses silhouettes avaient investi la plage. Cosme s'agite près de moi. « Ça va ? » Son visage m'apparaît détendu. Il scrute les gens sur la plage comme s'il cherchait quelqu'un. Il finit par lever son bras et agite sa main en direction d'une femme et d'un enfant. Ils répondent à son appel et se dirigent vers nous.

« Je te présente Shu Fang et Tao. Tu as entendu parler d'eux à Singapour, non ? »

Shu Fang me sourit et me tend une main menue. À côté d'elle, Tao joue avec une petite balle rouge. Elle a apporté un grand panier dont elle dépose le contenu sur un petit rocher qui nous servira de table. Des mangues, des papayes, des œufs en omelette, du riz, des pandesals et du café. La faim me surprend. Shu Fang a dû le lire sur mon visage, elle rit et me propose de la nourriture. Je dévore en silence.

J'ai l'impression que je ne serai jamais rassasié. À mes côtés, Cosme mange aussi mais avec moins d'empressement. Shu Fang me parle en anglais. Elle ne semble pas mal à l'aise. Elle me pose des questions à propos de Cosme et moi. Je me demande ce qu'elle connaît de notre histoire. Je repense furtivement aux articles des journaux à Singapour mais je ne parviens pas à faire le lien avec la personne assise en tailleur en face de moi.

« Lorsque je me suis réveillé en vie à l'hôpital grâce à James, j'ai décidé de rejoindre Shu Fang ici. Ce fut ma seconde décision importante après l'aide que je lui avais apportée pour fuir Singapour. Le deuxième acte en pleine conscience depuis que j'étais parti de la maison penchée. L'errance soumise au hasard était terminée. »

Tao s'est trop éloigné et Shu Fang s'est levée pour aller le chercher. Ils jouent ensemble au bord de l'eau.

« Tu aurais pu rentrer.

– Je ne le pouvais pas, pas encore. Je pouvais me projeter dans un avenir même incertain, j'étais capable d'accepter d'être aimé par Shu Fang et d'imaginer une histoire avec elle, ici. Mais retourner là-bas, c'était encore au-dessus de mes forces... Je sais que tu m'en veux pour cela. Je le comprends.

– Je t'en veux de m'avoir abandonné il y a si longtemps. Je t'en veux de ne pas m'avoir donné de nouvelles. Je ne peux pas te pardonner ce silence.

– J'ai écrit pourtant. J'ai écrit ces cartes postales qui t'ont permis aujourd'hui de retrouver ma trace.

– Ces cartes ne m'étaient pas adressées, Cosme. Ce fut une trahison de plus. Ces cartes étaient destinées à Kane. Ces cartes étaient cachées au fond de l'armoire de Maman Jane. Vous m'avez amputé, aucun de vous ne m'a protégé... Et pourtant j'ai fait le chemin, Cosme. C'est moi qui ai fait tout le chemin pour te retrouver.

– Les cartes postales étaient destinées à Maman Jane, à la

douleur de Maman Jane. Au mensonge qui a travesti notre enfance. Une lutte contre l'effacement méthodique de Kane de nos mémoires. Cet oubli qu'elle a voulu et organisé et qui était insurmontable pour moi... Je suis heureux que tu aies fait le chemin, malgré tout. Je suis heureux que tu m'aies retrouvé.

*

J'ai beau chercher autour de moi, je ne vois pas d'horizon, pas de lueur. Aucune ligne de fuite par laquelle disparaître. Aucun recours ni secours. Je suis seul. Seul avec la petite photo carrée qui me brûle les doigts.

« Tiens Ayden, je crois que c'est la seule qu'il reste. Maman Jane a tout brûlé, tout fait disparaître. Elle ne voulait aucun souvenir. Elle disait : "Les souvenirs ça fait pleurer." Certaines nuits, dans notre chambre, lorsque tu dormais déjà, j'examinais la photo clandestine et précieuse à la lumière d'une lampe de poche pour que mes rêves soient remplis de vous. »

Les heures passées près de Cosme ont été douloureuses et légères à la fois, jusqu'à l'épuisement. J'ai dû m'assoupir à nouveau. Au réveil, j'étais seul, la petite photo carrée était abandonnée à côté de moi sur le rocher. Un coquillage était posé dessus. La lumière rasante du soir sublimait le cliché ancien d'étonnants reflets sépia. En contrebas, au bord de l'eau, les corps de Cosme, Shu Fang et Tao semblaient esquisser des pas de danse. Ils s'attiraient, se frôlaient et se confondaient.

Maintenant je tiens la petite photo entre mes doigts. La petite photo carrée. Si je la regarde mieux, si je la regarde vraiment jusque dans ses moindres détails, je crains de revenir à mes ténèbres. Cosme me l'a tendue tout à l'heure, il a dit : « Tiens, regarde. » Il a dit : « Tiens, regarde » et j'ai entendu : « Tiens regarde la vérité nue, la seule qui compte. »

Sa voix était autoritaire. Sa voix tremblait. J'ai détourné le regard. Je n'étais pas en mesure de défier Cosme sur le terrain des souvenirs travestis par l'errance. Il n'a pas insisté.

La fraîcheur du soir commence à envelopper le monde dans sa mystérieuse étreinte. Demain je devrai me recomposer avec ce mélange des jours précédents pétris de leur propre vérité. Je ne dois craindre aucun dévoilement.

Sur la petite photo carrée, je reconnais Cosme qui sourit à l'objectif. La photo est surexposée et prise en plongée. Cosme tient dans ses bras deux jeunes enfants identiques. Des jumeaux. Derrière eux, les pommiers sont en fleurs et l'herbe foisonnante. La composition est parfaite. Je rapproche un peu plus la photo dans l'espoir de pénétrer dans le cadre. Comment saisir la singularité de ces visages ? Je recherche un signe distinctif qui me désignera et qui identifiera l'autre. Mais cette quête est vaine et le vertige me gagne face à ce double qui surgit aujourd'hui dans ma vie.

Au dos du cliché, j'ai reconnu l'écriture serrée de Maman Jane. Au dos du cliché, il est inscrit : *Cosme, Ayden et Kane.*

*

J'ai rassemblé les cartes postales. J'ai passé la paume de ma main sur les surfaces lisses pour faire tomber les derniers grains de sable noir sur le sol. Méthodiquement, j'ai classé les cartes postales dans leur ordre chronologique. Les dates et les mots posés par Cosme au verso s'agencent dans une perspective nouvelle. Le prénom Kane écrit en haut de chaque carte ne me fait plus l'effet d'un couteau sur ma peau. La petite photo carrée a su trouver sa place dans l'ordonnancement logique et imparable des faits et des lieux. J'ai glissé le tout dans la poche arrière de mon jean comme autant de pièces à conviction dont j'aurai besoin plus tard pour attester de la réalité de ce qu'il est advenu ici.

Je me suis redressé sur le rocher qui s'avance au-dessus

de la plage. En contrebas, Shu Fang, Tao et Cosme sont minuscules. Je les observe courir les uns vers les autres, s'enlacer et se retenir puis desserrer leurs étreintes pour pouvoir recommencer encore. Dans le monde qu'ils se sont créé pour échapper à la pesanteur des temps obscurs de Singapour, sans doute se sentent-ils libres et prisonniers tout à la fois. Pourtant, à cet instant, leurs pas sur l'écume des vagues mourantes sont légers et leur bonheur ne fait pas de doutes.

Je surplombe la plage et l'océan. Je sais que de nombreux mondes inconnus, visibles ou invisibles, subsistent encore. Mais ils n'ont plus d'importance. L'essentiel est définitivement ailleurs.

À l'autre bout de la terre, dans le verger, il y a une éternité, Maman Jane, dévastée, tenait un petit corps inerte au bout de ses bras. Un petit corps identique à l'autre. L'autre petit corps qui s'agitait d'impatience sur une couverture à l'ombre d'un pommier. Et je me demande si Maman Jane a su véritablement quel était le prénom du survivant. A-t-elle hésité ? Qu'importe, ce fut sa vérité à ce moment-là et je ne peux rien en dire.

Mais moi, une autre certitude me brûle le ventre d'une joie intense. Je la ressens de manière diffuse depuis toujours. Aujourd'hui, elle explose aux yeux du monde et à ma conscience. Je suis Ayden et Kane tout à la fois. Je suis Ayden et Kane réunis. Et je respire pour la première fois librement, nu face à cette évidence. Je te porte en moi, Kane. Les cartes postales de notre frère Cosme m'étaient adressées aussi. Je suis Ayden et Kane tout à la fois. Je domine la plage et l'océan, je domine le ciel et la terre. Je suis enfin le centre de ma vie. Et à mon tour je peux tout pardonner.

★

Il est temps de te dire adieu, Cosme K.

Je te nomme Cosme K pour la première fois. C'est ainsi

que te désignaient tous ceux dont tu as croisé le destin et qui m'ont parlé de toi. Cosme K, pour qu'à travers les mondes, le souvenir de Kane subsiste dans les méandres de nos mémoires.

Il est temps de retourner d'où je viens. Dans l'aube naissante, à l'heure où la rosée se gonfle le long des herbes grasses, je rentrerai chez nous. Je pousserai le petit portillon qui grincera sur ses gonds rouillés, je traverserai le verger en prenant tout mon temps pour écouter les premières mésanges siffler le début du jour. Derrière la porte à carreaux colorés, je croirai deviner la silhouette de Maman Jane danser sur des musiques imaginaires. Puis je pénétrerai dans la maison penchée. Elle sera remplie de silence et d'ombres mais je n'aurai plus peur des petits fantômes. Et je vivrai là. Je vivrai heureux. Je m'en fais la promesse.

Un jour, tôt ou tard, tu franchiras le même seuil à ton tour. C'est toi qui feras le voyage. Peut-être serons-nous déjà vieux. Peut-être pas. Mais ce jour-là, tu me trouveras, accoudé à la longue table de la cuisine, une tasse de café au lait fumant entre les doigts. Je serai là pour te souhaiter la bienvenue et t'accueillir chez toi. Les pommiers pourront pleurer à nouveau leurs pétales blancs en corolle sur le sol millénaire. Et tu comprendras enfin qu'ici aussi il est possible de vivre dans la beauté.

Ouvrage réalisé par l'atelier graphique Actes Sud, achevé d'imprimer sur Roto-Page en septembre 2021 par l'Imprimerie Floch à Mayenne pour le compte des éditions Actes Sud, Le Méjan place Nina-Berberova, 13200 Arles.
Dépôt légal 1re édition : octobre 2021.
N° impr. : 99089.
(Imprimé en France)